작품으로 읽는
북한문학의 변화와 전망

작품으로 읽는
북한문학의 변화와 전망

김종회 · 고인환 · 이성천

머리말

분단 이래 오랜 기간동안 한반도의 남과 북 두 체제는 서로를 '주적(主敵)'으로 상정하고 이를 체제 유지의 기반으로 활용해 온 측면이 없지 않다. 뿐만 아니라 우리 사회의 여러 부면에서는 지금도 여전히 이러한 상황이 지속되고 있다. 따라서 앞으로 분단의 장벽을 허무는 과제는 당위의 차원이 아니라 구체적 현실의 문제로 접근해야 한다. 이 과정에서 남북 간의 문화적 상관성과 교류 문제, 다시 말해 '문화통합'의 실천적 작업은, 정치·경제·사회·군사적 측면에서 광범위하게 노출된 배타성과 고착성을 극복할 수 있는 하나의 대안이자 출구로 작용할 것으로 여겨진다.

지금까지 북한문학에 대한 연구는 그 자체의 중요성을 인정하면서도, 연구 현장에서는 많은 한계를 노정해왔다. 특히, 북측 체제의 입장을 그대로 수용하여 작품을 이해하는 방식이나, 혹은 북한 문학의 미학적 가능성을 애써 차단하려는 태도는 여전히 심각한 문제로 제기된다. 따라서 이제 남북의 문학이 대등한 지평에서 서로 접촉하는, 그야말로 열린 문학 논의의 장을 마련해야 한다. 남북의 문학 연구자들은 공히 감정적 구호의 차원을 넘어, 잃어버린 반쪽을 찾는 심정으로 어떻게 서로와 대화할 수 있을 것인가에 대해 구체적으로 고민해야 할 때이다.

『작품으로 읽는 북한문학의 변화와 전망』은 남북한 문화의 이질성과 대립을 넘어 대화의 장을 마련하려는 노력의 일환, 즉 서로의 의식과 무의식에 깊이 각인되어 있는 시각의 간극을 극복하려는 의도에서 기획되었다. 남북한 문학의 이질성을 극복할 수 있는 단초는 '타자가 왜 우리와 다를까'라는 문제의식에서 출발한다. 그리고 나와 타자를 함께 바라볼 수 있는 관점을 확보하고, 이를 통해 서로간의 '차이'를 유지하되 상호 '소통'을 가능케 하는 공통분모를 만들어가야 할 것이다.

이 책은 전 3부로 구성되었다. 제1부 〈북한문학의 역사적 전개와 방향성〉에서는 남북한의 문화 이질화 현상에 대한 정확한 이해와 상황 분석이 절실하다는 사실을 전제로, 북한문학에 대한 역사적 고찰을 시도한 글들을 주로 실었다. 이 글들은 분단 현실을 극복하고 '통일문학의 실천적 개념과 그 방안'을 모색하는 데 주요한 시사점을 제시할 것으로 기대된다.

제2부 〈북한시의 기준 변화와 작품의 상관성〉은 주로 2000년대 이후에 발표된 북한시를 텍스트로 삼아 북한 사회의 변화와 전망을 검색해 본 글들로 구성했다. 북한시의 미학적 기준에서부터 '전통'적 한계에 이르기까지, 정치적 판단과 미학적 실천을 동일시하는 북한시의 특성을 면밀히 분석하려 했다.

제3부 〈북한소설의 변화와 현실주제의 반영〉에서는 '사랑과 이혼', '스승과 제자 이미지', '세대간의 갈등' 등 사회주의적 현실주제를 반영한 최근의 북한소설을 고찰하였다. 이를 통해, 이른바 '주체소설'에 나타난 미세한 균열을 포착하고 남북한 문학의 소통 가능성을 점검해 보았다.

문학이 존재와 세계의 팽팽한 긴장을 통해 독자에게 감동을 준다는 사실을 인정한다면, 미상불 북한의 문학은 우리에게 감동을 주기 어렵다. 존재의 내면과 욕망이 의식적으로 거세된 작품들이 주체문학의 주류를 형성해 왔기 때문이다. 하지만 최근 북한의 문학에서 개인의 욕망을 긍정하는 유형의 작품들이 등장했다는 사실은 의미심장하다. 이는 주체문학의 미세한 균열을 드러내는 징후로도 볼 수 있다.

개인의 욕망과 집단의 이익이 일치될 때 가장 행복한 문학이 탄생한다. 그러나 남한의 문학과 북한의 문학은 모두 그렇지 못하다. 남한에서는 개인의 욕망이 중시되고, 북한에서는 집단의 이익이 강조된다. 남북한 문학의 의사 소통 가능성은 서로의 '타자', 즉 남한문학에서는 공동체에 대한 새로운 관심이, 북한문학에서는 개인에 대한 새로운 인식이 지속적으로 추구되어 서로가 공명(共鳴)하는 지점에서 조심스럽게 타진될 수 있을 것이다.

이 책은 당위와 개성, 이념과 욕망, 내용과 형식, 사상과 표현 등으로 변주되는 북한문학의 구체적 실상을 작가·작품을 통해 추적함으로써, 남북한 문학의 대화 가능성을 모색하려는 저자들의 진지한 열망을 담고 있다. 이 열망의 파동이 보다 많은 사람들과 공감의 진폭을 형성했으면 한다.

그동안 주로 시대적 흐름과 변화에 따른 문학사나 문예이론을 중심으로 논의되어 오던 북한문학 연구 방식에서, 작품을 통해 이를 실증적으로 읽는 방법론을 도입해 보려는 시도도 그 가운데 있다. 북한문학은 이제 총론이 아닌 각론으로, 통시적 흐름에서 공시적 현상으로 그 연구의 시점을 변이시켜 가야 할 시기에 도달했다. 책 제목에 '작품으로 읽는…'을 덧붙인 까닭이 바로 그것이다.

돌아보니 부족한 점이 많다. 북한문학에 대한 연구는 남북한 통일 시대의 문학을 준비하는 우리에게 결코 소홀히 할 수 없는 현재진행형의 과제이다. 앞으로 지속적인 연구와 관심을 통해 결여된 부분을 채워나가려고 한다.

2007년 8월
저자 일동

| 제3부 | 북한소설의 변화와 현실주제의 반영

제1부

북한문학의 역사적 전개와 방향성

*1*_첫 번째

통일문화의 실천적 개념과 방안

1. 왜 '통일문화'인가?

1) 남북관계 개선과 '아포리아' 해결의 어려움

한반도의 남과 북 두 체제는 반세기를 넘긴 오랜 대립적 역사 과정의 관성과 서로 다른 목표로 인하여, 그 관계 개선이 극도로 어려운 형편에 있다. 이 양자는 그간 상대를 '주적(主敵)'으로 인식하고 이를 체제 유지의 기반으로 활용한 역사를 갖고 있으며, 지금도 여전히 서로 다른 전체적 목표와 그에 연계되어 있는 사회 체제를 넘어서기 어려운 현실에 처해 있다.

뿐만 아니라 한반도의 지정학적 위치가 국제 정세 및 국제적 이해

관계와 밀접한 관련성을 갖는 만큼, 남북 양자가 주체적으로 하나의 방향을 합의하고 결정하는 것 자체가 불가능한 상황이다. 이러한 측면은 정치·군사적 문제와 같은 배타성과 고착성을 갖는 분야는 물론, 경제·사회적 문제와 같은 근시성과 한계성을 갖는 분야에 있어서도 마찬가지로 그러할 수밖에 없다.

그래서 남북 간의 문화적 상관성과 교류 문제, 곧 '문화통합' 문제가 하나의 대안이자 거의 유일한 출구로 논의될 수 있다. 민족적 삶의 원형을 이루는 전통적 정서에 수많은 공통점이 있고, 정치·경제 문제처럼 직접적인 갈등 유발의 가능성이 미소하며, 보다 장기적인 시각으로는 문화를 통해, 아니 문화적 교류의 발전과 성숙만이 진정한 남북통합의 가능성이라고 할 수 있는 만큼, 이제는 남북 간의 문화통합이라는 과제를 본격적으로 연구하고 실천할 시기에 이른 것이다.

통일문화의 개념에 대해서는 그간 부분적인 언급 또는 연구가 있어왔다. 남북 간의 이질화된 생활양식과 그 내부의 총괄적 부분들을 민족적 단원으로 통합해 나가는 능력과 의지 및 관습의 복합적 총칭[1]이라는 다소 포괄적인 해석이 있는가 하면, 남북 간의 문화 규범 및 그 실천 정책의 창출[2]로 보는 견해도 있다. 그리고 이를 동질성과 이질성의 상관관계로 설명[3]하기도 한다.

그러나 현재까지 남북 간에는 각기의 문화개념에 있어 분명한 차이가 존재하며, 그러한 까닭으로 문화 교류를 본격화하기 보다는 피상적

---

1) 김창순, 「통일문화의 창조운동을 논한다」, 『북한』, 북한연구소, 1984년 3월호.
2) 윤덕희, 「통일문화의 개념 정립과 형성 방안 연구」, 『통일문화연구(상)』, 민족통일연구원, 1994년 12월호, p.14.
3) 임채욱, 「통일문화의 조건」, 『북한 문화예술계의 현황과 운영 체계』, 한국문화정책개발원, 2001, pp.206-208.

접근으로 일관해 온 것이 현실이었다. 먼저 문화 개념에 있어 남북 간의 원론적 의미의 차이를 살펴보면 다음과 같다.[4]

① 남한의 문화개념 : 인류가 모든 시대를 통하여, 학습에 의해서 이루어 놓은 정신적 물질적인 일체의 성과. 의식주를 비롯하여 기술, 학문, 예술, 도덕, 종교 따위 물심양면에 걸치는 생활 형성의 양식과 내용을 포함함.

② 북한의 문화개념 : 력사발전의 행정에서 인류가 창조한 물질적 및 정신적 부의 총체. 문화는 사회발전의 매 단계에서 이룩된 과학과 기술, 문학과 예술, 도덕과 풍습 등의 발전수준을 반영한다. 문화는 사회생활의 어떤 령역을 반영하는가에 따라 물질문화와 정신문화로 구분된다. 대개 나라의 문화는 자기의 고유한 민족적 특성을 가지고 있으며 계급 사회에서 문화는 계급적 성격을 띤다.

이처럼 서로 다른 개념적 성격을 갖는 '문화'를 넘어 '문화통합'의 새로운 가치질서와 관계성을 창출하는 일이 용이하지 않았던 것이다. 더욱이 이를 실제적 현실에 적용하는 남북한의 문예정책에 있어서도 현격한 차이를 나타내고 있었으며,[5] 남한에서는 예술가 개인의 자유를, 그리고 북한에서는 사회 공익을 더 중시하는 결과를 보이게 되었다.

이와 같은 상황 아래 남북한 문화 교류는 일정한 한계를 보일 수밖에 없었고 그것이 남북한 국민 각기의 일상생활 속에서 심각한 편차

---

4) 이우영, 「남북한 사회의 문학예술: 개념과 사회적 영향의 차이」, 남과 북: 문화통합(http://www.multicorea.org).
5) 오양렬, 「남·북한 문예정책의 비교 연구」, 성균관대학교 행정학과 박사학위논문, 1988.

를 드러내며 이질성의 격차를 확대해 갔다. 예컨대 탈북 동포들을 통해 텔레비전을 매개로 한 남한사회에 대한 인식 태도를 살펴보면, 그 큰 편차를 잘 알 수 있다.6) 현재까지의 남북 간에 가능한 문화통합의 수준은, 체육 경기에 함께 한반도기를 들고 입장하거나 아리랑을 합창하며 동질성을 확인하는 수준에서 답보하고 있다.

2) 문화적 측면에서 접근해야할 당위성 또는 유익성

먼저 대립과 불신의 축적이 반영된 실체적 형식으로서의 '문화'를 인식할 필요가 있다. 어렵게 이른 정치·경제적 합의도 사소한 사고방식이나 언어 사용의 차이로 인하여 파탈이 나는 경우를 그간 여러 차례 목도할 수 있었다. 그러한 상황의 오랜 지속이 상호 이질적인 체제와 삶의 형식을 규정하는 문화패턴으로 고착화되어온 것이다.

이처럼 현실적 문제의 앙금이 문화로 축적되었다면, 이제는 그렇게 축적된 문화에서 하나의 실마리가 풀리면 모든 매듭이 함께 풀릴 가능성이 있다는 점을 주목해야 한다. 문화는 한 사회의 지식 또는 예술 작업의 총체이며, 나아가 한 민족의 전체 생활 방식과 민족정신의 일반적 성격을 포괄하는 개념이기 때문이다. 그러한 만큼 문화는 한 국가에서, 또는 국가와 국가의 관계에서 각계각층을 통합하는 중요한 역할을 할 수 있다.

우리는 장·단기 계획으로 민족통합을 앞당기고 그 미래에 대한 준비를 절박한 심정으로 추진해야 한다. 정치나 군사의 통합, 국토의

---

6) 김귀옥, 「남북한 텔레비전 프로그램 교류와 통합방안 모색」, <2000 KBS 통일방송 국제심포지엄> 발표 논문, 2000, p.27.

통합이 진정한 민족통합이 아니며 그것이 결코 문화통합보다 우선할 수 없다. 문화통합만이 민족통합의 필요충분조건이 될 수 있다. 그리하여 단기계획은 민족통합을 앞당기는 것으로, 장기계획은 미래의 완전한 민족통합을 준비하는 것으로 추진되어야 한다. 이는 비록 눈앞의 화급지사로 보이지 않는다 할지라도, 남북 간의 여러 부문에서 관계변화의 양상이 확대되는 지금, 즉각 계획되고 실행되어야 할 급선무이다.

2. 남북한 문화교류의 현황과 한계

1) 남북한 문화교류의 기본적 전제

남북한 문화의 지속적인 교류와 협력을 위해 동질적 문화공동체 형성의 기반을 구축하고 남북한 주민들이 서로 간의 차이를 인식하며 그 차이를 이해·존중하는 데서 출발해야 한다고 논의되어 왔다. 즉 남북한의 이질적인 문화의 폭을 좁히고 동질성 회복과 공감대 형성을 통해 향후 예상되는 통일 과정과 통일 후 문화적 갈등을 최소화하는 데 주력해야 한다는 것이다.

지난 1985년 <이산가족 고향방문 및 예술공연단> 교환방문으로 시발된 남북한 사회문화 분야 교류협력은 1990년대 들어 <남북교류협력에 관한 법률>(1990)이 제정되고, <남북문화교류의 5원칙>(1990)이 마련됨에 따라 문학예술, 종교, 학술, 이산가족 등 제 분야에 걸쳐서 접촉 및 교류가 시도되었다. 더욱이 1993년에는 남북한 간의 최초의 제도적 장치인 <기본합의서> 및 <부속합의서>가 채택·발효됨에 따라 교류의 활성화가 기대되었다. 그러나 국내외적 정세 변화 등으로 기대만큼 성과를 거두지 못했다.

1998년 2월 김대중 정부가 출범하면서 대북 포용정책의 지속적 추진을 통해 남북한 문화교류는 새로운 전기를 마련하게 되었으며, 특히 2000년 6·15 남북공동선언 이후 양적·질적으로 전례 없는 성과를 나타내었다. 학술, 예술, 종교, 체육, 언론 등 여러 분야에서 교류가 진행되고 있지만 여기서는 우선 예술과 학술 영역을 중심으로 남북 문화교류 현황과 한계를 살펴본다.

2) 남북한 문화교류 현황

남북한 문화교류의 현황을 예술분야와 학술분야로 나누어 논의한 대표적 언급을 살펴보면 다음과 같다.

(1) 예술분야

예술교류를 목적으로 남북한을 왕래한 경우는 1990년 평양과 서울에서 각각 개최된 통일음악회와 중앙일보의 문화유적답사 협의를 위한 방북(1997. 9), 리틀엔젤스의 평양공연(1998. 5), <2000년 평화친선음악회>(1999. 12)와 <민족통일음악회>(1999. 12), 평양학생소년예술단(2000. 5), 평양교예단(2000. 5), 조선국립교향악단(2000. 8) 공연 등이 있으며, 남북합동춘향전공연(2001. 2)과 남한 가수의 북한 공연 등이 있었다. 이 밖에도 서울에서의 북한미술품 전시, 남북 합동 사진 전시, 북한 영화 수입 및 상영 등이 있었으며 남한 영화인들의 방북(2000. 11)이 성사되기도 했다.

그 외 제3국에서의 교류는 뉴욕의 <남북영화제>(1990. 10), 일본에서 열린 <환동해 국제예술제>(1991. 5), 북경의 <남북코리아 서화전 및 세미나>(1991. 5), 사할린의 <통일예술제>(1991. 8; 1992. 8), 동경의 평화미술전(1997. 10) 등을 들 수 있다.

이와 같은 예술교류는 민족의 공동체적 성격을 확인할 수 있는 매우 효과적인 교류 방법이다. 앞으로는 전통예술 및 문화 유적 등에 대한 연구 교류와 함께 남북한 주민들이 공동으로 참여할 수 있는 공연 등을 국내 혹은 제3국에서 개최하는 노력이 이루어지는 것이 효과적일 터이다.

(2) 학술분야

남북한 학술교류는 1989년 런던의 <유럽한국학대회>에서 남북한 학자가 처음으로 공식 접촉한 이래 비교적 활발한 교류를 유지하고 있다. 이는 대체로 중국 등 제3국에서 행해지고 있는 것이 특징이며, 점차 직접적으로 이루어지는 추세로 전환되고 있다.

그 구체적 예로는 성균관대학교와 개성의 고려 성균관과의 남북 대학 간 최초의 자매결연(1998), 남북한 학자 및 조선족 학자들이 참가한 <연변대학 창립 50주년 기념학술회의>(1999. 7) 및 2001년에 성사된 평양 '정보과학기술대학' 설립·운영 합의 등이 있다.

한편 학술회의는 점차 정례화되는 추세에 있는데, 정례화된 학술회의로는 매년 중국 북경에서 열리는 <남북 해외학자 통일회의>(1999년 5차), 북한 동북아 미국 등에서 매년 개최되는 <동북아 경제포럼>(1997년 7차), 2년마다 미국 버클리에서 개최되고 있는 <코리아 평화통일 심포지엄>(1998년 6차) 등을 비롯하여 <고구려 국제학술대회>(1997년 3회),

<세계청년학생평화세미나>(1997년 4차), <남북 청년학생 통일세미나>(1999년 5차), <우리말 컴퓨터처리 국제학술대회>(연길, 1999년 4차) 등이 있다. 1999년 8월에 개최된 통일연구원과 연변대학, 북한사회과학원의 학술회의는 학술분야에서 준정부적 차원의 접촉이 이루어졌다는 점에서 의미를 담고 있다.

제3국에서 열리는 학술회의에서는 중국의 북경대, 요녕대, 길림대, 연변대 등에 소속된 연구소와 오사카 경제법과대, 국제고려학회 등이 남북한 학술교류의 중개인 역할을 하고 있다. 앞으로 제3국에서 개최되는 정례화된 국제학술회의에 참석하여 의견을 교환하고, 컴퓨터, 언어학 학술토론회 등 사상적 갈등이 적은 분야는 물론 이념성이 표출될 수 있는 사회과학 분야에서도 북한이 관심을 갖고 있는 평화체제, 민족주의 등을 주제로 공동 세미나를 개최함으로써 인식의 차이를 이해하는 노력을 기울여 나가야 할 것이다.[7]

3) 남북한 문화교류의 한계와 문제점

남북한 문화교류는 내용의 다양화와 양적 증대 및 남북한 간 직접교류, 남북 쌍방통행의 교류·협력 증대 등의 성과를 거두었지만 그에 따른 적지 않은 문제점을 드러내었다. 남북 문화교류에 있어서의 문제점으로는 다음과 같은 것들을 들 수 있다.[8]

① 2000년에 성사된 세 차례의 북한 공연예술단의 서울 방문과 최

---

7) 김병로, 「남북 사회문화 교류협력 심화를 위한 실천과제」, 평화와 통일을 위한 남북나눔운동(http://sharing.net).
8) 「남북한의 교류와 협력」, 『통일문답』, 통일교육원, 2001(http://uniedu.go.kr).

근의 공연을 제외하고는 여전히 교류·협력의 대부분이 남측의 에
술 단체들의 방북을 통해 이루어지고 있다는 점에서 보다 균형 있
는 남북한 문화교류가 이루어져야 한다.

② 남북한 문화교류 사업은 북측과의 합의 이후에도 취소되는 경우
가 발생하고 있는데 정부는 이 같은 문제의 해결을 위한 법적·
제도적 근거를 북한과의 협의를 통해 마련해야 한다.

③ 문화 교류·협력에 있어 북한측의 과도한 혹은 실비용 이상의 대
가 지불 요구 등의 사례가 빈번하다는 점을 들 수 있다.

④ 남북의 문화교류가 아직도 단순한 상호교류 제의 및 접촉 또는
일회용 행사로 끝나는 경우가 많은데, 이를 지양하고 가능한 한
장기적인 안목에서 정기적·지속적 교류가 이루어지도록 노력해야
한다.

⑤ 대북 문화교류 및 협력사업에 있어 민간단체 및 기업들의 과다한
경쟁 및 과잉사례가 발생하고 있는데 이를 방지하기 위한 정부의
노력이 필요하다.

⑥ 문화교류가 아직까지 정치적·경제적 논리에 의해 많이 좌우되고
있는데 정부는 '정치와 문화 간 분리원칙'의 유지를 통해 북한과
의 문화교류 및 협력사업이 지속적이고 안정적으로 추진될 수 있
도록 해야 한다.

⑦ 남북한 문화 교류에 있어 북한과의 교류 채널을 다원화 시켜야
한다. 이를 위해서는 정부와 민간단체가 대북 교류에 있어 보다
긴밀하고 유기적인 협조체제를 구축할 필요가 있다.

3. 남북한 문화이질화 현상의 비교와 문제점

1) 문화와 문화제도적 측면

남북한 분단의 상황이 50여 년에 걸쳐 지속된 만큼, 회복하기 어려운 이질화가 진행된 것은 사실이다. 각기의 체제가 그 정부 내에서 운용하는 문예정책 당국의 규모와 성격도 매우 다르다.[9] 그러나 근자에 이르러 대내외적 환경의 변화와 더불어 그 오랜 세월을 대변하는 제도적 관성과 두 체제의 문화정책이 변모하는 모습을 보이는 것은 매우 고무적인 현상이 아닐 수 없다.

남한의 경우 1980년대 이후에 불어닥친 민주화 운동의 한 영역으로, 대북 접촉의 시각과 방식을 과거와 현저히 달리하는 집단적 움직임이 빈발했다.[10] 북한의 경우 국제적 해빙 무드와 동구사회권의 몰락과 관련하여, 1967년 주체사상과 주체문학의 확립 이후 조금의 동요도 없던 문예정책의 방향이 시대적 흐름인 '현실 주제'를 부분적으로 수용하는 방향으로 선회했다.[11]

이러한 변화는 양자가 상호 접촉하는 분야에서 절충점을 찾을 수 있는데, 앞서 언급한 바 있는 한반도 기나 아리랑 합창과 같은 단순 소박한 형태로 나타났다. 이러한 변화 또는 합의는, 아직까지는 그야말

---

9) 최선영, 「북한 문화예술계 현황」, 『북한 문화예술계의 현황과 운영 체계』, 한국문화정책개발원, 2001, pp.113-119.
10) 김종회, 「1990년대의 사회사적 환경과 문학」, 『문학의 숲과 나무』, 민음사, 2002, p.64.
11) 김종회, 「해방 후 북한문학의 변화 양상과 남북한 문화통합의 전망」, 위의 책, p.98.

로 부분적이고 작은 영역에 속하는 것이로되 장차 폭넓게 열려가야 할 남북 문화통합의 가도(街道)에 분명한 청신호를 내거는 일에 해당한다. 그리고 남과 북은 이러한 일들의 접촉 면적을 계속해서 넓혀가야 한다.

이와 같은 변화를 바탕으로 문화정책의 변화가 이루어지고 그것이 지속되면서 문화제도로 정착되어야 하며, 마침내 그 제도가 의식 생활이나 명절 풍습 등에 이르기까지 생활문화의 이질성 극복 및 동질성 회복으로 나타나야 한다. 지금 이 대목에서는 남북 간의 정치적 통합이나 국토의 통합과 같은 실증적 절차를 생략하고 서술한 것인데, 이는 그 절차 자체를 우회하거나 뛰어넘는다는 뜻이 아니다.

문화통합의 수준이 그 단계에까지 이르렀다면, 이미 경과적 절차는 모두 완료된 것이거나 비록 과정으로서 진행 중이라 할지라도 다시 어긋난 길을 갈 가능성은 희박해진다. 하나의 바탕이나 울타리가 동일하게 확정된 마당에, 그 내용에 있어서 부분적 소요는 있을 수 있으되 전체적 흐름을 역전시키기는 어렵다는 의미이다.

사정이 그러할 때 남북한 문화통합의 당위적 성격은, 귀납적으로는 그것이 양 체제의 통합이 완성되어간다는 사실의 징표인 동시에, 연역적으로는 여러 난관을 넘어 그 통합을 촉진하는 실제적 에너지가 된다는 사실의 예단으로 나타난다.

이러한 이유로 인하여 남북한 문화를 서로 비교 연구하고 문화이질화 현상의 구체적 실례를 적시(摘示)하여 구명하는 것은 매우 중요한 과제가 된다. 이 글에서는 그 여러 항목 가운데 언어적 측면에 국한하여 살펴보고자 한다.

2) 언어적 측면

(1) 남북한 언어 이질화의 심각성

상호 간의 대화를 통한 의사소통 시에 그 의미전달에 차이를 발생시키는 요소가 있을 때 언어 이질화를 일으켰다고 할 수 있다. 즉 언어의 이질화는 문법 체계와 음운 체계의 변화, 어휘의 발음구조 변화 등으로 인하여 의미의 차이를 발생시키는 현상을 말한다. 그러할 때 현재 남북한 언어는 확연한 이질화가 진행된 경우이다. 같은 대상이라도 다른 표현을 하는 어휘가 상당히 존재하는 것으로도 이는 충분히 설명될 수 있다.

언어가 달라지면 사고방식과 생활 패턴 전체가 달라지는 것이며, 동일한 민족의 언어가 이질화되는 것은 매우 심각한 문제이다. 남북한 언어의 차이가 발생한 시기를 국토의 분단을 그 시작으로 보고, 이후 발생한 언어 현상과 언어적 사건을 토대로 남북한 언어의 이질화 상황을 확인할 수 있다. 이질화에 대한 문제 제기와 그 통합을 위한 노력은 자연히 통일시대를 대비한 남북한 언어가 나아가야 할 방향과 관련된다.

(2) 남북한 언어 이질화의 역사

한국어는 오래 전부터 중부방언을 중심으로 통일된 언어를 유지했다. 현대 한국어는 19세기 말에서 20세기 초에 그 바탕이 마련되었으며, 한글을 전용하되 한역이나 국한문 혼용은 필요에 따라 쓰게 되었다.

1920년대부터 문예론이나 정론체문도 구어체에 가깝게 되었고, 중부방언이 중심이 되어 풍부한 어휘구성이 이루어졌으며 문법과 어휘들도 점차 규범화되어 갔다. 이러한 규범의 확립은 1933년 <한글맞춤법통일안>, 1936년 <조선어표준말모음>에 의하여 확립되었다. 이로 인하여 한국어는 통일되고 풍부하게 되고 규범화된 언어로 발전하였다.

<한글맞춤법통일안>은 '1. 맞춤법 2. 띄어쓰기 3. 외래어표기법 4. 문장부호 5. 표준어' 등을 규정하여 한국어 표기법 전반에 대해 규정함으로써 한국어 표기법의 통일과 보급에 획기적인 기여를 하였다. 이때부터 형태주의를 근본으로 한 현행 맞춤법의 토대를 이룩하였다. 1937년, 1940년에 개정하였으나 큰 변동은 없었다. 이때까지는 남북한의 언어에 차이가 없었다.

해방과 더불어 남북이 분단되면서 한국어는 점차 이질화되기 시작했다. 남한은 서울말을 중심으로 <조선어표준말모음>을 기준으로 하여 표준어를 발전시키다가 1988년 <한글맞춤법통일안>을 수정하였다. 북한은 1954년 <조선어철자법>에서 "표준어는 조선인민 사이에 사용되는 공통성이 가장 많은 현대어 가운데서 이를 정한다."고 규정하였다. 이러한 과정을 거치면서 남북한 언어에 차이가 생기게 되었다.

1964년, 1966년에 김일성은 "평양말을 기준으로 하여 언어의 민족적 특성을 보존하고 발전시켜 나가도록 하여야 하겠다."라고 교시하였다. 1988년 간행된 <조선말규범>의 문화어 발음법 총칙에는 "조선말 발음법은 혁명의 수도 평양을 중심으로 하고 평양말을 토대로 하여 이룩된 문화어의 발음에 기준한다."고 규정하였다. 이로 인하여 북한 전역에 걸친 문화어 운동이 전개되면서 남북한의 이질화를 가속시켰다.

(3) 남북한 언어 규정의 차이

남한은 1970년 초부터 1980년대에 걸쳐 그 동안의 어문규정에 약간의 손질을 더하여 수정하는 한편, <국어의 로마자 표기법>(1984), <외래어 표기법>(1986)도 새로 마련하였다. 또한 1988년에 공포한 <표준어 사정 원칙>에 "표준말은 교양 있는 사람들이 두루 쓰는 현대 서울말로 한다."로 규정하고, 복수 표준어를 허용하는 범위를 넓혔다.

그런데 북한은 1954년 <조선어 철자법>을 공포하여 사용하다가, 1966년 7월에 <조선말규범집>을 공포하였다. 이 <조선말규범집>은 김일성의 교시에 따라 1966년 6월에 제정한 것으로 <조선어철자법>에 대한 개정이었다. 그리고 다시 북한은 '조선민주주의인민공화국 국어사정위원회'가 1988년에 <조선말규범집>을 펴냈다.

(4) 남북한 언어 규정 이질화의 극복 방안

우리말은 남북의 분단 이전에는 같은 표준어와 정서법을 사용했다. 언어의 통일된 규범을 시행함으로써 한 민족으로서의 동질성이 유지되었다. 그러나 북한이 <조선어철자법>을 공포하고, <조선말규범집>을 시행함으로써 남북 언어의 분열이 비롯되었다.

현재의 남북한 언어는 맞춤법, 발음법, 띄어쓰기 등에 차이가 있으나 근본적으로 큰 차이는 없는 편이다. 오히려 어문 규정에 의한 남북한 언어 차이보다는 김일성의 교시에 따른 '문화어 운동'이 남북한 언어 차이의 골을 깊게 한 경향이 있다.

앞으로 남북 간의 통일을 대비해 그 언어 차이를 일반 언중들에게 인식시키고, 학문적으로도 '규범화된 표준어나 정서법을 하나로 통합'하여 차이를 좁혀 나가는 것이 중요하다.

남북한 언어의 통합은 어느 한 쪽만이 노력해서 되는 일이 아니고, 남북한이 이에 뜻을 같이 해야 한다. 남북한은 공히 언어의 차이를 좁히는 데 적극적인 의욕을 가져야 한다. 남한의 경우에는 북한 언어의 실상을 언중들에게 알리고 이를 우리의 언어와 통합해 나가는 노력과 국가적 정책의 지속적인 뒷받침이 있어야 한다.

4. 남북한 문화통합의 구체적 실천방안

1) 독일통일의 사례와 교훈

(1) 통일 후에 남은 독일의 사회·문화적 문제

우리와 마찬가지로 제2차 세계대전의 결과에 의해 오랫동안 분단국가로 있던 독일은 정치·경제체제에서는 완전한 통합을 이루었다. 하지만 독일은 통일 후 지금까지 동·서독 주민들 간에 상당히 많은 문화적·심리적 갈등을 겪고 있고, 이것이 심각한 사회문제로까지 대두되고 있는 형편이다. 남북한 분단을 극복하고 새로운 통일국가를 건설해야하는 우리 민족에게 독일의 통일 및 통일 후의 진행과정은 주목해 보아야 할 대상이다. 여기서 독일의 문화통합 과정을 살펴보려는 것은 바로 그 때문이다.

(2) 독일의 통합과정과 문화적 측면의 노력

독일의 통일이 가능하기까지에는 우선 경제적으로 앞선 서독 정부와 국민들의 노력이 컸다. 서독 국민들은 1961년 베를린 장벽이 설치되자 독일의 통일문제가 자신들만의 문제가 아닌 국제 정치적 문제이며, 민족 내부의 차원에서 쉽게 해결될 수 없다는 것을 분명히 인식했다. 따라서 서독은 동서 냉전구조가 종식될 때, 비로소 독일통일이 가능하다는 인식 하에 보다 장기적인 안목과 인내심을 가지고 국내외적 차원에서 통일여건을 점진적으로 조성해 나가는 방향으로 노력했다. 이는 소위 '작은 걸음'과 '접근을 통한 변화'라는 정책을 통해 한편으로 동독의 변화를 유도하고, 다른 한편으로 국제적 정치질서가 바뀔 때까지 민족적 동질성을 유지하여 이후 통일과정에서 발생할 문제점들을 최소화하고자 한 것이다.12)

통일 전 동·서독 양국은 1972년 양국 정부가 기본 조약을 체결한 이후 문화교류가 더욱 활성화되기는 했지만 이미 기본조약 체결 전부터 양국 간의 문화, 예술 및 학술, 교육, 체육 분야 등의 교류는 진행되고 있었다. 이 당시 동·서독 양국 교류의 특징으로는 민간단체가 중심이 되어 정부의 적극적인 지원 아래 교류를 지속적으로 확대해 나갔다는 점을 들 수 있다.

기본조약 체결 후에는 민간 위주의 교류에서 정부 주도의 교류로 확대되어, 동독과 서독의 영화제작소가 공동 작업을 하기도 하고 양국의 텔레비전 프로그램의 교환 등도 이루어졌다. 이러한 양국 간의 문화교류는 1986년 양국 사이의 문화협정이 체결됨으로써 본격화되어, 문화교류가 제도화되었고 이후 독일통일의 밑거름이 되었다. 문화협정에 이어 양국은 1987년 문화교환 프로젝트에 합의한 후 더욱 더 실제적으로 대규모적인 문화예술 교류를 이루어나갔다.

1990년 양국 간에 체결된 '독일의 통일 수립에 관한 동·서독간의 조약(통일조약)' 제35조에서는 문화협력의 차원을 넘어 문화적 통합을 위

---

12) 「분단국의 경험과 우리의 과제」, 『통일문답』, 통일교육원, 2001(http://uniedu.go.kr).

한 주요한 사업영역과 기본원칙이 천명되었다.

(3) 독일의 문화통합 과정에서 나타난 특징적 사실

독일의 문화통합 과정에서 나타난 특징적 사실들, 곧 우리가 남북한 문화통합을 추진하는 데 있어서 특별히 유의하고 참고해야할 항목들은 다음과 같이 논의되고 있다.[13]

① 정부 간 공식적인 협정체결 이전에 민간분야 교류가 이루어졌으며 이를 정부가 적극 지원함으로써 통일문화 형성의 기틀을 마련하였다.

② 서독 정부는 일시적 선전효과가 아닌 장기적인 계획 아래 대동독 제안이나 교류 원칙을 발표하였는데, 모든 가능한 통로를 동원하여 지속적으로 가동하였다.

③ 상대측 체제의 약점으로 부각되거나 명분에 손상을 입힐 수 있는 민감한 분야의 교류는 뒤로 미루고, 쌍방이 공감대를 형성할 수 있고 상대방이 호응함으로써 이득을 얻을 수 있는 분야를 우선적으로 교류하였다.

④ 일종의 데이터뱅크식 교류협력 종합프로그램을 정부가 면밀하게 주도하여 정책의 일관성을 기하고 추진전략에서 실효를 거두었다.

⑤ 장기적 안목으로 청소년 교류에 주력하였다.

⑥ 특수 아이디어 사업에 지속적으로 주력하였다.

---

13) 한국문화정책개발원, 「민족 동질성 회복을 위한 통일 이후 독일 문화통합과정 연구」, 한국문화정책개발원(http://ns.kcpi.or.kr)

⑦ 문화교류협력을 위한 전문가를 꾸준히 양성하여 통일과정과 통일 기간에 나타난 의외성의 문제에 기민하게 대처하였다.

⑧ 서독은 통일 후 동독 주민들이 자유민주주의 시민생활에 적응할 수 있는 세부 방안을 사전에 충분히 마련하였다.

(4) 문화적 차원의 노력이 절실한 이유

동·서독의 통일은 오랜 기간 동안 치밀한 준비 가운데 진행되었음을 위의 항목들을 통해 알 수 있다. 그럼에도 불구하고 통합 이후의 여러 문제가 남아 양쪽 주민들 사이에 상호 적대적 감정까지 노출시키는 양상을 볼 수 있었다. 이는 문화적 통합이 단시일 내에 이루어지기 어려우며, 또한 강압적으로는 불가능한 일임을 말해준다. 이 같은 점을 염두에 둔다면 통일이 결국은 정치나 경제체제의 통합과 같은 외형적인 문제가 아니라 궁극적으로는 사람과 사람 사이의 통일을 의미하는 것이며, 이러한 과정에서 문화의 역할이 얼마나 중요한 것인가를 새삼 깨닫게 해준다고 하겠다.

2) 분야별 구체적 실천방안

(1) 올바른 통일문화 창출

독일 통일의 사례를 통해 알 수 있듯이 서로 다른 체제의 통합과정에서 문화가 차지하는 비중은 실로 큰 것이다. 또한 이러한 문화통합의 계획은 단기적인 안목으로는 큰 성과를 거둘 수 없다. 따라서 올바른 통일문화 창출을 위해서는 보다 장기적인 안목에서 남북한 이질성 극복 및 동질성 회복을 위한 점진적인 방안이 필요하다. 이러한 인식

아래 통일문화 형성에 있어 각 분야별로 시행할 수 있는 세부적 방안
을 찾아보는 것이 중요하다. 이에 대해 예술분야의 방안과 학술분야의
방안으로 나누어 제시한 포괄적인 논리를 살펴보면 다음과 같다.14)

(2) 예술분야의 방안

남북한 문화교류에 있어서 가장 중심이 되고 활발한 교류가 이루어
졌던 분야는 예술분야였다. 대중성을 바탕으로 남북한 주민들의 공동
정서에 호소하는 형식을 취했던 예술분야의 교류는 지금까지 남북한
주민의 이질감 해소와 동질성 회복에 큰 역할을 해 왔다. 그러나 지금
까지의 예술분야 교류가 주로 남과 북 각자의 특색 있는 예술형식을
중심으로 이루어진 것이라면, 앞으로의 교류는 준비과정에서부터 공연
까지 남북이 함께 고민하고 협력하여 그야말로 실질적인 통일문화의
장을 만들어 나가도록 노력해야 할 것이다. 또한 이를 위해서는 주로
음악분야 위주의 교류에서 벗어나 좀 더 다양한 분야의 예술교류가 이
루어지도록 해야 한다. 다음의 몇 가지가 바로 그러한 예가 될 수 있다.

① 음악 및 무용 등 남북 전통예술단 합동 공연 및 연주회 개최
② 남북한 공동의 전통악기 연구 및 개량
③ 남북 미술, 사진 등의 공동 전시회 개최
④ 남북 합동 공동 영화 제작 및 남북 영화 교환 상영
⑤ 비무장지대 등에 남북한 공동 영화촬영소 설치 등

---

14) 최대석, 「남북한 사회문화 교류협력 활성화를 위한 정책 제안」, 평화와 통일을 위
　　한 남북나눔운동(http://sharing.net)

(3) 학술 분야의 방안

예술분야의 교류와는 달리 학술분야의 교류에 있어서는 아직도 해결해야 할 과제가 많고 이를 위한 시간이 필요한 것이 사실이다. 따라서 학술분야의 교류는 서로 다른 체제와 사상 등의 민감하고 추상적인 부분보다는 보다 구체적이고 실질적인 부분들에 대한 교류가 우선되어야 할 것이다.

① 민족 공동 유산에 대한 남북한 공동 발굴 작업 및 학술 세미나 개최
② 남북한 보유의 민족 문화재 상호 교환 전시 및 합동 전시회 마련
③ 민족 박물관 설립
④ 남북한 표준어 사전 또는 통일 국어사전 공동 편찬
⑤ 첨단과학 및 기초과학 분야의 학술 교류
⑥ 컴퓨터 한글 기계화 공동작업 등

5. 통일문화의 새로운 선언과 방향성

1) 통일문화의 새로운 목표와 활동 계획

남북 문제에 있어 시대적 환경 변화와 사회적 인식 변화가 동시다발적으로 일어나고 있는 오늘날, 통일문화 또는 문화통합의 문제와 관련해서는 과거와 같은 수동적 자세가 아니라 적극적인 계획과 통합의

추진을 위한 노력이 요구된다. 여기에서는 그러한 사회·문화 운동의 목표를 가지고 출범한 사단법인 '통일문화연구원'의 사례를 통해, 그 목표와 활동계획을 참조해 봄으로써 통일문화 운동이나 문화통합 운동의 방향성을 검토해 보기로 한다.

(1) 목표

조국의 평화적 통일과 우리 민족문화의 세계화를 위하여, 민족문화의 동질성 회복 및 보존·계승·발전을 위한 연구를 수행하며, 남북한 간의 문화적 교류 및 협력사업을 추진하는 데 목적을 둔다.

(2) 활동계획

① 연구·조사활동 : 북한의 문화연구, 교육 및 교과과정 분석, 북한 경제와 남북 교류연구 등에 관한 심포지엄을 수시로 개최하여 남북한 비교연구와 상호 이질화된 문화통합 방안을 구체적으로 모색하는 한편, 통일문화 사이버문학관을 설치·운영하며, 임원들을 중심으로 순차적인 북한 현지실사 연구를 수행한다.

② 남북한 문화 및 언어이질화 현상 비교연구 : 경희대 아태지역연구원 및 국어국문학과 공동으로 남북한 문화 및 언어이질화현상에 관한 비교연구를 추진하는 한편, 장기적으로는 그 조사연구의 영역을 해외 동포사회, 곧 재중국 조선족사회, 재러시아 고려인사회, 재일본 조선인사회, 재미주·구주 한인사회로 확대해 나갈 계획이다. 이를 위해 양 기관의 공동출자를 통한 연구기금을 조성하고 지원가능 기관의 프로젝트 지원을 요청해 나갈 예정이다. 특히 남북한 문화이질화와 관련하여 경희대 무용학과와 공동으로 춤사위 변화현상을 집중적으로 연구할 계획도 있다.

③ 통일문화대상 시상 : 2003년 말부터 연 1회, 우리 사회에서 남북한 통일문화의 진작과 그 활성화에 기여한 공로를 평가하여, 현저한 업적을 남긴 개인 또는 기구를 선정, '통일문화대상'을 시상할 예정이다. 이 상의 제정 및 시상을 통하여 통일문화에 대한 우리 국민의 인식을 새롭게 하고 이를 적극적으로 실천해 나갈 풍토와 분위기를 조성하고자 한다.

④ '상해임시정부' 리모델링 : 내년부터 상해임시정부 건물을 독립기념관 내에 리모델링하는 사업을 범국민적 민간운동으로 추진함으로써, 남북한 이질화의 근원과 역사적 전개과정을 환기하는 한편, 이를 극복할 국민적 문화통합 의식의 형성을 적극적으로 유도하고자 한다.15)

통일문화연구원의 이와 같은 활동 계획은, 향후 남북한 문화통합의 길에 범국민적 참여와 실천이 어떻게 이루어져야 할 것인가에 대한 하나의 시금석(試金石)이 된다. 이 문제가 그야말로 민족공동체 전체를 아우르는 것인 만큼, 정부 차원의 노력 외에도 이러한 민간기구나 단체들의 적극적인 활동이 확산되어 나가야 하고, 정부에서도 이를 유도하고 후원하는 능동적 국면 전환을 시도해야 할 것이다.

2) 통일문화 운동의 새로운 방향성

지금까지 이 글에서 살펴본 것은 통일문화 운동의 구체적 실천 방안과 방향성에 관한 것이었다. 이러한 성격의 일, 곧 길이 없는 곳에

---

15) 통일문화연구원, 『통일문화의 새로운 선언』, 2002.

길을 내면서 가는 일은, 결코 말로만 하는 구두선(口頭禪)에 그쳐서는
진척이 없다.

먼저 남북한 문화이질화에 대한 정확한 이해와 상황 분석이 필요하
다. 그 현황에 대한 체계적인 진단과 분석, 문화통합 항목별로 접근 및
성사 가능한 추진 방안의 모색, 남북 공동연구의 가능성 타진과 협력
체계 수립, 민족 고유의 전통과 양식 또는 언어와 습관 등에서 공동체
적 공통성 추출 등 여러 방향과 여러 단계의 실천적 노력이 수반되어
야 한다. 이러한 항목들의 현상적 실제, 변화의 실태 등에 대한 객관적
연구가 이루어져야 한다.

그리고 그와 같은 연구 성과를 바탕으로 하여 실천 가능한 통일문
화 운동의 아이템 개발과 적극적 추진이 필요하다. 정치·군사 문제를
그 밑바탕에서 떠받치고 있는 정치문화·군사문화, 경제·사회 문제를
그 밑바탕에서 떠받치고 있는 경제의식·사회의식이, 남북 간에 서로
어떻게 이질화되었고 그 이질성을 극복하고 민족적 통합의 길로 나아
갈 방안이 무엇인가를 연구하는 것이 먼저이다.

그리고 그 다음에는 이를 하나의 국민운동 수준으로 승격시키고 동
시에 이를 추진해 나갈 방안과 방향성을 확보해야 한다. 그만한 각오와
의욕이 없이는 어려운 문제이기 때문이다. 그 운동 또한 과거 새마을운
동의 전례에서 교훈을 얻은 바와 같이 정권적 차원이 아니라 민족적
차원에서 분명한 대의(大義) 아래 추진되어야 마땅하다. 여기에는 정부
와 민간 기구가 서로 연합하여, 공동 노력의 결실을 지향해 나가야 할
것이다.

*2*_두 번째

주체문학 성립 이전까지의 북한소설

1. 머리말

지금까지 북한문학을 지속적으로 탐색해 온 한 연구자는 북한 문학을 바라보는 의미 있는 시각을 보여주고 있어 주목을 요한다. 그는 분단구조 하에서 자기중심주의가 강하게 드러나는 때는 물질적·정신적으로 자신이 상대방에 대해 체제적 우월성을 갖고 있다고 생각하는 시기라고 전제한 후, 국가 사회주의의 전반적 붕괴 이후인 1990년 이후의 남한 사회가 그러하고, 해방 이후 1970년대 초반까지의 북한 사회가 이에 해당한다고 주장한다.[1] 분단구조를 넘어서기 위해서는 이러한 자기중심적 통합주의를 극복할 필요가 있는데 - 자기중심적 통합주의는

1) 김재용, 『분단구조와 북한문학』, 소명출판, 2000, p.16 참조.

상대방을 타자화함으로써 주체의 자기동일성에 빠지는 경우이다 - 그것이 자신의 척도에 상대편을 강요하는 것인 만큼 상대방으로 하여금 수세적 방어에 나서게 함으로써 진정한 통합을 이루어내지 못하고 있기 때문이다. 북한은 해방 직후 이른바 민주기지론에 입각한 통일론을 내걸었다. 남북한을 전체적으로 사고하기보다는 북한 내부에 민주주의를 먼저 제도화하고 이를 기반으로 통일을 성취하려는 민주기지론은 한국전쟁으로 이어졌다. 이 전쟁은 분단의 공고화에 결정적인 역할을 하게 되었다.2)

해방부터 1970년대 초반까지 북한 우위의 상황에서 벌어진 이 자기중심적 통합주의를 세심하게 검토하여 오늘의 분단현실, 즉 남한의 자기중심적 통합주의를 되돌아보는 계기로 삼아야 할 필요가 여기에 있다. 해방 이후 북한의 문학은 1967년을 기점으로 커다란 변화를 보인다. 1967년 이전까지는 마르크스-레닌주의의 유물론적 문예이론을 당의 공식적인 노선으로 채택하였다. 그러나 1967년을 기점으로 북한은 이전의 문예이론을 주체적으로 계승한 '주체문예이론'을 당의 공식 문예이론으로 삼는다. 이후 지금까지 북한의 문학은 주체문예이론이라는 공식틀을 벗어나지 않고 있다고 해도 과언이 아니다. 북한문학을 바라보는 우리의 시각은 이러한 특수성을 고려하여야 한다. 이에 북한문학에 접근하는데 있어서 그들의 문예이론 자체를 비판, 거부하기보다는, 마르크스-레닌주의 문예이론과 주체문예이론 사이의 미세한 떨림이 북한소설에서 어떠한 방식으로 전개되었는가를 포착하는 작업이 유효하리라 생각된다.3)

---

2) 김재용, 위의 책, pp.19-20 참조.
3) 남한에서 씌어진 최초의 본격적인 북한 문학사라 할 수 있는 『북한문학사-항일혁

이 글은 해방 이후부터 1967년 이전까지의 소설 문학을 개관하려
는 의도에서 씌어진다. 주체문학이 성립되기 이전까지의 소설을 일별함
으로써, 1967년 이후 오늘날까지 지속되는 주체문학의 정체성을 '오래
된 미래'인 과거와의 연관 속에서 되짚어보려는 시도의 연장이다.4)

2. '평화적 민주건설 시기'의 소설(1945-1950)

8·15 해방은 한반도의 역사에 일대 전기를 가져다주었다. 해방공
간에서 북한은 남한보다 상대적으로 혼란이 적었는데, 이는 사회주의
체제를 성립시키고 건국의 역사를 다시 써야 한다는 목적의식이 뚜렷

명문학에서 주체문학까지』(신형기·오성호 지음, 평민사, 2000)는 방대한 텍스트
분석을 토대로 북한문학의 이론적 체계화를 시도하고 있다. 그러나 이 책은 북한
문학 전반을 김일성 주체사상이라는 거대담론에 종속시킴으로써 해방 직후에서 주
체사상이 성립되기까지의 북한문학을 의도적으로 오독하고 있다. 주체사상을 북한
문학 이해의 대전제로 삼음으로써 주체사상이 성립되기까지 북한에서 진행된 문학
논의들의 상대적 자율성을 포착하지 못하고 있는 것이다. 이 책의 저자들은 해방
이후의 북한문학 전반을 '항일혁명문학에서 주체문학까지'로 요약한다. 여기에는
해방 이후 1967년까지의 북한문학의 주류를 '항일혁명문학'으로 보는 시각이 반영
되어 있다. 이에 따른다면 북한에서 김일성 이외의 모든 사람들은 단순히 그를 위
해 존재하는 꼭두각시에 불과하다는 느낌을 지울 수 없다. 북한문학이 남한의 왜
곡된 시선에 의해 재단되는 편향, 즉 현재의 관점에서 과거를, 혹은 우리의 입장에
서 북한을 평가하고 있는 대표적인 사례라 할 수 있다.
4) 김윤식은 남북한 현대문학사 서술 방향에 대한 예비고찰을 시도하는 자리에서, 주
체문학론 이전의 북한문학은 카프문학의 전통성에 기초한 것으로 규정할 수 있다
고 전제한 후, 앞으로 카프문학의 위치가 항일혁명문학과 동등한 수준으로 인식되
는 것은 시간 문제이며, 거기서 조금만 시간이 더 지나면 둘 사이에 관계의 역전
이 벌어질 수도 있다고 예상하고 있다.(김윤식, 『북한문학사론』, 새미, 1996, pp.
11-33 참조)

했기 때문이다. 이 시기의 북한소설은 일제의 잔재를 청산하고 새로운 체제를 정비·강화하는데 주력했다. 새 시대가 인민의 시대가 되어야 한다는 전제 아래 인민의 국가를 건설하는데 총력을 기울였다. 제국주의의 식민 잔재를 청산하고 고통 받던 대다수의 민중들이 복지를 누려야 한다는 논리였다. 이는 토지개혁(1946년 3월 5일)과 조선노동당 결성(1946년 8월 28일) 그리고 인민공화국 수립(1948년 9월 9일) 등의 과정을 통해 급진적으로 진행되었다.

특히, 토지 개혁은 계급적 이해의 관점에서 인민들을 통합하는데 결정적인 기여를 한 대사건이었는데, 이를 주도한 김일성이 진정한 인민의 대표로 부상하게 되는 계기를 마련해 주었다.

평화적 민주건설 시기 북한의 문예이론은 1930년대 프로문학을 비판적으로 계승하고 있다. 일본제국주의에 의해 억압·탄압받던 무산계급의 의식을 사회주의 국가 건설이라는 목표를 향하여 나아가도록 조직해야 했기 때문인데, 이에 따라 마르크스-레닌 사회주의 문예이론은 새로운 시대에 걸맞은 목적문학으로서의 틀을 갖추게 되었다. 이 시기 북한 문단에서 이기영과 한설야 등 카프 계열의 작가들이 주도적인 역할을 했다는 점은 이를 반증하는 한 예다.

1947년 김일성에 의해 '고상한 문학'이 제기되는데, '고상한 사실주의 문학'은 새로운 국가 건설에 참여하는 영웅적인 인민의 모습을 형상화함으로써 대중들을 적극적으로 교양하는 것을 그 내용으로 한다. 이러한 고상한 사실주의는 사회주의 리얼리즘으로 공식화되어 건국사상 총동원 운동의 미학적 바탕이 된다.

이 시기 소설문학의 전반적인 모습을 살펴보면 사회주의 제도의 우월성을 찬양한다든지, 노동의 중요성을 강조하는 내용, 김일성을 찬양하는 작품, 조선과 소련의 국제적 친선을 강조하는 주제, 반한·반미 투쟁을 선동하는 소설 등으로 대변된다.

먼저, 사회주의 제도의 우월성을 예찬하는 작품들을 살펴보자. 토지개혁을 소재로 일제 식민지 잔재와 새로운 국가 건설의 문제를 다룬 작품으로 이기영의 「개벽」(1946), 『땅』(개간편, 1948; 수확편, 1949) 그리고 한설야의 「마을 사람들」(1946), 황건의 「산곡」(1947) 등이 있다. 특히 『땅』은 해방 후 북한에서 씌어진 최초의 장편소설인데, 이 작품의 주인공 '곽바위'는 개인적 실리보다 공동체의 이익을 위해 헌신하는, 혁명적 낭만주의를 체화한 민중의 전형, 즉 토지개혁에 의해 새롭게 탄생하는 농민의 형상으로 높이 평가되고 있다.

둘째, 새로운 국가의 건설과 생산에 앞장선 건강한 노동계급을 찬양하고 그들의 성장과정을 소설화한 작품을 들 수 있다. 황건의 「탄맥」(1949), 한설야의 「탄갱촌」(1947), 리북명의 「로동일가」(1947), 박웅걸의 「류산」(1948) 등이 여기에 해당한다. 「로동일가」는 1947년 7월에 흥남비료공장의 창의로 전개된 노동자들의 증산경쟁을 소재로 하고 있는 작품인데, 새로운 시대에 걸맞은 새로운 인물의 고상한 품격을 부정인물과의 대비를 통해 제시함으로써 주목을 받았다.

셋째, 김일성 찬양에 바쳐진 작품으로 한설야의 「혈로」(1946), 「개선」(1948)을 들 수 있다. 비록 일화의 범위에 머물고 있지만, 김일성의 형상을 전경화함으로써 수령 형상 문학의 시초를 연 작품들이다. 그리고 1930년대 김일성의 항일혁명투쟁을 배경으로 한 작품들도 창작되었는데, 천정송의 「유격대」(1948), 박웅걸의 「압록강」(1948) 등이 그것이다.

넷째, 조선과 소련의 형제애적 연대를 다룬 작품들도 발표되었다. 평화적 민주건설 시기 소련은 북한의 모범적 모델로 기능했는데, 식민지 조선을 해방시킨 해방군으로 여겨졌기 때문이다. 한설야의 「남매」
(1948), 윤시철의 「지질기사」(1950), 리춘진의 「안나」(1949), 김사량의 「칠현
금」(1949) 등이 그것인데, 사회주의 제도의 우월성과 고상한 품격을 지
닌 인간을 제시함으로써 국제적인 연대를 과시하였다. 주체문학론 성립
이후인 1967년 이후의 북한 문학사에서 이러한 작품들이 언급되지 않
는 점은 주목을 요한다. 여기에는 마르크스-레닌주의 문예이론과 차별
성을 갖는 주체문예이론의 우월성을 강조하려는 의도가 함축되어 있는
것으로 보인다.5)

다섯째, 반(反)남한 반(反)미 투쟁을 선동하는 작품을 들 수 있는데,
리갑기의 「료원」(1949), 리동규의 「그 전날 밤」(1945), 박태민의 「제2전
구」(1949), 김사량의 「남에서 온 편지」(1948), 이태준의 「첫 전투」(1949)
등이다. 「남에서 온 편지」는 민주기지론에 입각한 북한의 시선으로 남
한의 비참한 현실을 조명하고 있는 작품이다.

이 시기의 소설 문학은 카프의 혁명적 문학 전통을 이어받아 활기
찬 노동과 결부된 인간의 성격을 창출함으로써 해방 후 북한의 가장
시급한 과제였던 사상 개조 사업에 큰 역할을 한 것으로 보인다. 특히
북한 내부의 개혁을 제도화한 토지개혁의 자신감은 분단구조를 주체적
역량으로 극복하려는 민주기지론의 논리로 이어져 한국전쟁이라는 비극
을 야기했다.

---

5) 이에 대해서는 『조선문학통사』(사회과학출판사, 1959)와 『조선문학개관』(사회과학
　출판사, 1986)을 비교 검토하고 있는 『북한의 현대문학 Ⅱ』(윤재근·박상천 공저,
　고려원, 1990, pp.112-113)를 참조할 것. 이 책에 의하면 『조선문학통사』는 마르
　크스-레닌주의의 기본관점을 비교적 철저히 따르는 반면, 『조선문학개관』은 주체
　사상의 관점에서 기술되었기 때문이다.

3. '조국해방전쟁 시기'의 소설(1950-1953)

해방 직후 북한에서의 당의 문예정책 또는 문학 이론은 문학을 어떻게 현실 속으로 끌어들이고 대중들의 생활을 어떻게 반영하느냐는 문제에 집중되었다. 그런데 전쟁을 치르면서 문학은 투쟁의 강력하고도 예리한 무기가 되어야 한다는 문학의 무기화론이 등장하게 되었다. 작품도 평화적 민주건설 시기 소설보다 더 강렬하고 전투적이게 되었으며 이에 따라 장르의 확산을 가져오게 되었다.6)

특히 조국해방전쟁 시기 당의 문예정책은 전쟁 이데올로기를 선전·선동함으로써 문학을 투쟁의 무기로 전화시키는데 초점을 두었다. 이에 '대중적 영웅주의'가 부각되었는데, 일본 제국주의의 자리에 들어선 미제국주의와의 싸움에 모두가 전사로 나서야 한다는 사상의 발현이다.

먼저, 전쟁 초기 전투적인 정론문학과 '전선 오체르크'(종군기록물)가 활발하게 창작되었다. 정론은 전투적인 언어와 선동성을 가지고 인민들을 신속하게 전쟁 승리의 길로 동원시키는 데 기여했으며 동시에 인민들을 사상·정치적으로 무장시키는 데 복무했다. 대표적인 정론으로는 한설야의 「미국 식인종들의 말로」(1950), 이기영의 「피는 피로써 갚자!」(1950), 황건의 「정의는 이겼다」(1953), 백인준의 「아이젠하워의 발작」 등이 있다. 그리고 황건의 「암흑의 밤은 밝았다」(1950), 남궁만의 「미군격멸기」(1950), 리동규의 「해방된 서울」(1950), 김사량의 「바다가 보인다」(1950) 등의 전선 종군기는 전선의 생생한 소식을 후방에 전했다.7)

---

6) 윤재근·박상천 공저, 위의 책, pp.205-206 참조.

다음으로 인민군의 전투를 소재로 한 작품들이 발표되었다. 황건의 「불타는 섬」(1952)은 1950년 9월 월미도 전투를 취재하여 인민군대의 영웅주의적 모습을 혁명적 비극으로 형상화하였다. 박웅걸은 「상급 전화수」(1952)에서 위급한 전투 상황 속에서 자신의 몸으로 전화선을 이어 통신을 보장함으로써 전투승리를 이끌어낸 영웅적 통신병의 이야기를 그렸다. 이 밖에도 대중적 영웅주의의 새 인간들을 형상화한 작품으로 윤세중의 「신대원과 구대원」(1952), 한설야의 「땅크 214호」(1953), 「전별」(1951), 박웅걸의 「나의 고지」(1952), 윤세중의 「분대장」(1951), 김영석의 「화식병」(1951) 등이 있다.

전쟁 시기 후방에서 싸우는 전사들의 모습을 형상화한 작품들도 창작되었다. 한설야의 『대동강』(제1부 1952)은 국군 치하 청소년노동자-애국자들의 영웅적 투쟁을 형상화함으로써 높은 문학적 평가를 받고 있다. 천세봉의 「싸우는 마을사람들」(1953)은 후방 농민들의 빨치산투쟁을 중점적으로 형상화하고 있는데, 농민들의 구체적 생활을 훌륭하게 그려내었다는 평가를 받았다. 이 밖에 전시 하 후방 인민들의 영웅주의를 형상화한 작품으로 박웅걸의 「나루터」(1952), 변희근의 「첫눈」(1952), 천세봉의 「흰구름 피는 땅」(1952) 등이 있다.

다음으로 미제국주의의 만행과 그 야수적 본질을 폭로함으로써 이에 대한 투쟁을 선동하는 작품으로 한설야의 「승냥이」(1951)와 리북명의 「악마」(1951) 등이 있다.

마지막으로 한설야는 김일성의 항일무장투쟁을 형상화한 장편 『력사』(1953)를 발표하였다. 이 작품은 『조선문학통사』(1959)에서 "작가는

---

7) 사회과학원 문학연구소, 『조선문학통사-현대문학편』(1959), 인동, 1998, p.250 참조.

46

위대한 형상을 창조하면서 결코 <후광>을 들씌운 가공적인 데 떨어지지 않았으며 인민의 수령을 형상하면서 생동한 인간적 모습을 초월하지 않았다."8)고 높게 평가받았지만, 주체사상 성립 이후 간행된『조선문학개관』(1986)에서는 전혀 언급이 없다. 이 또한 마르크스-레닌주의와 주체사상의 단층을 보여주는 한 예이다.

이상에서 살펴보았듯이 조국해방전쟁 시기 북한의 소설은 한편에서는 남한과 미국에 대한 적개심을 강조함으로써 내부적 결속을 다지고, 다른 한편에서는 승리에의 믿음을 강조하는 낭만주의적 경향의 작품이 주류를 이루었다. 이러한 과정을 통해 김일성 중심의 북한식 사회주의 체제가 구축·강화되는 경향을 보인다.

4. '전후복구와 사회주의 기초 건설을 위한 시기'의 소설 (1953-1958)

전후복구건설은 전쟁의 상처를 극복하는 과정이면서 동시에 새로운 사회주의 건설의 길과 맞닿아 있었다. 이 시기 북한에서는 전국 인민의 적극적인 지지를 토대로 전후복구건설을 다그쳐 경제를 복구하는 한편 도시와 농촌에서 사회주의적 개조를 실시하여 본격적인 사회주의 건설에로 들어서게 된다.9)

김일성은 이 시기에 그의 최대의 정적인 남로당을 비롯한 반대파를

---

8) 사회과학원 문학연구소, 위의 책, pp.255-256.
9) 김춘선,『한국-조선현대문학사(1945-1989)』, 월인, 2001, p.109 참조.

완전히 제거한다. 이러한 사정이 문학에서는 종파투쟁과 수정주의에 대한 비판의 형식으로 전개되어, 문인 숙청을 통해 당과 일원론적 결속관계를 지닌 문단의 재편성으로 나타난다. '천리마운동'은 1956년 '북한노동당 중앙위원회 12월 총회'에서 결정된 것으로 경제·문화 건설의 집단적 혁신을 이루고, 주민을 공산주의적 인간형으로 개조함으로써 사회주의의 완전 승리를 이루기 위한 일대 혁명운동이자 대중적 선동사업이다.10)

전후복구와 사회주의 기초건설을 위한 시기 북한소설은 도시와 농촌에서의 사회주의적 개조, 특히 농업 협동화와 공업 발전을 이루기 위한 노력 투쟁을 다룬 작품들이 가장 큰 비중을 차지하고 있다.

먼저, 노동현장에서 투쟁하는 인민들의 삶을 다루고 있는 작품으로, 선진기술 도입을 위해 노력하는 지식인의 삶을 형상화한 윤세중의 장편소설 『시련 속에서』(1957)와 낡은 것과 새 것의 대비를 통해 노동자들의 의식변화 과정을 추적함으로써 새로운 시대의 노동자상을 제시한 유항림의 「직맹반장」(1954)을 들 수 있다. 그리고 변희근의 「빛나는 전망」(1954)은 전후복구건설 시기 중요한 문제로 제기되었던 여성들의 사회진출 문제를 다루고 있는데, 가정의 울타리를 벗어나 전후복구사업에 적극적으로 참여하는 여성 인물을 통해 여성의 노동력이 절박하게 필요한 당시의 현실을 반영하고 있다.

다음으로 농촌의 사회주의적 개조과정을 소재로 한 작품들이 많이 창작되었다. 강형구의 「출발」(1954), 김만선의 「태봉영감」(1956), 천세봉의 『석개울의 새봄』(1부 1958) 등이 그것이다. 특히, 『석개울의 새봄』은

---

10) 홍용희, 「해방 이후 북한 시의 역사적 고찰」, 『북한문학의 이해 2』, 청동거울, 2002, p.39 참조.

48

전후 농촌의 협동화 과정을 그린 이 시기 대표적인 작품으로 꼽힌다. 정전 직후 농업협동조합이 조직되던 시기부터 이듬해까지를 배경으로 '석개울'이라는 농촌 마을을 무대로 전개되는 이 작품은, 협동조합에 참여하기를 거부하거나 동요하던 인물들이 자발적으로 조합에 가입하게 되는 과정을 진실하게 형상화한 점, 농촌현실과 자연풍경에 대한 풍부하고 생동한 묘사, 섬세한 심리묘사, 생동한 언어표현수법 등 사실주의 작가로서의 창작적 개성을 잘 보여주고 있다는 평가를 받는다.[11]

　이 시기 북한소설에서 역사적 주제의 작품들도 적지 않게 창작되었는데, 이는 전후 인민들에게 계급적 의식을 교양하려는 의도와 긴밀한 연관을 가진다. 여기에 해당하는 대표적인 작품으로 이기영의 『두만강』(제1부 1954; 제2부 1957), 한설야의 『설봉산』(1956), 최명익의 『서산대사』(1956), 박웅걸의 『조국』(1956), 황건의 『개마고원』(1956) 등이 있다. 특히, 『두만강』은 과거 수세기에 걸쳐 역사에서 버려진 인민들의 해방투쟁을 대장편의 형식으로 형상화한 전후 문학의 거대한 성과라 평가받는다. 이 작품은 19세기 말에서 1920년대 말에 이르기까지 조선 사회의 변모과정을 '송월동'이라는 부락에 대한 구체적인 묘사를 통해 일반화하였다. 『조선문학통사』는 『두만강』을 '대장편'의 형식이라 극찬하고 있는데, 이에 따르면 장편소설과 구별되는 하나의 장르로서의 '대장편'은 인민의 창조적 역할이 특별히 작가의 과업으로 나서는 곳에서 탄생된다. 이기영의 『두만강』은 일제가 조선 침략을 개시한 금세기 초두의 극적 순간부터 발생한 인민의 민족해방투쟁, 즉 의병투쟁, 3·1 민족봉기, 노동계급이 영도한 새로운 단계에 있어서의 민족해방투쟁 등으로 전개된 애국적 전통에 그 구상의 기초를 둔바, 거기에서 바로 인민을

---

11) 김춘선, 앞의 책, pp.116-118 참조.

그 역사적 주인공으로 등장시켰으며 또 역사의 주인공으로서의 인민에 대한 주목에 작품의 모든 측면들을 연결시킴으로써 '대장편'이 된다는 것이다.12) 이상의 역사소설들은 당시 사회주의적 삶을 건설하기 위해, 일제 식민치하의 봉건적이고 파행적인 자본주의의 세계관, 더 거슬러 올라가서는 조선시대의 봉건적 세계관이 지배했던 과거의 삶을 재해석할 필요가 있었다는 점에서 창작 동기가 부여되었다. 역사의 재해석은, 당시 작가들이 건설하고자 하는 문학에 정통성을 부여하고자 하는 작업의 일환이었다.13)

전후복구와 사회주의 기초 건설을 위한 시기의 소설에서 주목할 점은 장편소설이 많이 창작되었다는 점이다. 이는 전후 복구와 사회주의 건설이라는 뚜렷한 목적의식에 의해 담보되는데, 삶을 총체적으로 바라볼 수 있는 여유와 자신감의 발현이다. 이러한 작품들은 사회주의적 개혁에 대한 작가들의 확신과 의지를 반영한다고 볼 수 있다.

5. '사회주의의 전면적 건설을 위한 시기'의 소설 (1958-1967)

북한은 전후복구건설 시기를 통해 농업협동화와 중공업 부분의 성장을 완수했다고 선언한다. 1958년에 이르러 사회주의 제도가 일단 확립되었다는 것이다. 1961년 노동당 제4차 당대회는 그 동안의 반종파

---

12) 사회과학원 문학연구소, 앞의 책, p.335 참조.
13) 정혜경, 「'인민'의 사회주의적 정체성 건설과 '고상한 리얼리즘'」, 『남북한 현대문학사』, 나남, 1995, p.195 참조.

투쟁과 사회주의적 개조를 종결하고 새로운 사회주의 공업국을 향한 계속적인 혁명을 촉구하는데, 이는 인민대중을 공산주의 사상으로 무장시키라는 것이다. 이러한 북한 정권의 요구를 대표하는 것이 '천리마운동'이다. 북한문학은 천리마 시대를 맞이하여 자본주의의 반동성과 멸망의 불가피성, 사회주의·공산주의의 우월성과 승리의 필연성을 힘있게 확인하며 근로자들 속에서 개인주의·이기주의를 반대하고 노동을 사랑하는 정신으로, 계속 혁신, 계속 전진하는 혁명사상을 키우며 공산주의적 풍모를 확립하는데 이바지해야 했다.14)

천리마 시대 현실을 배경으로 한 이 시기 북한소설은 사상과 기술혁명을 통해 증산을 도모하는 공산주의 건설의 모범 인물을 형상화하는 데 주력한다. 1960년 김일성은 긍정적인 것이 사회의 기본이 되었으니, 부정인물을 형상화할 필요가 없다고 주장하기에 이른다. 여기에 따라 인물형상 창조에서 긍정적 모범인물을 창조하는 것이 중요한 문제로 제기된다. 이는 사회주의적 개조가 완결됨에 따라 착취계급이 소멸되어 계급관계에서 근본적인 변화가 생겼다는 현실인식에서 기인한다.

이 시기 소설의 가장 주목되는 특징으로는 항일혁명투쟁을 형상화한 작품이 두드러지게 증가되었다는 점이다. 북한문학에서 1958년까지는 카프문학만이 정통으로 여겨졌으나 1959년 이후부터는 점차 카프문학보다 항일혁명문학이 우위를 점하면서 정통으로 자리잡아 간다. 특히 1959년에는 1953년에 이어 제2차 항일혁명전적지 답사단이 대대적으로 구성되어 파견된다.15)

우선, 천리마운동의 현실을 반영한 작품들이 활발하게 창작되었다.

---

14) 김병진, 「해방 이후 북한 소설사」, 앞의 책, pp.63-64 참조.
15) 홍용희, 「해방 이후 북한 시의 역사적 고찰」, 앞의 책, p.41 참조.

김병훈의 「해주-하성에서 온 편지」(1960), 「길동무들」(1960), 석윤기의 「행복」(1963), 리병수의 「령북땅」(1964), 김홍무의 「회답」(1963), 윤시철의 『거센 흐름』(1964), 현희균의 『청춘의 고향』(1966), 권정웅의 「백일홍」(1961) 등이 그것이다. 이러한 작품들은 철길 개건공사장(「해주-하성에서 온 편지」), 담수양어장(「길동무들」), 발전소 건설장(『거센 흐름』) 등 생산 현장을 배경으로 진취적이고 헌신적인 천리마 기수들의 애국심을 그리고 있다.

다음으로, 이 시기 '혁명적 대작'에 관한 논의에 뒤이어 역사적 격변기를 배경으로 한 장편소설들이 활발하게 창작되었다는 점도 주목을 요한다. 혁명적 대작 논의는 1964년 '혁명적 문학예술을 창작할 데 대하여'라는 김일성의 교시에 의해 촉발되어, 1960년대 중반 이후 몇 년 동안 집중적으로 이루어진다. 혁명적 대작이란 사회주의적 사실주의 창작방법의 하나로, 문학의 교양적 측면과 공산주의적 사상성을 중시한다. 여기서 핵심은 영웅의 형상을 묘사하되, 전설적이고 비범한 인간형보다는 평범한 청년이 점차적으로 혁명 의식화되고 시대의 선각자로 변모하는 '혁명적 세계관의 형성'을 보여주는 데 있다.16)

항일혁명투쟁에 참가한 혁명가들의 장렬한 투쟁을 다룬 작품으로는 림춘추의 『청년전위』(1962)와 박달의 『서광』(1959)이 있으며, 대작 논의를 바탕으로 조국해방전쟁을 서사적 화폭으로 형상화한 작품으로 석윤기의 『시대의 탄생』(1966)이 있다. 또한 과거의 역사를 새롭게 조명함으로써 당시 북한 사회의 정당성을 확인하려는 소설로 천세봉의 『대하는 흐른다』(1960)와 박태원의 『계명산천은 밝아 오느냐』(1965-1966)가 주목을 받았다.

이러한 대작 논의와 창작은 혁명 역사의 형상화를 주제로 시작되었

---

16) 손화숙, 「공산주의적 교양과 긍정적 인물의 변모양상」, 앞의 책, pp.334-335 참조.

지만 결과적으로 수령을 형상화하는 원칙과 방법들을 마련하는 계기가
되었다. 천리마 운동과 더불어 공산주의 교양이 요구되었고, 김일성이
이끈 항일혁명역사가 공산주의 사상과 공산주의자의 전형을 보여준 유
일한 전통으로 간주되면서, 항일혁명문예가 발굴되고 대작 논의가 전개
되는 과정은 자못 정연하다. 그것은 주체시대를 준비하는 것이었고, 주
체시대로 이어지는 것이었다.17)

　그러면 공산주의의 도래라는 이데올로기와 항일혁명문학 강조 사이
에는 어떤 내적 연관이 있는가? 당시 공산주의 건설을 위해서는 인민
들의 단합된 혼연 일체된 동원이 필요했을 것이고 이를 위해서는 항일
혁명운동에서의 일사분란한 단체 행동이 그 모범으로 제공되었을 것이
며 그 과정에서 항일혁명문학이 강조된 것으로 보인다.18)

6. 맺음말

　이상으로 해방 이후부터 주체사상이 확립되는 1967년 이전까지의
북한소설을 간략하게 살펴보았다. 1945년에서 1967년까지의 북한소설
은 마르크스-레닌주의 문예이론이 주체문예이론으로 이행되어 가는 과
정을 반영하고 있다. 이러한 과정은 남북관계에서 북한이 체제적 우월
성(김재용)을 서서히 상실해가는 과정, 즉 주체를 강조하면 할수록 상대

---

17) 신형기·오양호 공저, 『북한문학사-항일혁명문학에서 주체문학까지』, 평민사, 2000,
　　pp.255-260 참조.
18) 김재용, 「북한에서의 항일 혁명 문학 평가의 역사」, 『북한문학의 역사적 이해』, 문
　　학과 지성사, 1994, p.209 참조.

편에게 소외되는 현실과 맞물리고 있다.

이제 북한 문학은 어디로 갈 것인가? 쉽게 예상하기는 어렵지만 이러한 균열은 더욱 심화될 것으로 보인다. '현실'과 '절대정신' 사이의 줄타기로 요약할 수 있는 북한문학의 딜레마는 '주체문예이론'의 자의식, 더 나아가 북한 체제의 자의식을 유추할 수 있는 각주의 역할을 한다.

자의식은 스스로에 대한 객관적 거리를 바탕으로 형성된다. '주체문예이론'의 자의식은 스스로를 타자화하는 아픔, 즉 타자(개방)를 통한 스스로의 위상 정립과 맞물려 있는 절체절명의 과제 속에서 형성될 것으로 보인다. 예컨대 '민족문화유산'에 대한 재평가는 '혁명적 문화유산'에 대한 타자화에 기여할 것이며, 기질이나 개성에 대한 강조는 '주체문예이론'의 이념성에 미세한 균열로 작용할 것이다. 이러한 흐름에 대한 지속적인 탐색은 북한 문학 내부의 과제일 뿐만 아니라 통일문학을 준비하는 남한 문학의 실질적 과제이다.

3_세 번째

북한문학에 나타난 6 · 25동란

1. 전쟁의 개념적 이해와 전쟁 · 전후소설

한국사의 공식 기록에서 '6 · 25동란'이라고 명명되던 용어 개념은 이제 그 지위를 점차 상실해 가고 있다. 기본적으로 '난(亂)'은 체계적 정통성이 있는 국가 또는 집단과 그렇지 않은 상대방 사이에서 발생한 쟁투를 말하고, '전(戰)'은 자격이 동등한 양자 사이에서 발생한 경우를 두고 말한다. 그런데 이 용어 개념의 원칙성에 대한 인식이 흐려지고, 특히 국제화 시대의 여러 소통구조가 활성화되면서 '한국전쟁(The Korean War)'이라는 영어식 표기법이 역수입되어 사회과학계를 중심으로 세력을 얻게 되자 어느덧 이 용어가 자연스러운 대체현상을 보이는 지점에 이른 것이다.

그런데 정작 중요한 것은, 이러한 용어 자체의 사용 사례나 빈도를 따지는 일이 아니고 그 용어 사용 양상의 변화가 언표하는 바, 6월 전쟁에 대한 성격 규정 문제이다. 다시 말하자면 북한을 한반도 내에 있어서 '대한민국'과 동등한 자격을 갖춘 합법적 정치 체제로 인정하느냐, 그렇지 않으면 '유엔이 인정한 한반도의 유일한 합법 정부'라는 명분을 고수하여 북한 체제를 일시적인 개별 집단으로 간주하느냐 하는 문제인 것이다. 미상불 이 인식의 모양새에 따라, 북한을 그냥 '북한'이라고 부를 것인지 '조선민주주의인민공화국'이라고 호명해도 괜찮을 것인지의 판단이 맞물리는 형국이 된다.

오늘날의 북한은 핵무기 문제로 세계 유일의 초강대국 미국과 벼랑 끝 단판 승부를 연출하는 절체절명의 자리에까지 이르러 있다. 자기 백성을 굶겨 죽음으로 몰고 가는 정권의 정당성에 관한 논의를 차치해두고 보면, 북한을 두고 체제의 합법성 문제를 논의하는 것 자체가 무의미한 상황이라 하지 않을 수 없다. 사정이 그러하다면 '6·25동란'이냐 '한국전쟁'이냐의 논란은 그 실효성 자체가 일정한 가치를 확보하기 어려운 터이다. 또한 한 시대에 있어 언어의 변화라고 하는 것도 당대 언중이 사용 빈도를 높여 과반을 상회하는 확산 효과를 보이게 되면 언어 자체의 규정을 조정하지 않을 수 없게 되는 것이다. 주기적으로 국어의 표준말을 개정해야 하는 이유도 바로 그와 같은 일과 관련되어 있다 하겠다.

요약하여 말하자면, 북한을 우리와 대등한 시대적 사회적 실체를 가진 정치 체제로 보고 6·25동란, 한국전쟁을 논의할 때에 그 논의가 구체적인 현장 적용성을 얻게 될 것이라는 뜻이다. 우리가 '6·25동란 기간'이라고 지칭하는 1950년대에서 1953년 사이를 북한에서는 '위대한 조국해방전쟁 시기'라고 지칭하고 있다. 그러한 동일한 기간의 용어에 대한 의미의 편차를 분명히 전제해 두는 대신에, 서로 다른 사상적 흐름을 가지고 지속된 남북한의 서로 다른 문학 현상들을 그 실체의 존재를 인정하고 납득하는 수준에서 살려나가는 일이 필요할 것이다. 이는 곧 6월 전쟁을 바라보는 시각과 남북한의 문학작품에 대한 평가가 어떻게 연관될 수 있는가를 따지는 일과 다르지 않다.

기실 '휴전선'이란 용어를 사용하고 있지만 그것이 '국경선'의 기능을 담보한 지 오래고, 국제적십자 헌장에 따라 전쟁 당사자국 사이에서도 안부 소식을 묻는 교신이 가능하고 적군의 부상자를 치료하는 인도주의 정신을 내세우는 것인데도, 남북 간에는 가족 간의 생사를 확인할 수 있는 엽서 한 장 교환할 수 없는 지경에 이르러 있다. 이에 대해 김윤식은, "현실적으로는 휴전선을 국경으로 인정해야 함에 반해, 심층심리 및 정서상으로는 도저히 인정할 수 없는 상태를 두고, 양가적 심리 또는 이율배반적 사고 형태라 부를 수가 있을 것인데, 이 속에 놓일 때 그 누구도 인격분열증에 걸리지 않을 도리가 없다고 볼 것"[1]이라고 진단했다.

남과 북이 서로 전혀 다른 경로를 통해 각기의 6월 전쟁에 대한 인식과 그 문학적 생산을 전개해 갈 수밖에 없었던 것은 현실적 상황논리에 비추어 당연한 귀결이었고, 그리하여 전쟁 시기의 종군문학, 전쟁 종료 이후의 전후문학, 그리고 양자의 정치 체제가 독자적으로 안정되어 가면서 생산한 분단문학·이산문학·실향문학과 통일시대 지향의 문학에 이르기까지 판이한 문학적 산출을 집적해 가게 되었던 것이다.

---

1) 김윤식, 「6·25 전쟁문학」, 문학사와비평연구회 편, 『1950년대 문학연구』, 예하, 1991, p.13.

특히 북한은 조국해방이라는 정치적 이념을, 남한은 자유민주주의 체제의 수호라는 이념을 관철시키고자 모든 자원을 총동원하였던 것이 한국전쟁[2]이고 보면, 그에 대한 문학적 반응과 해석도 각자의 정치적 이념에 종속될 수밖에 없는 운명이었다 하겠다.

전쟁에 대한 문학의 구체적 반응에 있어서도, 남한의 경우에는 전쟁 그 자체의 비인도성과 잔인성, 분단의 고착화 및 실향민 문제 및 그로 인한 사회 구조적 변동, 전후 사회의 비인간적인 환경과 그에 따른 삶의 양식[3] 등의 시각으로 대별해 볼 수 있다. 실제로 작품의 문면을 두루 살펴보면, 전쟁 체험으로 환기된 현실의 문제적 상황은 일상적 질서의 갑작스러운 파열로 폭로되는 낯설고 공포스러운 '극한상황'의 세계[4]로 나타난다. 요컨대 전쟁을 중심 소재로 한 남한의 문학은, 주로 전쟁 그 자체의 성격과 그로 인한 인간사의 상관성을 다루는 데 주된 목표가 있다 할 것이다.

물론 1960년대 최인훈의 『광장』이 보여준 이데올로기적 접근이나 1980년대 이후 전쟁의 본질에 대한 총체적 시각을 확보하려 한 김원일의 『불의 제전』 및 조정래의 『태백산맥』 등을 두고 말하자면 논의의 형태가 달라질 터이지만, 아직 전쟁 상황으로부터 객관적 시간의 거리가 확보되지 못하고 전쟁에 대한 직접적인 반응을 보일 수밖에 없었던 작품들의 경우에는 여기에서의 논의가 유효하게 적용될 수밖에 없다. 전쟁에 대한 북한문학의 시각은 곧 이어 중점적으로 살펴보기로 하겠다.

---

2) 신명덕, 『한국전쟁과 종군작가』, 국학자료원, 2002, p.7.
3) 유학영, 『1950년대 한국 전쟁·전후소설 연구』, 북폴리오, 2004, p.224.
4) 이부순, 『한국 전후소설과 전도적 상상력』, 새미, 2005, p.17.

2. 북한문학의 논리를 통해본 전쟁의 인식

남한의 연구자들이 북한문학을 바라보는 눈은 초기의 역사적 전개에 대한 검토에서부터 근래의 작가·작품론 각론에까지 다양한 연구 성과의 산출에 이르고 있다. 북한문학사론이나 북한의 현대문학에 대한 저술들은 대개 6·25동란, 곧 북한의 '조국해방전쟁'의 해석에 대한 항목을 포함하고 있으며, 이는 주로 북한문학사의 서술 방식에 대한 논평과 구체적인 작품의 사례를 적시하는 형식으로 되어 있다. 남한에서 전쟁을 다루는 것과는 문학적 유형 자체를 달리하는, 다시 말해 자기 체계의 선전선동을 위한 도구격으로 치부되어도 전혀 문제가 없는 것이 북한문학이고 보면, 앞으로는 전쟁을 다루는 양자의 접근 태도 비교 고찰도 필요한 날이 올 것 같다.

북한의 역사적 기록에 의하면, "미제의 지시에 따라 그 주구들은 1950년 6월 25일 이른 새벽에 괴뢰 '국방군'을 동원하여 북반부를 침공"5)한 것으로 되어 있다. 이에 따라 북한 인민군의 대남 전쟁은 정당한 방위적 기능을 갖고 있고 더 나아가 미제로부터 남조선을 해방해야 할 민족적 책임을 떠안게 된다는 논리가 구성된다. 북한 사회는 전시 체제로 개편되었으며, '북조선문학예술총동맹'이 개편되고 1951년 3월 그 이름에서 '북'자를 삭제하는 조직명을 갖게 된다. 전쟁 초기 당의 문예정책도 당연히 변화하여 '문학의 강력한 투쟁 무기화론'이 대두된다.

이 시기 우리 당문예정책의 기본은 1950년 6월 26일 방송연설과 ≪전

---

5) 과학원 역사연구소, 『조선통사(하)』, 오월, 1989, p.394.

체 작가, 예술가들에게≫준 김일성원수의 말씀에서 명시된 바와 같이 문학예술의 모든 사업을 전시체제로 개편하고 우리 문학예술이 자기의 고상한 당적 원칙을 그 어느 때보다도 견지하고 그의 전투적 기능을 제고함으로써 우리의 영웅적 인민이 요구하는 영웅적 문학예술로 되게 하며, ≪싸우는 우리 인민들의 수준에서 가장 강력하고도 예리한 무기≫가 되게 하는 데 있었다. ≪모든 것을 전쟁 승리를 위하여≫란 당의 구호는 이 시기 문학예술을 위하여서도 중심적인 구호가 되었다.6)

그러나 북한 문예당국의 장담과는 달리 1950년 9월의 인천상륙작전 이후 전세가 불리해지자 작가의 당성과 책임성 문제가 제기되고, 김일성의 담화를 통하여 작가의 애국심과 민족적 자부심을 강조하는 국면을 보이게 되며 이는 곧 투쟁성을 강조하는 실행의 지침으로 발전해 간다. 작품 서술의 방법에 있어서도 사실을 있는 그대로 보여주는 자연주의적 요소를 넘어서 북한 체제의 진행 방향에 합목적적으로 부합하는 사회주의적 사실주의를 교시함으로써, 이는 전쟁을 다룬 북한문학의 확고한 창작 지침이 되었다.

그러나 원쑤들의 만행 그대로를 보인다 하여 그것이 곧 예술이 되지 않는다는 것을 잊어서는 안되며 자연주의적 요소를 숙청함으로써만이 사실주의적 예술작품을 창작할 수 있다는 것을 교시하였다.7)

1986년에 발간된 『조선문학개관』에서는 전쟁 시기 북한의 문학에 대해 여러 가지 수식어를 단 찬사를 바치면서 그 문학적 성과를 다음

---

6) 사회과학원 문학연구소, 『조선문학통사』, 사회과학출판사, 1959, p.239.
7) 위의 책, p.244.

과 같이 기록하고 있다.

위대한 조국해방전쟁의 영웅적 현실을 반영하면서 이 시기 문예작품 창작사업이 광범한 대중적 운동으로 힘있게 벌어졌다. 이것은 전시문예운동의 새로운 특징이었으며 우리 문학의 전투성과 혁명성을 강화할 수 있게 한 주요 요인의 하나였다.[8]

북한문학사의 이러한 요란한 수사, 곧 전쟁의 승리를 말하는 언어적 표현에도 불구하고 전쟁은 북한에 승리를 가져다 준 것이 아니었다. 전쟁은 '종전(終戰)'이 아니라 '휴전(休戰)' 상태로 끝났으며, 북한 문예당국이 호언했던 미제로부터의 남조선 해방은 성취되지 않았다. 그러나 이 전쟁이 북한에서 도발한 남침이라는 역사적 사실을 왜곡하고, '미제와 그 주구인 남조선 괴뢰정권'에 의해 시작된 북침으로 시작되었다는 주장을 내세우고 보면, 북한은 그 강력한 침략자를 격퇴하고 전쟁을 승리로 이끈 역사적 공적의 주인공이 된다.

그리고 그것은 김일성의 항일 빨치산 운동에서부터 말미암은 바, 불리한 현실을 극복하고 거둔 당과 김일성에 대한 충성심의 정신적 승리로 설명될 수 있다. 이러한 도착적 자기방어의 논리가 전쟁 시기 북한문학의 창작 현장에 전반적으로 통용되는 하나의 기준이 될 수밖에 없는 형편이다. 그러기에 "마침내 침략자는 물러갔다. 정의는 승리한 것이다. 그것은 사상의 힘으로 거둔 또 하나의 기적이었다."[9]와 같은 선언이 가능하고, 그것이 연구서의 문면에 기록되어 출간되는 상황을

---

8) 박종원·류만,『조선문학개관』Ⅱ, 사회과학출판사, 1986, p.142.
9) 신형기·오성호,『북한문학사』, 평민사, 2000, p.160.

목도할 수 있게 된다. 물론 이러한 선언의 수록이 학문적으로라도 가능하기까지 분단 이래 반세기가 소요되었으며, 그 행위 자체가 반공 논리의 시대에 견주어 보면 상전벽해의 변화에 해당한다 하겠다.

3. 문학작품에 나타난 북한의 6·25동란

6월 전쟁을 다룬 북한의 문학은 그 분량이 여러 장르에 걸쳐 방대할 뿐 아니라, 전쟁 시기를 지나서도 항일 빨치산 투쟁의 문학적 형상화와 함께 지속적으로 창작의 소재가 되어 왔다. 전쟁 시기에 문학의 효용성을 극대화하려고 한 종군문학이나 전후복구건설을 위한 문학의 '투쟁'에 해당하는 작품들은, 북한의 사회주의 국가 체제 성립 도정에 주요한 모범을 형성하면서 동시에 다음 세대에 대한 교양의 수단으로서도 유효했다. 여기에서는 전쟁 시기의 북한문학 작품들을 시문학을 중심으로 살펴보게 될 것이고, 자료의 주된 출처는『조선문학사』제11권(조국해방전쟁 시기)으로 하게 될 것이다.

북한의 대표적 문학사인『조선문학사』는 제11권 제1장「위대한 수령 김일성동지께서 조국해방 전쟁시기 영웅적 문학예술을 창조함에 대한 방침 제시」에서 그 '로선' 및 '령도'에 대한 내용과 그 시기 문학의 '발전' 및 '특성'에 대한 개괄적 내용을 서술한 다음, 제2장「시문학」, 제3장「산문문학」, 제4장「극 및 영화문학」을 차례로 싣고 있다.[10] 그런가 하면『조선문학개관』은 제2권에서 '위대한 조국해방전쟁

---

10) 김선려·리근실·정명옥,『조선문학사』11, 사회과학출판사, 1994.

시기(1950. 6~1953. 7) 문학'이란 항목에서 역시 「시문학」, 「산문문학」, 「극문학, 영화문학」으로 나누어 이에 대한 서술을 순차적으로 실었다.11)

시문학에서 『조선문학사』가 가장 먼저 주목한 것은, 전쟁 시기에 10대의 김정일이 직접지어 '10대의 어리신 나이에 경애하는 수령 김일성동지의 위대성과 숭고한 풍모를 감명 깊게 형상한 불후의 고전적 명작' 「조국의 품」(1952)과 「축복의 노래」(1953) 등의 작품이다.

어둡던 강산에 봄을 주시고
조선을 빛내신 아버지 장군님
저 멀리 하늘가 포연이 서리면
인민은 안녕을 축복합니다

나라의 운명을 한몸에 지니신
아버지 장군님 인민의 수령님
준엄한 전선길 안녕하심은
온 나라 가정의 행복입니다

미제를 쳐부신 영웅의 땅에
락원을 펼치실 아버지 장군님
찬란한 조선의 미래를 위해
인민은 안녕을 축복합니다
－ 「축복의 노래」

11) 박종원·류만, 앞의 책, pp.139-175.

김정일의 「조국의 품」이 '서정성'이 강한 송가가사라면, 「축복의 땅」은 북한문학사의 표현으로 '정론성'이 강한 송가가사이다. '포연'이나 '준엄한 전선길'이나 '미제'가 등장하고 '인민'과 '나라'와 '락원'이 절대적 가치로 상정되면, 거기에 영도자로서 '아버지 장군님'의 역할이 불변의 고정성을 표방하는 구조이다. 그런데 이 시를 김정일이 10대의 어린 나이에 썼다는 것은, 그 탁월한 영명함과 인민의 수범이 되는 충성심을 강조하기 위한 의미 구조를 형성한다.

다음으로는 '김일성동지에 대한 충성의 연가'인데, 그 '탁월하고 세련된 령도와 영광찬란한 혁명업적' 및 '령도의 현명성과 고매한 덕성'에 대한 칭송이 중심 주제를 이루고 있다. 김일성을 두고 '한 밤에도 솟는 전설의 태양'(백인준, 「크나큰 그 이름 불러」, 1952)이라고 부르거나, 지난날 머슴살이로 겨우 살아오던 시적 화자가 '영광스런 김일성원수님의 전사'가 된 것(박세영, 「수령님은 우리를 승리에로 부르셨네」, 1953)을 노래하는 시들은, 김일성의 령도와 전쟁의 승리 및 조국의 미래가 하나의 꿰미로 엮어져 있다는 사실을 반증하려는 시적 지향성을 가진다.

-자, 동무들, 말해보오!
무엇이 괴로운가? 부족한건 무엇인가?
그이께서는 우리들의 손을 이끌어
어깨만이 아니라 가슴속까지 두드려주신다
함께 따라온 군관이 세계를 연신 보며
가시자고 다음 길 아뢰는데
-이 동무들 요구를 다 들어줘야지…
어서 품은 소원들을 말해보라 하신다
- 「경애하는 수령」

「경애하는 수령」(김우철, 1952)은, '후방전선을 돌아보시는 그 바쁘신 길'에도 '한 영예군인학교를 찾으시어 그들과 허물없이 지내시며 크나큰 온정과 사랑을 기울여 주시는' 김일성의 '인민적 풍모와 숭고한 덕성'을 노래한, 곧 김일성의 인간적 면모를 부각시킨 시다. 북한의 문예당국자들도 인민들을 감동시키는 시의 힘이, '그이는 우리의 태양 조선인민의 수령 김일성 장군'(차덕화, 「수령」, 1952)과 같은 경탄 구호조의 묘사와는 전혀 다른, 소박한 인간미의 표현에서 더 절실할 수 있음을 인식하였을 것이다.

『조선문학사』는 특히, '평화적민주건설시기 위대한 수령 김일성동지의 불멸의 업적을 만대에 길이 전하는 영원한 백두의 메아리'를 창작한, 장편 서사시 「백두산」의 시인 조기천을 하나의 절로 독립시켜 다루면서 그 창작의 내용과 특성을 서술하고 있다. 그의 전쟁 시기 시인 「조선은 싸운다」(1951)를 중점적으로 분석하면서, '위대한 수령을 중심으로 일심단결된 조선의 영웅적 기상을 격조높이 노래한 우수한 시작품들을 수많이 창작하여 전쟁승리에 이바지'하였다는 평가를 내놓는다.

불타는 조선
싸우는 조선의 이름으로
이 나라 모든 어머니들의 이름으로
세계에 부르짖는다
지구의 인민들을 딸라에 교살하려는
야수들을 막아 일어서라
          - 「조선은 싸운다」

6월 전쟁을 반제반미투쟁과 직접적으로 연관시키며, 특히 '이 나라 모든 어머니들의 이름'을 차용하여 즉각적인 감성적 반응을 유도하려 한다. 이러한 조기천의 시에 이어 다루고 있는 것은 '종군작가의 전형'인 시인 김람인의 창작과 장편 서사시 「강철청년부대」(1951)이다. 이 시를 두고 '시인이 해방 전후에 쓴 수많은 시작품들 가운데서도 사상적 내용으로 보나 예술적 수준으로 보나 가장 품위있는 시인의 대표작'이란 평가가 주어져 있다. 이 작품은 종군기 형식으로 되어 있으며 머리시를 대신한 「찬가」와 7개의 절로 구성되어 있다.

끝까지 임무를 수행한
영예와 긍지도 높이
부대는 다시 원쑤를 소탕하러 나섰다
최고사령관이 부르는
새 전선으로

노도같이 진격하는 대오 앞에
불멸의 위훈을 노래하듯
찬란한 군기 힘차게 나붓기고
인민들은 환희에 넘쳐
전사들을 바라보았다

태양도 기쁨에 겨워
눈이 부시도록 빛발을 뿌려주고
새 움이 돋는 푸른 산 푸른 들을 지나
강철청년부대의 승리의 새 소식이
온 세상에 퍼져갔다

                         - 「강철청년부대」

이 작품을 두고 김일성은, '항일유격부대의 혁명전통을 이어받은 인민군 장병들의 영웅적 기상을 훌륭히 노래'하였다고 하고, 이를 '종군작가의 전형'이라고 칭찬했다. 이 시는 항일 무장투쟁의 계승과 인민군의 사상적 특질을 강조하면서 그를 통한 전쟁 승리의 염원을 담고 있다.

그런가 하면 '전선과 후방에서 높이 발휘된 대중적 영웅주의에 대한 시적 형상'이나 '인민군 전투원들의 상징의 노래' 등이 각기의 주제만 조금씩 다를 뿐 그 묘사나 서술의 내용에 있어서는 대체로 유사한 모습으로 이 시기 북한시를 보여주고 있고, '미제의 침략적 본성에 대한 준렬한 단죄와 규탄의 시형상'과 '전투적이며 낭만적인 노래—전시가요'도 주요한 분석 및 평가의 대상으로 제시되어 있다. 특히 여기서 전시의 '대중적 영웅주의'는 30여년 후 1980년대에 이르러 '사회주의 현실주제 문학'의 도입과 '숨은 영웅'의 창조에 비교해 볼 때, 대중 동원력이 필요한 위기의 시대에 확대된 인민성으로서의 대중성 확보가 과제로 부상하는 사회주의 체제의 속성 한 단면을 보여준다 하겠다.

『조선문학개관』에 서술된 「시문학」부분은, 그 전체 분량이나 예거 및 분석된 작품의 수에 있어 『조선문학사』와 비교할 수 없는 정도이지만, 그 시기 시문학의 전체적 면모를 작품과 함께 개괄적으로 설명하고 있어 전모를 한 눈에 파악할 수 있도록 하는 장점이 있다.

4. 전쟁 시기의 북한문학을 바라보는 시각

이 글은 전쟁 시기 북한문학의 시문학에 이어, 산문문학과 극·영

화문학을 함께 고찰해야 전체적인 완결성을 기할 수 있다. 당초의 목표
는 그러했지만 여러 가지 사정상 여기에서는 시작품에 그치기로 하고
남은 과제는 다음으로 미루어두기로 하겠다.

'조국해방전쟁시기' 북한의 시는 앞서 살펴본 바와 같이 김일성 항
일 무장 투쟁의 테마를 계승하면서 인민군대의 영웅적인 투쟁상을 묘
파하는 데 집중된다. 아울러 미국과 미군에 대한 증오와 적개심을 드러
내면서 상대적으로 중국 의용군에 대한 연대감을 과시하는 것이 이 시
기 북한시의 주요한 특징이다.12) 그리고 그 형식에 있어서는, 한반도의
민족적 상황과 전쟁의 문제에서부터 김일성의 영도력을 개입시키면서
시작하는 장편 서사시도 많이 창작되었지만, 속도감과 기동성이 있는
'전투적 단시'들도 많이 나타난다.

전쟁을 매개로 하지 않는다 하더라도 북한문학은 이념적 선전선동
에 그 목표를 두고 있기 때문에, 기본적으로 적군과 아군이 분명히 구
별되는 편가름의 유형을 보일 수밖에 없다. 항차 전쟁 시기의 문학에
있어서는 더 말할 나위가 없다. 북한문학은 '적아(敵我)'가 확연히 구분
되는 문학이므로 적에 대해서는 그토록 격렬한 투쟁성을 보여주지만
역으로 사회주의 체제, 그 속에서의 인민들의 노력투쟁, 인민군의 전투
적 성과, 그리고 김일성에 대해서는 절대적인 찬양으로 일관하는 것을
볼 수 있다.13)

북한이 김일성의 언급을 통해서도, '적들의 야만적인 침략전쟁에 우
리는 정의의 해방전쟁으로 대답'14)하여야 한다고 주장하며 남침이 아

---

12) 김재홍, 「북한 시의 한 고찰」, 권영민 편, 『북한의 문학』, 을유문화사, 1989, p.240.
13) 윤재근·박상천, 『북한의 현대문학Ⅱ』, 고려원, 1990, p.216.
14) 김일성 방송연설 교시, 「모든 힘을 전쟁의 승리를 위하여」(1950. 6. 26), 『김일성
    저작집』 6권, p.4.

닌 북침으로 역사적 사실을 호도하고 있지만, 북한으로서는 6월 전쟁이 이른바 '새 역사'를 건설하기 위한 결단이요 모험에 해당하는 것이었다. 그리고 북한은 침략자를 격퇴한 전쟁의 승리를 주장하고 있지만, 전쟁은 그들의 모든 것을 파괴했으며 깊은 상처를 입혔다. 복구는 전쟁 중에도 초미의 과제가 된다. 전쟁 시기는 남한이 그러했던 것처럼 북한이 겪어야 했던 엄중한 시련의 시기였다.15)

그리고 반세기의 세월이 경과했다. 그동안 남북한은 전쟁 복구의 시기와 두 체제의 독자적 발전 및 분단 상황 심화의 시기를 거쳐, 다시금 화해·협력의 시대를 맞았다. '한국적 민주주의'나 '우리식 사회주의'라는 용어 개념이 지시하는 바와 같이, 한 체제의 독재성이 다른 체제를 지탱하는 버팀목이 되는, 매우 그로테스크한 균형과 견제의 상황이 한반도에서 벌어졌던 것이다. 근래 핵무기 문제로 새로운 긴장 국면이 조성되고 있지만, 그렇다고 여기에까지 이른 역사의 수레바퀴를 되돌릴 수는 없을 터이다.

서두에서 살펴본 바와 같이 전쟁에 대한 용어 개념이 변하는 것은, 전쟁에 대한 역사적 인식이 일방적이며 적대적인 규정으로부터 민족 공동체 내부에서 고뇌하며 풀어야 할 실체적 과제로 전이되어 가고 있음을 뜻한다고 본다. 이러한 변화는 단순히 6월 전쟁을 바라보는 사회 과학적 시각이나 문학적 시각에 국한되지 않고, 남북관계 전반에 걸쳐서 점진적인 진행의 양상으로 나타날 것이라 추정된다. "세(勢)는 시(時)에 따라 변하고, 속(俗)은 세(勢)에 따라 바뀐다."는 옛말을 이 결미에 가져다두면서, 그러한 의미에서 전쟁 시기 북한의 시문학도 보다 포괄적인 눈으로 검증하는 것이 필요한 때가 되었다고 해야 할 것이다.

---

15) 신형기·오성호, 앞의 책, p.123.

*4*_네 번째

북한문학에 나타난 마산의거와 4월혁명

1. 경자년 마산의거와 4월혁명의 역사적 의의

우리 민족을 다한(多恨)의 역사과정을 거친 혈연공동체로 보고 우리 문학사에 해원(解怨)의 의미구조를 가진 작품이 편만하다고 인식하는 데는, 그 원인 행위에 대해 대체로 두 가지 방식의 설명이 가능하다. 하나는 '민족'이라는 범주 외부에서 가해지는 외세의 압박이나 침탈에 의한 것이고, 다른 하나는 그 내부의 자기체계 안에서 이루어지는 갈등과 분쟁에 의한 것이다.

전자는 국가의 전체주의적 대응이라는 기본 발상을 이끌어냄으로써 빈핍한 중에서도 통합된 민족성의 거양을 도모할 수도 있는 것이지만, 후자는 주로 공동체 내부의 지배계층과 피지배계층 사이에 누적된 길항의 경과를 전제로 하는 것이어서 그 전개의 단계를 거치는 동안 보다 심층적 차원으로 각인되는 상흔을 남길 가능성이 약여하다. 한국 역사에 있어 일정 부분의 성과를 담보한 최초의 '민중혁명'이라고 할 4·19 학생혁명과 그 도화선이 되었던 마산의거는, 우선 그처럼 깊은 역사적 상처를 바탕에 두고 출발했다.

이는 이 '의거'와 '혁명'이 3·15 부정선거에 대한 민중적 자각과 저항의 반작용으로 발발한 것이지만, 그 부정선거가 자행되기까지의 과정은 민족사적으로 잘못 시발된 정치적 지배논리나 당대 사회의 구조적 모순 및 왜곡의 전사(前史)를 충분히 예정하고 있었다는 의미이다. 이러한 인식은 우리 현대사가 관통해 온 격동의 사건을, 특히 그것을 다룬 문학작품을, 그것이 민족 분단의 시대에 있어 남측의 시각이든 북측의 시각이든 심정적 측면에서 바라보기 보다는 총체적이고 균형성 있는 시각으로 검증해야 한다는 인식과 궤(軌)를 같이한다.

다시 말하여 마선의거와 4월혁명이 3·15 부정선거, 김주열 군의 죽음, 고대생 피습사건 등 이승만 정권의 부도덕한 행위로 인해 촉발된 점은 분명하지만, 이러한 사건들이 민중의 분노를 폭발하도록 하였을망정, 그것이 어떻게 발생하게 되었는가를 완전히 설명해주지는 못한다는 점이다. 동시에 그 이후에 일어난 일련의 역사적 사건 전개가 어떤 의의와 한계를 가지고 있는가를 설명하는 일에 있어서도 마찬가지이다. 그래서 제1공화국의 성립과 성격, 그리고 당시 민중의 피지배적 상황에 대한 이해를 선행할 필요가 있는 것이다.[1]

일제로부터의 해방과 분단체제의 출발을 두고, 국토의 반쪽에서나마

---

1) 김경대, 「4월혁명의 전개과정」, 『한국사회변혁운동과 4월혁명2』, 사월혁명연구소 편, 한길사, 1990, pp.9-10.

국기(國基)를 지켰다는 평가가 있는가 하면, 일제의 잔재를 그대로 안은 채 미국의 패권주의에 잠식된 신식민지 국가로 전락되었다는 평가도 있다. 또한 이승만 독재 정권이 가진 구조적 성격이 그 집권 시기의 몇 차례 정치적 쟁점과 사건을 거치면서 점차 개악에서 개악으로 확대되고, 해방 후 절실한 민중들의 요구사항이었던 농지개혁도 지배세력인 지주들의 권익을 그대로 지켜줌으로써 불만이 가중되는 등 복합적 요인들이 개재되어 있었다.

마산의거에서 4월혁명에 이르는 이 현대사의 극명한 시기에 대한 연구는 크게 두 가지 경향을 가지고 있다. 하나는 이를 서구의 고전적인 시민혁명, 곧 부르주아 민주주의혁명으로 보는 견해이고, 다른 하나는 그것을 한국근대민중운동사의 흐름 속에서 파악하고자하는 견해이다.2) 김성식, 최문환, 차기벽 등의 해석이 전자에 속한다면, 강만길, 박현채 등의 해석은 후자에 속한다.

전자의 해석에 의하면, 4월혁명은 한 역사적 시기에 소임을 다한 '완결된 혁명'이 될 수 있다. 마치 근대 프랑스의 부르주아 민주주의혁명이 봉건 전제군주제를 붕괴시키고 시민계급, 부르주아 계급의 세력을 구축할 수 있었던 것처럼, 절대군주에 비견되는 이승만 정권을 퇴진시키고 부르주아 정치권력인 장면 정권을 등장시켰기 때문이다. 다만 아직 한국 사회에서 사회세력화 하지 못한 시민계급 대신에 자각이 앞선 학생운동권이 주축이 되었던 것이며, 이러한 현실을 두고 최문환은 '옆으로부터의 혁명'이란 표현을 사용했다.3)

---

2) 김일영, 「4·19혁명의 정치사적 의미」, 이종오 외, 『1950년대 한국사회와 4·19혁명』, 태암, 1991, p.151.
3) 최문환, 「4·19혁명의 사회사적 성격」, 『사상계』, 1960년 7월호.

후자의 해석에 의하면, 한국 근대사를 민중운동사의 측면에서 바라보면서 민주주의운동에서 민족통일운동까지 나아간 것에 의의를 두거나,[4] 1950년대 한국 사회구조의 모순에 주목하면서 민주주의와 민족해방의 실현을 위한 민중혁명이라고 평가하고 있다.[5] 이 양자는 시각의 토대에 있어 부분적 차이가 있으나 같은 관점으로 4월혁명을 보고 있으며, 그 관점의 시선이 미치는 범주가 민족해방이나 민족통일의 문제에까지 이르고 있으므로, 당연히 '미완의 혁명'이란 결론에 도달할 수밖에 없다. 뒤이은 장면 정권의 붕괴 및 5·16 군사쿠테타의 발발과 그 반민중성은 이를 미완의 역사적 사건으로 보는 해석이 설득력을 강화하도록 하는 증빙이 되었다.

그 외에도 4월혁명의 배경이 되는 이승만 정권의 부정적 성격에 대해 미국의 악역을 강력하게 비판하는 논문[6]이 있는가 하면, 4월혁명의 결과로 출범한 제2공화국의 장면 민주당 정권이 결코 '무임승차'한 경우가 아니라고 주장하는 논문[7]도 있다. 따라서 그에 대한 역사적 평가는 아직도 여러 측면에서 심도 있게 검토해야할 필요가 있고, 특히 그 의미를 민족 전체의 차원으로 확대하거나 남북 통합문제와 결부할 때는 더욱더 그러하다 하겠다.

그런데, 4월혁명이 '완결된 혁명'이건 '미완의 혁명'이건 또 국내외 문제와 관련된 역사적 평가가 어떠하건 간에 이를 정치·사회사적 논리로 검증하지 않고 문학과 그 상상력의 발현이라는 형식에 탑재할 경우에는, 여기서 살펴볼 바와 같은 학술적 의미 규정이 위력을 발휘하기

---

4) 강만길, 「4월혁명의 민족사적 맥락」, 강만길 외, 『4월혁명론』, 한길사, 1983, p.14.
5) 박현채, 「4월민주혁명과 민족사의 방향」, 앞의 책, p.46.
6) 박세길, 「4월혁명」, 『다시 쓰는 한국 현대사2』, 돌베개, 1995, pp.73-297.
7) 이용원, 「'4월혁명'의 공간에서」, 『제2공화국과 장면』, 범우사, pp.112-116.

보다는 당대의 사건 현장에서 진행된 구체적 현실에 대한 인식과 그에 대응하는 발화자들의 내면적 심상이 더 큰 영향력을 발생시킬 수밖에 없다. 물론 문학작품에 대한 평가와 판단에 객관적 사실관계가 기반이 되어야 마땅하지만, 문학 그 자체의 의의와 가치를 검색하고자 할 때는 사건의 실상에 대해 민중, 시민들이 보인 현장의 감성적 반응을 더 주목해야 할 터이다.

1960년 3월 15일 정부통령 선거를 전후하여 마산에서는 적어도 4차례의 시위가 목격된다. 3월 14일 밤 민주당사 앞에서 일어난 시위, 3월 15일 선거 당일 오후부터 한밤중까지 마산시 전역에서 진행된 시위와 총격발포 사건, 3월 15일 시위에서 실종되었던 김주열 군이 최루탄이 눈에 박힌 채로 4월 11일 바다에 떠오르자 이를 보고 격분한 군중이 이날 밤에 치열한 시위를 벌이고 경찰이 총격을 하는 사태와 이어서 통행금지 중에도 일어난 4월 12일과 13일의 시위, 마지막으로 이승만 당시 대통령이 물러날 의사를 표명한 후인 4월 26일과 27일에 부산에서 원정온 경남고교 학생들과 군중들이 시청 · 소방서 · 경찰서 · 파출소 등을 파괴한 시위가 그것이다.[8]

당시 마산에는 15만 명이 넘는 인구 중에 5천명 이상의 고등학교 학생이 거주하고 있었고, 항쟁의 중심은 바로 이들 학생이었다. 시위에 참가한 일반 주민들의 숫자는 전체 시위자의 60~75%를 차지하고 있었으나 학생들보다는 소극적이었고 학생들이 선두를 지켰던 까닭으로 이를 학생의거라 불러도 크게 문제되지는 않을 듯하다. 그러나 이 의거의 주된 피해자가 어린 학생들이라는 측면은, 시위 현장에서는 기폭제

---

8) 이은진, 「3 · 15의거는 '민중'항쟁이었다」, 마산 · 창원지역사회연구회, 『마산 · 창원 역사읽기』, 불휘, 2003, pp.97-98.

의 역할을 했고 그것이 문학으로 반영되는 형편에 있어서는 더욱 감성적 측면을 자극할 수 있었다.

2. '의거'와 '혁명'의 문학적 수용, 그 의미와 방식

4·19 학생혁명을 다룬 문학작품은 우리 문학사의 여러 갈피에 다기한 모습으로 산재해 있다. 그러나 정작 3·15 마산의거 그 자체만을 대상으로 한 경우는 전민족적이고 전문단적인 관심보다는 주로 마산 일원의 지역적 연고와 성격을 가진 문인 및 문학단체에 의해 발현되어 온 것이 사실이다. 이 문제에 대한 자각과 주장은 역사적 원인행위에 대한 인식의 오류 및 망실을 추궁하는 것이어서 비록 지역성을 강조하는 형편이 될지언정 분명 귀담아 들어야 할 대목이다.

흔히 4·19라는 역사적 결과를 힘주어 들먹이지만 그것은 마산의 3·15의거라는 위대한 발동을 근거하지 않고서는 속 길은 해명이 되지 않는다. 시발과 결과는 구조적으로 연계되어 있으며 오히려 그 결과의 위대함 여부에 관계없이 시발은 더 역사적이다.

보라, 3·1운동의 시발이 그 결과에 관계없이 독립사의 형성적 의미를 계속 발휘하지 않는가. 즉 3·1운동은 시발 그 자체로 이미 역사적이지, 운동 그 결과가 중요하지 않다는 것이다. 그래서 3·1운동 정신은 아직도 그 의미를 형성해 가고 있다.

60년 4·19의 민중 승리, 이 역사적 결과. 이것은 3월15일의 마산의거 정신의 중간과정일 수는 있다. 적어도 마산시민들의 민주정신으로서는 그렇다. 만일 4·19와 같은 독재정권의 항복이 없었다던 이 3·15 마산 의거는 민주 정치사상 더욱 위대한, 민중운동으로 형성적 의미를 열고 있었을 것이다.9)

- 전문수, 「마산 3월의 재생구조」 부분

이 인용문은 3·15의거 30주년 기념시집에 해설로 수록된 전문수의 글 일부분이다. 여기서 우리는 마산의거를 보는 지역민들의 인식과 그 열정의 강도를 엿볼 수 있거니와, 이 시집이 1990년도에 상재된 것을 감안하더라도 오늘날과 같은 정보 및 자료의 광범위한 개방과 시공을 축약하는 소통 및 교류의 시대에 있어서는 일견 지나친 사고의 폐쇄성을 노정하는 측면도 없지 않아 보인다.

4월혁명이 역사적으로 중요한 것에 못지않게, 아니 전문수의 표현을 빌면 그보다 훨씬 더 근본적으로 마산의거의 기층적 역할과 중요성이 제기될 수 있다. 그러나 너무 그것에 집중하여 다른 지역으로 파장을 넓혀간 확산의 과정이나 4·19의거 자체가 가진 혁명의 정신을 부분적으로라도 감축하는 것은 옳지 않아 보인다. 이는 이 현대사의 극점에 해당하는 사건 자체를 잘 모르거나 관심이 덜한 후대 세대들에게 이를 어떻게 계승시킬 것이며, 또한 앞으로 이를 어떻게 민족적 삶의 연면한 길 위에 주요한 정신운동으로 정초해 나갈 것인가를 유의할 때, 더욱 경각심이 필요한 부면이라 여겨진다.

예컨대 전문수 자신이 제안한 바10) 3·15의거 일을 범시민적 축제로 하여, 민간 중심의 시민의 손으로, 그 민주역량으로 지역민들이 지

---

9) 전문수, 「마산 3월의 재생구조」, 3·15의거 30주년 기념사업회 편, 『깃발 함성 그리고 자유』, 경남, 1990, pp.129-130.
10) 전문수, 위의 글, p.138.

역발전에 동참할 수 있도록 하자는 건설적 의견을 실행해 나간다고 가정하면 더욱더 그러하다. 마산의거는 마산의거 자체로서가 아니라 그것이 4월혁명을 넘어 전국적 확대의 경로를 거쳐간 것처럼, 지난 세월의 기념비적 사건에 머물지 않아야 하고 이를 뜻있게 기리는 사업과 활동 또한 지역성의 범주를 넘는 개방적 인식이 필요하리라 본다.

마산의거와 4월혁명에 관한 문학작품을 시집을 중심으로 살펴보면 먼저 4월혁명의 경우 유사한 여러 시집들이 나와 있다. 4·19혁명이 일어난 그해 단기 4293년, 곧 1960년 5월에 나온 『뿌리 피는 영원히』[11]를 비롯, 다음 달인 6월에 나온 『불멸의 기수』[12]와 『항쟁의 광장』[13] 등이 보인다. 가장 체계적인 기념시집으로는 신경림이 편한 『4월혁명 기념시전집』[14]을 들 수 있겠다.

이들의 경우는 4·19의거 전체를 수용하려는 편찬 의도를 갖고 있고, 또 시각 자체가 4·19 직후이거나 아니면 20여 년이 지난 후 종합적 판단이 가능한 때이거나 간에 그 전사적(前史的) 원인행위로서의 3·15의거에까지 미치지 못하고 있다. 그런 연유로 자연히 앞서 전문수와 같은 주장이 도출될 수도 있겠거니와, 그만큼 균형성 있게 3·15의거를 부각시켜 나가는 것이 중요하다 하겠다.

3·15의거를 중심주제로 한 문학작품 중에서 특히 주목할 것은 1990년 3·15의거 30주년 기념사업회에서 엮은 『깃발 함성 그리고 자유』[15]와, 2001년 3·15의거기념사업회에서 엮은 『너는 보았는가 뿌

---

11) 한국시인협회 편, 『뿌리 피는 영원히』, 청조사, 단기 4293. 5.
12) 김종윤·송재주 편, 사월 민주혁명 순국학생 기념시집, 『불멸의 기수』, 성문각, 단기 4293. 6.
13) 김용호 편, 사월혁명기념시집, 『항쟁의 광장』, 신흥출판사, 단기 4293. 6.
14) 신경림 편, 『4월혁명 기념시전집』, 학민사, 1983.
15) 변승기 외, 3·15의거 30주년 기념사업회 편, 『깃발 함성 그리고 자유』, 경남,

린 핏방울을』16) 등의 시집들이다. 이들은 마산의거와 관련된 시들을
모아 편집하고 해석을 덧붙이는 등 마산의거의 의의와 가치를 문학으
로 수용된 그 문면 안에서 찾으려 애쓰고 있으며, 그것은 고난의 역사
를 망각하지 않고 그에서 교훈을 얻으며 동시대의 삶을 진지하게 되돌
아보는 반성적 성찰의 노력에 해당한다.

낙화한 꽃잎이여
어리므로 더욱 가녀리던 부르짖음과
그 빗발 앞에서도
눈도 귀도 없던 저 괴물

보기 위한 동공 대신
생각키 위한 슬기로운 두뇌 대신
포탄이 들어 박힌 중량을 알겠는가?

비인간(非人間)과 Organism이 빚은
이위일체(二位一體)의
이 기괴한 신(神)17)
                        – 유치환, 「안공에 폭탄을 꽂은 꽃」 부분

    마산의거의 기폭제가 되었던 김주열의 주검을 보고, 그를 꽃이라
부르되 그것이 '기괴한 신'이라는 또 다른 호명을 유발하고 있다. 신의

1990.
16) 3 · 15의거기념사업회 편, 『너는 보았는가 뿌린 핏방울을』, 불휘, 2001.
17) 유치환, 「안공에 폭탄을 꽂은 꽃-김주열 군의 주검에」, 『너는 보았는가 뿌린 핏방
    울을』, 불휘, 2001, pp.171-172. (『뜨거운 노래는 땅에 묻는다』, 1960. 12. 5)

손으로도 무너뜨리기 어려워보였던 이승만 정권의 철옹성을 파괴하기 시작한 이 어린 생명의 산화는 역사과정을 거치며 다음과 같은 지역정서와 자각중상을 불러온다.

바람도
그대를 흔들지 못한다

지순한
열정을

그 자리는
이제 흔적 없이 사라졌다

…(중략)…

역사는 사람과 사람이 만나 만드는 강물과 같은 것
그저
그저 친구로 나앉은 무학산을 보며
쬐그만 아기섬 하나 띄워놓고
마냥 쑥맥으로 사는 우리들

순한 사람이
순한 사람을 기억하는
그 날의 함성이 자주 자주
이 시대의 어둠을 쓸어낸다[18]

— 임신행, 「흔적」 부분

18) 임신행, 「흔적 -김주열 군을 생각하며」, 『너는 보았는가 뿌린 핏방울을』, 불휘, 2001, pp.373-374.(『깃발 함성 그리고 자유』, 1990. 3. 10)

역사의 변혁을 꿈꾸는 혁명, 역사의 물줄기를 바꿔놓는 혁명은 대체로 그 열정의 형성에 있어 구체적인 상징물을 요구한다. 그것이 민중적 힘을 결집시키고 또 지속시키는 동력원이 되는 까닭에서이다. 지면의 특성 상 마산의거에 관한 많은 작품을 다루지 못하는 상황이로되, 김주열의 시적 형상화는 그의 희생이 그 상징물로서의 기능을 충실히 수행하고 있었음을 반증한다. 특히 그것은 그가 가진 약자로서의 입지에 기인하는 것인데, 여기 그것을 확증하는 또 다른 사례도 있다.

자식 먼저 저 세상에 보내놓고
이 에미 살았으면 어찌 살았따 말하겠느냐
에미 손으로 이렇게 자식놈 젯상에 맷밥 놓는 심정이나
에미 먼저 눈감은 죄 안고 간 네 심정 또한 다를 바 무에 있겠느냐
그리도 잘나고 정답던 네 동무들 길동무되어 봄날 꽃같이 떠나갔지만
오늘은 모두 그 영전 끌어안고 무너진 억장 다독이며 향이라도 피우시는지
이 에미 마땅히 살았다면
네 흘린 뜨겁고 굵은 핏방울 거두어
원없이 이 강토 골골에 뿌렸으련만
아직도 네 피는 식지 않았고 기다리던 세상은 오지 않았구나
네 꽃잎 털던 그 칼날 더욱 서슬 푸르게 살아있으니
이 에미 여윈 한몸 닳고 삭아 재 될 때나
네 뿌린 붉은 피 기름진 흙살로 일구어나지일까[19]

                                 - 이달균, 「내 자식 영전에 향을 피우며」 부분

---

19) 이달균, 「내 자식 영전에 향을 피우며」, 3·15의거 30주년 기념사업회 편, 『깃발 함성 그리고 자유』, 경남, 1990, p.82.

이 한 편의 시를 읽으며 가슴의 동계가 없는 인간이라면, 그와 더불어 나눌 대화는 없다. 약자 중의 약자, 가장 낮은 자리 중의 낮은 자리는 이처럼 제 자식의 영전에 향을 피우는 '에미'의 마음일 터이다. 이렇게 시를 읽어 나가자면, 왜 이 불행과 비극을 극한 역사적 사건이 문학으로 치환되어야 하며, 그 역으로 문학이 그 사건에 대해 무엇을 어떻게 말할 수 있는가를 알 수 있다. 우리가 경자년 마산의거의 문학적 형상을 소중히 받아들이고 해를 거듭할수록 그것을 정신적 기림의 영역에 가져다 두는 것은 바로 그 때문이다.

3. 북한문학에의 수용, 또는 분단사적 배경과 의도

1960년 한반도의 남쪽 마산에서 시발된 3·15 마산의거와 4·19 4월혁명은, 북한 지도자와 문예정책 당국에서 볼 때 자신의 체제가 더 정통성이 있고 우월하다는 선전선동의 기회이자 작품의 소재로서 더없이 좋은 재료가 되었다. 이들은 즉각 『조선문학』 등 주력 문예물을 통해 이러한 사상적 판단을 반영하고 작품으로 제작된 것을 수록하였다.

1960년대 초반의 북한문학은 소위 1950년대의 '전후복구건설과 사회주의 기초건설을 위한 투쟁시기'를 거쳐 천리마 운동을 문학에 반영하며 수령형상문학을 본격화하는 시기이다. 1967년 '조선노동당 제4기 15차 전원대회'를 분기점으로 주체사상과 주체문학이 형성되기까지, 북한 사회가 점차 사회주의적으로, 그리고 김일성 체제 중심으로 안정되어가고 있었다. 그런 만큼 분단 체제는 더욱 그 골이 깊어져 남한에 대한 부정과 비난이 강화되고, 그렇게 하는 것이 정권의 안정에 탄력을 더하는 상황이었다. 따라서 3·15의거나 4·19혁명과 같은 남한 내부의 격변을 북한이 대내외적 선전선동에 적극 활용한다는 것은 당연한 결과였다.

이러한 경향은 분단 이래 북한문학사 전반에 걸쳐 시도되는 것이었으며, 그것은 시·소설·평론 등 장르의 구분이 없이 행해졌으되, 특히 마산의거와 4월혁명이 일어난 후인 1960년대에 그 빈도와 분량이 집중되었다. 이 중『문학신문』과『조선문학』에 수록된 것을 정리해보면 다음과 같다. 편의상『문학신문』에 실린 것은 필자의 가나다 순에 따라, 그리고『조선문학』에 실린 것은 게재 시기의 순서에 따라 정리하였다.

『문학신문』 자료목록

강형구, 4월의 념원(수필), 문학신문, 4·19 1주년 특집, 1961.4.18, 3면.

강효순, 미제를 물러가게 하라(정론) - 모든 불행의 화근을 뿌리채 뽑아 없애라, 문학신문, 1960.4.29, 2면.

김상오, 마산이여, 우리는 너와 함께!(시), 문학신문, 1960.4.15, 1면.

김상오, 서울이여 나는 너를 부른다, 문학신문, 4·19 1주년 기념시, 1961.4.18, 2면.

김상훈, 4·19의 노래(시), 1965.

김하명, 남조선문학에 반영된 리승만 반동통치의 파멸상, 문학신문, 1960.5.3, 4면.

남시우, 남녘땅 시인이여!(시), 문학신문, 1960.6.10, 3면.

류기찬, 가자, 남조선 인민들의 영웅적 항쟁을 창작으로 지지 성원하자, 문학신문, 1960.5.10, 1면.

리근영, 민주주의적 자유를 위해 오직 한길로!, 문학신문, 1960.5.3, 4면.

리상현, 4월의 불길과 문학, 문학신문, 1962.5.8, 4면.

리상현, 남조선 인민들의 투쟁을 더 많이 형상화하자, 문학신문, 1960.4.19, 3면.

리정구, 4월과 남조선작가들, 문학신문, 1963.4.19, 1면.

박산운, 남반부의 한 시인에게(김형), 문학신문, 1962.4.3, 4면.

백인준, 속지말라! 남조선의 형제들이여!-모든 불행의 화근을 뿌리채 뽑아 없애라!, 문학신문, 1960.4.29, 2면.

석광희, 소년 영웅(시), 1960.

송찬응, 서로 부둥켜안자 그리운 혈육들아 협상할 때는 왔다!(4·19후 통일운동), 문학신문, 1961.1.13, 1면.

신고송, 이 밖에 다른 길은 없다-모든 불행의 화근을 뿌리채 뽑아 없애라!, 문학신문, 1960.4.29, 2면.

신진순, 마산은 행진한다(시), 1960.

엄흥섭, 용감히 뛰여들라!, 1960.4.22, 1면.

정서촌, 원쑤들이 바리케트를 쌓고 있다(시).

한설야, 남조선 작가, 예술인들이여 정의로운 투쟁의 선두에 서라, 문학신문, 1960.4.29, 1면.

한설야, 남조선의 작가 예술인들은 반미구국투쟁에 용감히 나서라, 문학신문, 1962.6.25, 4면.

한설야, 남조선의 작가, 예술인들은 반미구국투쟁에 용감히 나서라, 문학신문, 1962.6.29, 5면.

한진식, 투쟁의 불길 더욱 높이라 - 마산 인민들에게(시), 문학신문, 1960.4.15, 1면.

황 철, 새로운 터전을 가꾸기 위하여 - 모든 불행의 화근을 뿌리채 뽑아 없애라!, 문학신문, 1960.4.29, 2면.

『조선문학』 자료목록

김귀련, 항쟁하는 소년 외1(시), 조선문학, 1960.7.
김광현, 서울을 생각하며(수필), 조선문학, 1960.7.
김 철, 4월은 북을 울린다(시), 조선문학, 1961.4.
윤세중, 4월(정론), 조선문학, 1961.4.
또다시 4월은 왔다(정론), 조선문학, 1961.4.
안룡만, 마산포 제사공 누이에게 외1편(시), 조선문학, 1964.3.
성일국, 4·19 피로 씌여진 영웅서사시·1회(시), 조선문학, 1965.3.
성일국, 4·19 피로 씌여진 영웅서사시·2회(시), 조선문학, 1965.3.
리범수, 마산의 모래(시), 조선문학, 1965.5.

남한에서의 사건 발생 1주년이 된 1961년 『조선문학』 4월호에는 김철의 시 「4월은 북을 울린다」와 정론이란 장르로 구분된 윤세중의 글 「4월」과 김운룡의 글 「또 다시 사월은 왔다」가 실려 있다. 먼저 김철의 시 일부를 살펴보면 다음과 같다.

이 봄 …
새로 움트는 잔디밭들은
아직도 더운 피에 젖어 있고
총탄에 쓰러진 젊은이들 무덤에는
아직도 붉은 흙이 뜨거운데,

자유는 너는 어디 있느냐
민주주의는 어디 있느냐
학교는
일터는
씨 뿌릴 땅은… 어디 있느냐 남반부 형제들이여
그대들이 피로써 갈망했던
그 모든 것은 어디 있느냐

…(중략)…

소년의 시체를 끌어안고
노도 탕탕 절벽을 치던
너 남해의 물결이여
네 가슴엔 아직도
미국 함대의 녹쓸은 닻이
승냥이의 이빨처럼 박혀 있지 않느냐,
서울이여 대구여 인천 부산이여
가증스런 거짓이
너의 위훈을 모욕하지 않았느냐,
열 다섯 해 리 승만이 앉았던 <룡상>을
오늘은 장면이 핥고 있지 않느냐,

…(중략)…

오오, 4월
용맹스러운 투쟁의 계절-
4월은 북을 울린다

우뢰를 친다
마산과 대구 서울과 부산을
남조선 모든 도시와 마을들을
불의 날개
폭풍의 날개 밑에 휩싸 안고
온 겨레를 싸움에로 부른다…
일어 나라
일어 나라
일어 나라 동포야!
판가리 싸움에로
나가자 형제들아![20]
　　　　－ 김철, 「4월은 북을 울린다」 부분

북한의 주요한 시인인 김철의 이 시를 보면 남한 민중의 투쟁을 정당화하고 영웅시하며 계속적인 투쟁의 전개를 부축이면서, 미국과 이승만·장면 등 남한의 정치인을 함께 싸잡아 비난하고 있다. 동시에 남한 각 지역 도시들의 인민, 곧 시민이 다시 일어나 반미 반정부 투쟁을 벌일 것을 촉구한다. 정치적 지향성과 미리 확정된 창작 방향이 있는 그대로 드러나는, 북한 식 목적시의 대표적인 사례에 해당한다. '정론'이란 이름으로 발표된 윤세중과 김운룡의 글 또한, 그 형식만 다를 뿐 내용에는 하등의 차이가 없다.

어언간 그 때로부터 1년이 경과했다. 푸른 파도 출렁이는 남해 가까운 마산시에서 쌓이고 쌓여 드디어 폭발된, 미제와 리 승만 파쑈 테로

---

20) 김철, 「4월은 북을 울린다」, 『조선문학』, 1961. 4, pp.75-76.

통치를 반대하는 항쟁의 불길은 불과 수일 사이에 남반부 전역을 휩쓸며 타올랐다.

…(중략)…

미제는 물러가라. 물러가지 않는다면 우리의 단련된 힘으로 물러가게 하고야 말 것이다. 남반부 인민들의 맺힌 원한, 증오, 굳은 결의는 항쟁의 불길을 끄지 않을 것이다. 또다시 화산처럼 폭발하고야 말 것이다.

우리는 남반부 인민들의 영웅적 투쟁을 적극 지지 성원할 것이다. 조국의 평화적 통일 위업이 달성되는 그날까지- 최후의 승리는 우리의 것이라는 것을 우리는 잠시도 잊지 않을 것이다.21)

– 윤세중, 「4월」 부분

바로 지난해 남조선 청년 학생들의 투쟁에 고무되어 토이기 청년 학생들이 자기들의 압제자 멘데레스를 정권에서 내쫓지 않았던가.

그리고 일본 청년 학생들은 전쟁 방화자의 두목이었던 아이젠하워의 일본 방문을 제지시키고 기시를 꺼꾸러뜨리지 않았던가.

바로 그처럼 세계를 격동시키던 영웅적 기세로 남조선 청년 학생들은 미제와 장 면 일당을 반대하는 영웅적 항쟁에 나서라.

그리하여 남쪽 땅에도 암흑과 기아와 빈궁과 눈물과 수난이 없는 진정한 자유의 봄이 깃들게 하자.22)

– 김운룡, 「또다시 사월은 왔다」 부분

이 두 편의 '정론'에서 부분적으로 목도할 수 있는 바, 이들 곧 북한의 문학은 남한의 정권 담당자와 미국에 대해 투쟁할 것을 지속적인 선전선동으로 요구하고 있다. 그리고 그것이 한반도 내에 머무는 것이

---

21) 윤세중, 「4월」, 『조선문학』, 1961. 4, pp.85-88.
22) 김운룡, 「또다시 사월은 왔다」, 위의 책, pp.89-93.

아니라 '세계를 격동시키던 영웅적 기세'에 이르렀다고 평가하면서, 남한에 '진정한 자유의 봄'이 깃들게 하자고 주장한다. 그러나 이들은 학생들의 무고한 희생에 대한 애도보다는 그것의 결과를 더 확대하여 해석하고, 그 결과에 의해 세워진 장면 정권에 대해서는 조금의 긍정적 인식도 없으며, 그 '진정한 자유의 봄'이 북한에서는 어떤 형편에 있는지 한가닥의 자기검증도 없다. 몇 해를 더하여 1964년이나 1965년이 되어도 이러한 문학적 태도는 촌보도 변화하지 않는다.

어느 날 한 장의 신문을
펴들고 나는 보았다.
남해의 수평선이 한 눈에 안겨오는
마산포 바닷가 해안선에
자리잡은 제사 공장 누나들
싸움에 일어선 소식을.

…(중략)…

마산포는 사월의 봉기
도화선에 불을 달은 영웅의 땅,
굴할 줄 모르는 내 고향 사람들이
피 흘리며 쓰러진 거라-

바닷가 모래장반에
이른 봄 봄마다 피여나는
동백꽃 붉은 꽃잎처럼
제사공 누나들 뜨거운 마음이여

싸움의 불씨를 안고 타올라라

항쟁의 영웅들 흘린 피
헛되이 짓밟고 인민을 속이는
군사 파쑈 악당들을 향해
노한 파도마냥 웨치며 나아가는
내 고향의 누나들아,

그대들 꽃다운 몸이
그대로 투쟁의 도화선이 되여
남녘 땅 형제들과 함게
타올라라, 싸움의 불길로![23)

        – 안룡만, 「마산포 제사공 누이에게」 부분

서산에 해 저물어
강가에 뚝딱 천막을 치고
훈련에서 돌아 온 나의 병사들
벌써 코를 골며 잠들었구나.

…(중략)…

모래를 밟는 보초병의 군화 소리
밤 깊도록 귓전에 들려 와
나는 내 고향 마산의 모래가 그리워
눈을 감지 못한다…

---

23) 안룡만, 「마산포 제사공 누이에게」, 『조선문학』, 1964. 3, pp.56-57.

…(중략)…

지금 내 깊은 산중에 누웠어도
흰 머리 수건 해풍에 날리며
내 혈육과 이웃들이 기다리는
가야 할 그 해변이 눈 앞에 보이고…

도하장의 모래를 밟을 때마다
양키의 구둣발에 무참히 쓰러지는
피 흐르는 백사장이 나를 부르거니
밝으라, 훈련의 아침이여!
울려라, 진군의 나팔소리여!24)
　　　　－ 리범수, 「마산의 모래」 부분

　안룡만의 시 「마산포 제사공 누이에게」는 섬유공장 노동자인 '누나'들의 쟁의 행위를 정치적 목적으로 유도하고 있으며 그 '누이'들로 하여금 '군사 파쑈 악당'들을 대적하도록 충동하고 있다. 이는 사태의 진면목에 대한 왜곡이자 부당한 방식의 투쟁 요구이다. 그런가 하면 리범수의 시 「마산의 모래」는, 훈련 중 모래밭에 천막을 치고 자신의 고향 마산의 모래를 그리워하는 인민군 지휘자의 감상을 담았다. 인민 군대가 중부 이남으로 밀고 내려 왔을 때 일시적으로라도 점령하지 못했던 마산의 모래를 그리워한다는, 다분히 정치적인 의식을 담았다. 시의 머리맡에 '서정시'라는 장르 구분이 되어 있으니 북한의 서정시가 어떤 서사적 방식을 답습하고 있는지 잘 드러나고 있다.

------

24) 리범수, 「마산의 모래」, 『조선문학』, 1965. 5, p.37.

이처럼 북한 문학, 곧 북한의 시와 산문에 나타난 마산의거와 4월 혁명의 형상은, 그 역사적 사건 자체로서의 의의와 가치를 밝혀 보려 한다거나 억울하게 희생된 청년 학생들과 그 가족에 대해 인도주의적 애도를 표현한다거나 하는 문학 본유의 기능이 전혀 나타나지 않는다. 남한의 정치 지도자들 및 그 배후 세력으로서의 미국에 대한 강력한 적대감과 남한 '인민'들에 대한 선전선동, 또 그에 대비한 북한체제의 우월성을 암시하는 데 확고한 목적의식을 두고 있는 것이다.

그러므로 북한문학에 나타난 이러한 문학적 결과를 살펴본다는 것은, 지금까지 이어지고 있는 남북 분단 시대의 비극적 상황을 다시 확인하는 일이며, 동시에 '의거'와 '혁명'이 갖는 한민족 역사 위에서의 입지가 어떠한가를 입체적으로 검증하는 일이 된다. 민족사적 단위의 과제로 생각하면, 이들 남과 북에서 수행된 역사적 사건에 대한 의미 규정뿐만 아니라 기존에 제기된 평가의 방식과 내용에 있어서도 이제 새로운 연구가 필요하다 하겠다. 이는 또한 남북 간 국토의 통합에 선행되어야 하는, 문화적 인식의 진정한 통합을 향해 나가는 발걸음의 시작이기도 할 것이다.

4. 북한문학사의 고정적 평가와 공통 과제

앞의 항에서 북한문학에 수용된 마산의거와 4월혁명의 문학적 형상을 구체적인 작품을 통해 살펴보았거니와, 북한의 대표적 문학사인 『조선문학사』에도 이에 대한 언급이 나타나 있다.

1977년 평양의 과학,백과사전출판사에서 사회과학원 문학연구소 집필 및 어문도서편집부 편집으로 출간한 『조선문학사』(1959~1975)를 보면, 그 제1편 「1959년~1966년의 문학」에 제7장으로 「조국통일에 대한 불타는 지향과 남녘땅 인민들의 영웅적 투쟁」을 반영한 작품들을 싣고 소설문학, 시문학, 영화문학, 극문학으로 나누어 문학사적 평가를 시도하고 있다.

이 시기 작가, 시인들은 격동적인 혁명적 현실 속에서 커다란 사상적 충격을 받아안으면서 남조선 혁명과 조국통일을 주제로 한 작품창작에 커다란 관심을 돌렸으며 따라서 이 주제분야에서는 전례없는 성과들이 이룩되었다.

무엇보다도 소설문학, 시문학, 영화문학, 희곡문학 등 문학의 각 형태들을 포괄하면서 그 주제사상이 훨씬 심화되고 확대되었다. 이 시기 남조선혁명과 조국통일을 주제로 한 작품들에서는 남조선 인민들의 거국적인 4·19 인민봉기로 들끓고 있던 남조선의 혁명적 진실이 생동하게 재현되고 간고하고 피어린 투쟁 속에서 자라나는 투사-주인공들의 성격이 진실하게 그려졌다. 또한 소설과 영화문학 등에서 서사시적 화폭 창조에로의 지향이 짙게 나타났다.[25]

4·19를 '인민봉기'로 지칭하면서, 「넋은 살아있다」(1965년, 고동온)를 비롯한 일련의 소설들을 노동자 계급의 투쟁에 관한 것으로, 「마산은 행진한다」(1960년, 신진순) 등 일련의 시들을 '위대한 수령 김일성 동지'의 교시[26]에 걸맞은, 미제와 그 주구들에 대한 투쟁에 관한 것으로

25) 「조국통일에 대한 불타는 지향과 남녘땅 인민들의 영웅적 투쟁을 반영한 작품들」,
『조선문학사』(1950~1975), 과학,백과사전출판사, 1977, pp.180-181.
26) "4월 인민봉기는 남조선 인민들의 영웅적 기개를 뚜렷이 시위하였으며 인민대중이

평가하고 있다.

또한 주체88(1999)년 평양의 사회과학출판사에서 박사, 부교수 리기주의 집필 및 차영애 편집으로 출간한 『조선문학사』 12권을 보면, 그 제4장 「극문학 및 영화문학」에 제5절로 「남조선 인민들의 반미반괴뢰투쟁, 겨레의 조국통일념원의 반영」을 싣고 '4·19 민중봉기'에 대한 평가를 반복하여 내놓고 있다.

이 시기 극 및 영화문학도 미제와 그 주구들의 학정을 반대하고 자유와 민주주의, 생존의 권리를 지키기 위한 남조선 인민들의 투쟁현실과 조국통일에 대한 우리 인민의 절절한 념원을 형상한 작품들을 많이 내놓았다.

희곡 「분노의 화산은 터졌다」(송영), 영화문학 「잊지 말자 파주를!」(주체46(1957), 집체작), 「어떻게 떨어져 살 수 있으랴」(주체46(1957), 한상운, 양재춘) 등을 대표적으로 들 수 있다.

희곡 「분노의 화산은 터졌다」는 썩은 정치, 썩은 제도를 타도하고 새 정치, 새 생활을 쟁취하기 위하여 분화산처럼 터진 남조선 인민들의 영웅적인 주체49(1960)년 4·19 인민봉기를 첨예한 극적 형상으로 반영하였다.

위대한 령도자 김정일동지께서는 다음과 같이 지적하시였다.

"4월인민봉기는 지난 15년동안 미제와 리승만괴뢰도당의 학정밑에서 쌓이고쌓인 남조선인민들의 원한과 분노의 폭발이였으며 새 정치, 새 생활을 요구하는 남조선인민들의 정당한 투쟁이였습니다."

힘을 합쳐 억압자들을 반대하는 투쟁에 일어선다면 원쑤들의 어떠한 아성도 능히 짓부실 수 있다는 것을 보여주었습니다."『김일성저작선집』5권 제2판, p.482.

4월인민봉기는 미제의 식민지통치를 반대하고 사회의 민주화를 실현하기 위한 남조선 인민들의 투쟁력사에 거대한 의의를 가진다.[27]

김정일 통치 시대의 교시자가 김일성에서 김정일로 바뀌는 것은 당연한 일이지만, 문제는 마산의거 또는 4월혁명과 같은 남한에 있어서 현대사의 한 정점에 해당하는 역사적 사건을 평가하는 시각이 20여년의 세월이 경과하고서도 한결같이 꼭 같다는 데 있다. 북한의 문학사나 문학작품에 반영된 남한의 정치적 격변은, 북한 체제의 대내외적 입장에 복속되도록 그 관점이 정돈되어 있고 분단 시대의 민족적 질곡이 계속되는 한 이 완강한 도식은 변경될 가능성이 없어 보인다.

그 동안 남북 간에 이루어진 여러 변화와 반성의 경과에도 불구하고, 이러한 고정적 수사 및 발화 방식은 여전히 남북 간 문화적 인식의 격차를 여실히 반영하고 있고, 이는 궁극적으로 남북의 문화정책 당국과 동시대의 정치 지도자들이 해결해야 할 과제이다. 문제의 해결을 위해서는, 일방적인 공과의 주장이 아니라 상대측의 상황을 있는 그대로 객관화하고 그 현실적 토대 위에서 새로운 그림을 그려나가는 폭넓은 민족적 화해의 정신이 선행되어야 할 것이다.

---

27) 「남조선 인민들의 반미반괴뢰투쟁, 겨레의 조국통일념원의 반영」, 『조선문학사』12권, 사회과학출판사, 주체88(1999)년, pp.223-224.

5_다섯 번째

『주체문학론』의 소설 창작방법론 비판

1. 주체소설의 딜레마

1980년대 후반 동구 사회주의권의 붕괴는 한반도에 미묘한 파장을 일으켰다. 남한의 문학에서는 자본주의의 전지구적 승리에 따른 개인의 욕망이 화려하게 개화했다. 북한의 경우는 사정이 좀 복잡하다. 자본주의 시장경제의 점차적 침투에 따른 개인의 세속적 욕망이 미세하게 반영되는 '사회주의 현실 주제'의 작품들이 제출되었으며, 이와 대비적으로 체제에 대한 위기감의 발현으로 '주체'를 강조한 '우리식 사회주의 건설'의 작품들이 재평가되고 활발하게 제작되었다. 우리의 관심은 전자에 있다. 문학이 존재와 세계의 팽팽한 긴장을 통해 독자에게 감동을 준다는 사실을 인정한다면, 주체소설은 우리에게 감동을 주기 어렵다.

존재의 내면과 욕망이 의식적으로 거세된 작품들이 주체소설의 주류를 형성해 왔기 때문이다. 따라서 1980년대 이후 개인의 욕망이 북한의 소설 속에 등장했다는 사실은 의미심장하다. 이는 주체 소설의 미세한 균열을 드러내는 징후로도 볼 수 있다.

그러나 1980년대 후반의 국제정세와 뒤이은 내부적인 시련은 1990년대 북한 문학에 새로운 영향을 끼쳤다. 동구 사회주의권의 붕괴, 그리고 가뭄과 기근은 북한 체제를 근본적인 위기 상황으로 몰고 갔다. 국제적인 고립과 내부적 문제를 해결하기 위해 북한의 문학은 다시 보수적인 경향으로 후퇴하였다. 이에 1990년대 북한 문학은 1980년대 문학의 유연성을 확장·발전시키지 못하고 과거의 주체문예이론을 강화하는 방향으로 나아간다. 그러나 이미 사회주의적 현실 문제를 나름대로 깊이 있게 형상화한 체험을 간직한 북한의 작가들이 주체문예이론의 당위적 명제 앞에 굴복하여 순순히 과거의 작품 경향으로 회귀하지는 않는 듯하다.

김정일의 『주체문학론』은 1980년대 문학의 유연성과 1990년대 문학의 경직성 사이의 이러한 딜레마를 반영한다. 이 글은 『주체문학론』에 나타난 '소설 창작방법론'의 미세한 균열을 포착하려는 의도에서 씌어진다. 당위와 개성, 이념과 욕망, 내용과 형식 그리고 사상과 표현 등으로 다양하게 변주되는 이러한 균열의 징후는 『주체문학론』에서도 '소설 창작방법론'에 가장 첨예하게 드러난다. 이는 오늘의 북한소설을 이해하는 밑거름이 되리라 기대한다.

2. 『주체문학론』의 소설 창작방법론

소설(서사)은 '현실 속에서 현실 너머를 꿈꾸는' 모순된 운명을 산다. 이는 '타락한 시대, 타락한 방법으로 진실을 추구하는 장르'라는 루카치의 명제와 동일한 궤적을 지닌다. 근대 사회와 소설이 맺고 있는 역설적 관계, 즉 창부/수녀, 재미/교훈, 상품성/예술성 등으로 표출되는 양면성 또한 이와 무관하지 않다. 주체소설은 교양이라는 이름으로 전자를 후자에 종속시킴으로써 반쪽의 서사에 만족한다. 주체소설이 '근대 이전의 서사' 혹은 '근대 이후의 서사'라 불리는 이유도, 소설을 '부르주아의 서사시'라 인식하는 많은 사람들에게 주체소설이 낯설게 느껴지는 연유도 여기에 있다.

그렇다면 근대를 '타자화'함으로써 유지·지탱되는 주체소설을 어떻게 이해해야 할까. 『주체문학론』의 소설 창작방법론을 통해 그 실마리를 찾아보자.

『주체문학론』제6장 '문학형태와 창작실천'의 제2절 '소설문학을 시대의 요구에 맞게 발전시켜야 한다'가 소설 창작방법론에 해당하는 글이다.

이 글에서 김정일이 가장 정성 들여 주장하고 있는 내용은 '작품에 펼쳐진 생활과 현실 생활 사이의 간격 극복', '낡은 것에 도전하는 새 형의 문학', '도식적인 틀에서 벗어나는 것' 등으로 표출되는 형상수법과 창작실천의 다양성이다. 이는 물론 소설이라는 장르의 대중적 감화력을 전제로 한 진술이다.

소설은 문학의 대표적인 형태이다. 한 나라 문학의 높이와 발전수준은 주로 소설문학의 사상예술적높이에 따라 평가된다.

소설은 인민들속에서 가장 사랑을 받는 문학형태이다. 소설은 새것에 민감하고 정서가 풍부한 청년들속에서는 물론, 어린이나 늙은이들 속에서도 널리 읽히우고있다. 사람은 소설을 읽으면서 생활의 진리를 체득하고 혁명의 원리를 깨닫게 되며 아름답고 고상한 정서도 키우게 된다. 소설은 혁명적세계관을 세우는데서 큰 작용을 한다.

소설문학의 사회적 가치는 인민대중의 평가에 의하여 결정된다.(김정일, 『주체문학론』, 조선로동당출판사, 1992, p.236. 이하 면수만 표기)

소설은 어린이, 청년, 늙은이 등을 망라하여 '인민들속에서 가장 사랑을 받는 문학형태'이다. 대중들은 소설 속에서 생활의 진리를 체득하고 혁명의 원리를 깨닫게 되며 아름답고 고상한 정서도 키운다. 김정일은 소설 속에 형상화된 생활은 '시대와 사회의 본질이 반영된 전형적인 생활이며 작가의 발견이 깃든 새롭고 특색있는 생활'이라고 주장한다. 그런데 이러한 생활의 형상화가 부족하기 때문에 소설이 독자들에게 외면당한다는 것이다. 그러나 『주체문학론』이 제시하는 '생활'은 너무나 추상적이고 또한 획일화되어 있다. '시대와 사회의 본질이 반영된 전형적인 생활'과 '작가의 발견이 깃든 새롭고 특색있는 생활', 즉 객관성과 주관성을 어떻게 매개할 것인가에 대해 침묵하고 있기 때문이다. 이 침묵은 '혁명적세계관을 세우는데서 큰 작용'을 하는 주체문예이론 자체의 도식성을 괄호 속에 묶어버린다.

도식은 문학과 독자사이를 갈라놓은 장벽이다. 작가는 온갖 도식에서 벗어나 저마다 새로운 것을 들고나와야 한다.(p.244)

문학과 독자 사이의 장벽이 주체문예이론 자체의 도식성으로까지 나아가지 못하고 소설 창작 기법과 관련된 도식성에 한정된다는 점이 문제이다. 이어 그는 '다주인공을 설정하는 수법', '주인공을 감추어놓고 형상하는 수법', '부정적 인물을 중심에 놓고 형상하는 수법', '인물의 심리를 기본으로 펼쳐나가면서 생활을 묘사하는 수법', '랑만주의 수법' 그리고 '벽소설 같은 짧은 형식, 서한체, 일기체, 추리소설, 탐정소설, 실화소설, 환상소설, 의인화의 수법으로 엮어진 소설, 운문소설, 지능소설' 등 다양한 기법과 형식을 소개하고 있다. 그러나 기법과 형식의 도식 배제가 곧바로 주체소설이 지닌 이념의 도식성을 극복하는 계기가 될 수는 없다. 이를 단적으로 보여주는 예가 다음의 글이다.

인물들의 호상관계를 교양을 주고 교양을 받는 관계로만 형상하는데 반드시 그래야만 되는것이 아니다. **문학이 사람을 교양하기 위한것이지만 그 교양적목적이 반드시 작품에 나오는 인물의 관계를 교양을 하고 교양을 받는 관계로 형상하여야만 실현되는 것은 아니다.** 사람들은 주인공의 숭고한 모범에 감화되여 교양을 받을수도 있고 부정에 대한 날카로운 비판에 자극되여 교양을 받을수도 있다. 사람들에 대한 교양은 여러 측면에서 다양한 방법으로 되어야 효과를 낼수 있다.(pp.242-243. 강조는 필자)

'문학이 사람을 교양하기 위한것'이라는 관점은 『주체문학론』을 규정하는 일관된 흐름이다. 이러한 관점을 전제로 다양성이 추구되어야 한다는 것이다. 이에 따라 인물을 형상화하는데 있어서의 다양성은 '작품에 나오는 인물의 관계를 교양을 하고 교양을 받는 관계로 형상하'느냐, 그렇지 않느냐 하는 부분적인 다양성으로 축소된다.

최근의 북한소설에 나타난 사건과 인물의 이원적 설정은 이러한 다양성을 단적으로 보여주는 예이다. 작품 속에 드러난 사건과 인물은 두 개의 이야기가 교차·병행하는 이중적 서사 구조에 얽혀 있다. 이는 '주체소설이 지닌 이념의 도식성'과 '기법/형식의 도식 배제'와 유사한 궤적을 그리고 있다.

김일성, 김정일, 김정숙 등과 병행하는 서사는 최근의 작품에서도 여전히 지배적인 힘을 발휘한다. 이들은 당 정책을 수행해 가는 과정에서 국제 정세에 대한 진단이나 이념과 신념에 바탕한 '고난의 행군'에 대한 격려 등을 통해 작품의 서사를 장악하고 있다. 이러한 거대 서사는 '숨은 영웅'들의 일상적 이야기나 사회주의적 현실 속을 살아가는 인민들의 욕망과 갈등을 드러내는 일상적 서사에 안팎으로 개입한다.

서사의 이중 구조는 주관적 열망(당 정책/주체이념)과 실제 생활의 괴리를 표출한다. 하지만 이전의 작품들과는 달리 북한 사회의 실상이 구체적으로 제시되고 있다는 점은 주목할 만하다. 이는 북한 인민들의 소소한 일상적 이야기가 전경화된 거대 서사를 서서히 잠식하고 작품의 전면에 부각되기 시작한다는 점에서 드러난다.

겨울이 아무리 사나워도 저 흰 눈 덮인 산발들과 강변의 두터운 살얼음장 밑에서도 생명 가진 유기체들은 여전히 생의 욕망을 잃지 않고 봄맞이준비를 하고 있을 것이다. 우리는 기다릴것이 아니라 강성대국건설의 새 봄을 앞당겨 불러 와야 한다. 우리의 힘으로, 우리의 식대로……
(윤경찬, 「동력」, 『청년문학』, 2003년 1월호, p.10)

난 오늘 정말 기쁩니다. 자기 힘을 믿지 못하고 주저앉았던 한 기술자가 래일을 확신하는 신념의 강자가 되어 일어 선 것이 나에게는 무엇보다 기쁩니다. 인간이 결심하고 달라붙으면 못해 낼 일이 없습니다. 난 이번에 전수민 기사를 통해서 우리의 강성대국건설구상이 결코 우리의 욕망이 아니라 가까운 기간에 현실로 될것이라는것을 다시 확신하게 되었습니다. 전기가 공업의 동력이라면 사회주의를 진전시키고 완성시키는 동력은 이 제도의 래일을 확신하는 인간들의 신념입니다. 신념이 강하면 반드시 승리자가 됩니다.(윤경찬, 「동력」, 위의 책, p.16)

전경화된 서사는 인물의 주관적 열망에 의해 추동된다. ‘강성대국건설의 새 봄’은 자연의 순환 논리에 의해 뒷받침되고 있으며, ‘사회주의를 진전시키고 완성시키는 동력’은 ‘제도의 래일을 확신하는 인간들의 신념’에 의해 에너지를 공급받는다. 그러나 이러한 당위적 명제에 바탕한 거대 서사의 그물망이 아무리 촘촘하다고 해도 일상적 삶의 다양한 모순은 표출되기 마련이다. 전경화된 주관적 열망 이면에 비낀 북한 사회의 현실은 고통스럽고 암담하다.

어찌하여 60년대에 자기 손으로 전기기관차를 만들어 낸 우리 인민이 오늘에 와서 거기에 등잔불을 켜놓지 않으면 안되게 되였는가? 왜 우리 인민은 텔레비죤과 랭동기를 비롯한 전기일용제품들을 갖추어 놓고서도 등잔불을 켜놓고 저녁식사를 하지 않으면 안되게 되였는가?
날로 악랄해 지는 적들의 경제봉쇄와 고립압살 책동의 후과다.(김대성, 「정든 고장」, 『청년문학』, 2002년 12월호, p.12)

이미 60년대에 ‘전기기관차’를 만들어낸, ‘텔레비죤’과 ‘랭동기’를 비롯한 ‘전기일용제품들’을 갖추어 놓은 북한의 인민들이 ‘등잔불’을 켜놓고 저녁식사를 하는 현실에 대한 안타까움이 ‘적들의 경제봉쇄와 고립압살 책동'에 대한 분노로 이어지는 장면은 주관적 열망에 바탕한 당 정책(주체소설)의 한계를 스스로 시인하는 모습과 다르지 않다.

이렇듯, 거대 서사와 거기에 비낀 일상적 삶의 역설적 공존을 감내해야 하는 것이 사회주의 이념을 고수하는 북한 사회의 현실적 운명이다. 이념이 현실을 장악하고 있으나, 바로 그 이념이 디테일한 일상적 삶의 소멸을 초래하는 비극, 즉 이념은 스스로를 긍정하면 할수록 동시에 자신의 텃밭인 현실을 부정해야 하는 모순적 운명에 처하게 되는 것이다.

이러한 주체소설의 모순적 운명은 소설의 특성을 잘 살려서 창작해야 한다는 주장에서 정점에 이른다.

소설창작에서 중요한 것은 소설의 특성을 잘 살리는 것이다.
소설은 문학에 쓰이는 형상수단을 종합적으로 다 리용할수 있는 우월성을 가지고 있다. 문학의 기본형상수단인 언어를 가지고 그려내지 못할 인간생활이란 있을수 없다. …(중략)… 오직 소설문학만이 묘사와 대사, 주정토로와 설명 같은 형상수단을 전면적으로 리용하여 언어로 표현할수 있는것은 다 그려낼수 있다.(pp.238-239)

서사 양식이 쌓아온 다양한 언술 방식을 자신의 형식 속에 흡수하며 발전해온 소설은 말 그대로 잡종문학이다. 이러한 잡종성은 '문학에 쓰이는 형상수단을 종합적으로 다 리용할수 있는 우월성'을 지닌다. 김정일은 소설의 잡종성을 '언어를 가지고 그려내지 못할 인간생활이란 있을수 없다'는 언어의 자의식과 연결시킨다. 여기에 주체문예이론의 비약이 있다. 자아와 세계의 괴리를 굳이 언급하지 않더라도, 언어와 대상, 인식과 표현 사이에는 메울 수 없는 심연이 가로놓여 있다. 이러한 심연을 응시하며 그 불가능에 도전하는 것이 서사(문학)의 운명이 아닐까. 주체문예이론의 소설창작론은 이 서사(문학)의 모순적 운명을 애써 부정한다. 창작방법의 다양성이 주체문예이론의 유연성으로 확대되지 못하는 이유도 여기에 있다.

김정일은 『주체문학론』에서 소설의 도식성을 거부하고 다양한 창작 실천을 강조하고 나아가 소설의 형태까지 다양하게 개척하여 소설 문학에 새로운 혁신을 일으키자고 주장한다. 하지만, 실상 주체소설에 필요한 것은 근대 사회의 양면성, 즉 서사의 모순된 운명을 수용하는 자세가 아닐까. 이제 주체소설은 '항일혁명전통으로의 복귀'라는 자신의 내밀한 욕망이 하나의 상상이자 허구라는 사실을 인식해야 한다. 항일혁명전통(과거/거대 서사/주체문예이론의 도식성)과 사회주의적 현실(현재/일상의 서사/기법과 형식의 다양성)의 결절점(結節點)을 통해 주체소설은 새로운 미래를 개척해야 할 지점에 와 있다. 우리는 이러한 북한의 소설이 거대 담론(주체이념)의 테두리에 종속되지 않고 현실의 구체적 삶에 대한 일상적 기획으로 확장되기를, 나아가 서구적 의미의 근대성에 대한 강력한 회의와 거부를 통해 주체적인 탈식민적 전망으로 거듭나기를 기대한다.

3. '주체문학'을 넘어

이상으로 『주체문학론』 속의 소설 창작방법론을 '주체문예이론' 자체의 모순에 초점을 맞추어 일별해 보았다. 『주체문학론』은 1960년대 후반에서 1970년대에 걸쳐 확립되어 1980년대 다소 유연하게 전개된 주체문예이론의 1990년대판 중간결산이라 할 수 있다. 특히, 1980년대 북한 문학은 전일화된 유일사상체계에 대한 반성으로 전개되었다는 점에서 주목을 요한다. 이에 『주체문학론』의 소설 창작방법론은 북한 문학 내부의 '변화하고 있는 것'과 '변하지 않는 것' 사이의 미세한 긴장을 보여준다. 이는 욕망과 당위, 일상과 혁명, 기교와 이념, 형식과 내용 등 다양하게 변주되고 있다.

세계가 하나의 전산망으로 연결되는 '잡종(hybrid)'의 시대이다. 나라와 나라 사이의 경계는 흐려지고 문화는 국경을 넘나든다. 동일한 정체성을 갈망하는 주체적 열망은 타자를 받아들여야하는 객관 현실과 몸을 섞고 있으며, 과거와 현재, 전통문화와 외래문화 심지어 지배문화와 저항문화까지도 동시에 새겨지고 지워진다. 바야흐로 '우리/타자'라는 이분법적 척도로 이질적인 문화를 재단하는 태도에서 벗어나, 다양한 문화들이 공존하는 열린 네트워크에 대한 성찰로 발상을 전환해야 할 때이다. 팽팽하게 맞서는 극단적 입장 사이에서 길항작용(拮抗作用)하는 제3의 길을 모색하는 것, 이것이야말로 잡종의 시대가 요구하는 자세가 아닐까?

지금껏 우리는 북한의 현실을 바라보는데 이중적 잣대를 적용해 왔다. 북한은 늘 지리상으로는 가깝지만 이념상으로는 먼, 감성적(심정적)으로는 친근하지만 이성적(현실적)으로는 낯선 괴물이었다. 우리들의 의식과 무의식에 깊이 각인되어 있는 이러한 양면성을 교차시키는 작업, 즉 북한에 대한 인식의 간극이 혼종되는 지점에서 문화의 이질감을 극복할 수 있는 단초가 마련될 수 있을 것이다. 동일성(남한)의 시각으로 타자(북한)를 흡수하려 할 때, 우리는 타자의 희생을 재물로 중심의 권좌에 오를 수도 있을 것이다. 이러한 구심력으로서의 권좌는 자본의 논리로 타자를 지배하는 근대 담론의 본질을 함축한다. 그러나 중심에 대한 욕망(동일성)을 잠시 유보하고 타자(타자성)를 향해 한 걸음 다가설 때, 두 세계가 중첩되고 교차되는 보다 큰 영역에서 열린 중심의 자리를 차지할 수 있을 것이다. 진정한 잡종의 담론은 '타자가 왜 우리와 다를까'라는 문제의식에서 출발해서, 나와 타자를 함께 바라볼 수 있는 관점에서 차이를 맥락화하고, 이들 통해 좁혀나갈 수 있는 차이에 주목함으로써, 다름을 유지하되 대화를 가능케 하는 공통분모를 만들어 나가는 과정이다.

6_여섯 번째

남북한 문학의 경계와 문학 교류의 방향

1. 주체문학의 미세한 균열

북한 문학은 독자적인 지위를 갖지 못하는데, 이는 북한 문학을 이해하는 데 적지 않은 어려움을 야기한다. '북한'에 악센트를 두었을 때 문학은 북한 사회의 이해 수단으로 전락함으로써 심도 깊은 논의를 가로막고 있으며, 한편 '문학'에 강조점을 주었을 때 민족문학, 통일문학의 하위범주로 논의를 진행할 수는 있으나 문학의 자율성을 강조하는 남한의 문학과 접점을 찾기 어렵다.

따라서 북한 문학을 이해하기 위해서는 북한 사회(총체성)와 문학의 특수성(구체성)을 동시에 고려하는 유연한 사고가 요구된다. 북한 사회에 대한 전체적인 밑그림을 그리는 작업과 텍스트에 대한 구체적 이해가

적절한 균형감각을 유지함으로써, 상대편에 대한 짝사랑의 방식으로 전개되는 이해나 혹은 상대에 대한 편견으로 인하여 객관적인 현실을 보지 못하는 우를 범하지 말아야 한다.

초기의 북한문학 연구는 당의 문예정책에 기초하여 작품을 이해함으로써, 북한의 자체 평가를 그대로 수용하는 방식이었다. 이는 북한체제의 특성(사회주의적 성격)을 작품 분석의 절대적 기준으로 적용하는 방식에 머물러 있었다. 그러나 연구가 심화되면서, 구체적인 텍스트 분석을 통해 북한 문학과 문예정책의 상관관계를 탐색하고 그 허와 실을 비판하는 관점이 제기되었다. 이는 남한의 문학을 염두에 두고 북한문학을 이해하려는 태도에서 비롯된 것이다.1)

1992년에 나온 김정일의 『주체문학론』(조선로동당출판사)은 북한 사회의 딜레마를 반영하고 있는 듯해 주목을 요한다. 『주체문학론』은 1960년대 후반에서 1970년대에 걸쳐 확립되어 1980년대 다소 유연하게 전개된 주체문예이론의 1990년대 판 중간결산이라 할 수 있다. 특히, 1980년대 북한문학이 전일화된 유일사상체계에 대한 반성으로 전개되었다는 점을 염두해 둔다면, 『주체문학론』은 북한 문학 내부의 '변화하고 있는 것'과 '변하지 않는 것' 사이의 미세한 긴장을 보여준다. 이는

---

1) 북한문학 연구가 시작된 것은 월북 작가들에 대한 해금조치가 내려진 1980년대 후반부터다. 1990년대에 이르면서 사회적·경제적 우위를 바탕으로 체제 경쟁적 차원에서 벗어나 북한을 객관적 차원에서 접근하려는 분위기가 형성되었다. 북한 사회의 특수성을 인정하고 북한의 입장에서 접근하려는 논의가 시작된 것이다. 북한 문학을 분단의 상황에서 벗어나 남한이나 북한 중심이 아닌 태도로 이해하려는 시도는 2000년 이후 북한 문학 연구에서 발견할 수 있는 가장 큰 특징이다. 특히 김정일 시대 혹은 선군혁명문학에 대한 연구가 진행되면서 북한 사회의 변화와 북한 문학 연구의 시차가 해소되었다는 점은, 북한 문학에 대한 종합적 평가를 가능하게 하는 바탕이 되고 있다. 자세한 북한 문학 연구 현황에 대해서는 전영선, 「북한 문학 연구의 현황과 쟁점-북한문학 연구의 비판적 고찰과 문제제기를 중심으로」, 『현대북한연구』(7권 3호), 경남대학교 북한대학원, 2005를 참고할 것.

욕망과 당위, 일상과 혁명, 기교와 이념, 형식과 내용 등으로 다양하게 변주되고 있다. 김정일은 이 책에서 '민족문화유산'에 대한 새로운 평가를 당부하고 있는데, '제2장 유산과 전통'은 '민족문화유산'을 확장하려는 의도로 이해할 수 있다. 물론 "혁명적문학예술전통(김일성의 항일혁명문예)은 명실공이 모든 내용을 전면적으로 다 계승발전시켜야 한다"는 단서를 달고 있지만, 민족문화유산을 확장하는 작업은 변화된 정세에 대처하는 북한 문예정책의 변화를 암시한다. '혁명적문학예술전통'과 '민족문화유산' 사이의 정확한 궤선 긋기의 어려움, 그리고 이들 사이의 미세한 균열이 예상되기 때문이다.

이에 대한 구체적 예로써 김정일은 <카프>문학, <신경향파>문학, 리광수, 최남선을 비롯한 근대 문학, 실학파 문학, 최치원, 리규보, 김시습, 정철, 허균, 김만중, <춘향전>, <홍부전>, <심청전>, 민요, 시조, 궁중예술 등의 정확한 평가를 당부하고 있다. 이러한 발언은 "자라나는 새 세대들에게 민족의 긍지와 자부심을 안겨"주기 위해서이고 또한 "영광스러운 로동당시대의 문학예술사에 훌륭한 작품"들을 많이 기록하기 위해서이다.

이러한 태도에는 '혁명적문학예술전통'만으로 새로운 시대의 문예이론을 이끌어나갈 수 없다는 인식이 깔려 있다. 1993년 봄 강동지역에서 출토된 단군릉의 재건을 국가적 사업으로 도모한 예도 이런 입장에서 이해할 수 있다. 물론 이러한 '민족문화유산'에 대한 재평가는 '주체문예이론'의 강화를 목적으로 시도되었다. 하지만 역으로 '민족문화유산'의 확장을 주체문예이론의 미세한 균열, 즉 한계를 암시하는 징후로도 읽을 수 있는 것이다.2)

---

2) 『주체문학론』에 나타난 이념과 욕망의 미세한 균열에 대해서는 고인환, 「『주체문

이제 북한 문학은 어디로 갈 것인가? 쉽게 예상하기는 어렵지만, 개인의 욕망(개방을 강요하는 현실)과 체제의 이념(절대정신) 사이의 균열은 더욱 심화될 것으로 보인다. 이러한 균열은 북한 문학의 자의식, 더 나아가 북한 체제의 자의식을 유추할 수 있는 각주의 역할을 한다.

한편, 우리는 북한의 문학이 현재 진행 중인 역사적 이행, 즉 세속적 근대화 양식에 대한 강력한 거부이자 대항의 의미를 지닌다는 사실을 의도적으로 간과해온 점 또한 곱씹어보아야 한다. 자본주의의 전지구적 흐름에서 이탈한 정적이고 종교적 색채까지 풍기는 북한 문학이 동시대를 살아가는 우리의 세속적 삶을 되돌아보게 하는 계기를 제공하고 있다는 점은 부인하기 어렵다. 우리는 이러한 북한의 문학이 주체사상의 테두리에 종속되지 않고 현실의 구체적 삶에 대한 일상적 기획으로 확장되기를 기대한다. 이러한 흐름에 대한 지속적인 탐색은 북한 문학 내부의 과제일 뿐만 아니라 통일문학을 준비하는 남한문학의 실질적인 과제이기도 하다.

2. '6·15공동선언 실천을 위한 민족작가대회' 풍경

분단문학은 역사적으로 한정된 문학이다. 해방에서 전쟁으로 이어지는 비극적 현대사에 분단의 시작이 있었듯이, 대립적 냉전체제의 붕괴에 따른 시대적 변화는 분단의 끝을 구체적으로 가늠해보게 한다. 고착된 분단의 성벽에 서서히 균열의 조짐이 보이는 오늘의 시점에서, 통일

학론』의 서술 체계와 특징」, 『북한문학의 이해2』, 청동거울, 2002를 참조할 것.

문학의 가능성을 점검하는 작업은 더 이상 미룰 성질의 일이 아니다.

국토와 체제의 분단 이후 남북의 문학은 문학적 걸음과 지향을 달리해 왔다. 북한문학의 창작방법론이 고상한 사실주의에서 사회주의적 사실주의를 거쳐 주체 사실주의로 변모하면서도 사실주의라는 단일적 지향을 지속해온 반면, 남한문학의 그것은 문학적 자율성의 이름 아래에 리얼리즘과 모더니즘의 길항 관계 속에서 탈리얼리즘, 포스트모더니즘, 탈식민주의 담론에 이르기까지 다양성을 확장해왔다. 그 속에서 분단 이후 남한문학의 북한 소개나 북한문학의 남한 소개는 연구자들의 관심에 따라 취사선택되어 부분적·파편적으로 진행되어 온 것이 사실이다.3)

2000년 남북 정상은 '6·15공동선언문'을 발표하였다. 6·15공동선언 이후 사회문화교류에서 나타난 중대한 변화로는 학술, 종교, 스포츠, 문화예술, 언론출판 등 다방면에 걸쳐 교류가 추진되었다는 점을 지적할 수 있다.4)

이러한 분위기에서 개최된 '6·15공동선언실천을 위한 민족작가대회'는 백 명이 넘는 규모로, 소수 대표자들의 회담이 아닌 일반 작가들

---

3) 오태호, 「내면의 결핍을 강제하는 '주체'의 원리-분단 이후 북한 문학의 형성 고찰」, 『내일을 여는 작가』, 2005년 가을호 참조.

4) 6·15공동선언 이후 북한은 남한과의 교류를 받아들이는 대신에 북측의 경제적 이익을 확보하기 위한 대가를 원하여 남측의 제의들 중에서 이익이 되는 것을 선별 수용하는 정책을 취하였다. 즉 교류는 활발해졌지만 북측은 나름대로 남북교류에 관한 자신들의 원칙을 지켰다는 것이다. 남측은 남북교류를 통해 민족동질성 회복 및 공동체 건설을 목표로 삼고 있지만, 북측은 정치적 목적이나 외화획득을 위한 경제 사업의 일환으로 이용하려는 의도가 강했다. 특히, 북측의 대남 사회문화 교류협력 주체는 대부분 당조직이나 관변단체이며, 대남 접촉제의 및 접촉 대상 역시 남측의 진보적 단체나 인사에 편중되어 있다. 이에 대해서는 이수석, 「6·15공동선언이 북한의 대남정책에 미친 영향」, 『남북교류협력과 북한의 변화』, 북한연구학회 춘계학술회의 자료집, 2005. 4. 25, pp.77-86을 참조할 것.

사이의 집단적 대화로 전개되었다는 점에서 경제·정치적 교류를 넘어서는 문화적 내면의 교류였다고 할 수 있다. 단일 모국어를 사용하는 것 자체가 분단과 모순되는 상황임을 염두에 둔다면, 동일 언어를 매개로 하는 남·북 문학인들의 만남은, 분단의 끝을 응시하며 통일문학을 향해 첫 걸음을 내디딘 역사적인 사건이다.[5] 먼저, 이 대회의 구체적인 성과를 살펴보자. 남과 북의 문인들이 함께 참여하여 '6·15 민족문학인 협회'를 구성하기로 하고, 문예지인 『통일문학』(가칭) 발간, '6·15 통일문학상' 제정에 전격적으로 합의했다. 이러한 합의는 구체적이고 실질적인 문학 교류의 기틀을 마련했다는 점에서 획기적인 의의를 지닌다.[6] 이제 북쪽의 독자들이 남측의 작품을 읽고, 남쪽의 시민들이 북측의 문학을 감상함으로써, 남북 모두의 독자를 대상으로 작품이 창작되는, 나아가 분단문학을 넘어 통일문학을 여는 민족문학사의 새로운 가능성이 열린 것이다.

이 대회에 참가한 필자의 체험을 중심으로 민족작가대회의 풍경을 스케치해 보도록 하자.

---

5) 행사개요를 요약하면 다음과 같다. 명칭은 '6·15 공동선언 실천을 위한 민족작가대회'이며, 일시는 2005년 7월 20일에서 25일까지 5박 6일, 본대회 개최지는 평양, 민족문학의 미래를 약속하는 '통일문학의 새벽'은 백두산에서, 과거에 대한 확인과 친교의 자리는 묘향산에서 있었으며, 규모는 남북을 합해서 총 2백여 명이었는데, 비율상 남측 참가자가 많았고, 또 일정도 시종 남측 참가자들을 중심으로 진행되었다.

6) <오마이뉴스>의 홍성식 기자에 따르면, 남과 북은 작가대회의 성과를 바탕으로 6·15 민족문학인협회 결성을 위한 조직위원회를 구성한다고 밝혔다. 올해 안에 협회를 구성하는 게 남북 조직위원회의 목표이고, 이를 위한 실무회담은 12월 초에 열릴 예정이고, 12월 하순에는 협회를 결성한다는 계획이다. 또 다른 사안인 '기관지 창간'과 '통일문학상' 제정은 6·15 민족문학인협회가 출범된 후 논의한다는 것이 민족문학작가회의의 설명이다. 남측 조직위에는 김형수 작가회의 사무총장, 소설가 김훈, 원광대 김재용 교수 등이 참여하고, 북측은 김덕철 조선작가동맹 중앙위원회 부위원장과 엄선영(동 단체 조직 선전부장) 등이 참여한다.

“분단 60년을 뛰어넘는 남북 문학인의 역사적인 만남”, “남북 문단의 유명 인사가 총동원된 대규모 행사” 등 민족작가대회에 부여된 의의가 무색하게, 남측 대표단을 태운 고려 항공 전세기는 분단선을 훌쩍 넘었다. 인천 공항에서 출발한 비행기는 1시간 남짓 비행하여 평양 순안 공항에 도착했다. 분단 60여 년 동안 지속된 이념적 반목과 질시의 상징물을 넘어섰다는 사실에, 너무나 먼 시간을 에둘러왔다는 안타까움과 치밀어 오르는 순간적 격정에 작가들은 눈시울을 붉혔다.

이제, 남과 북의 허리를 잘라 놓았던 38선이 추상적이고 관념적인 금기의 이미지를 벗고 있다. 분단선이 작가대회 참가자들이 묵었던 호텔과 그 앞 도로, 북측이 안내한 관광지와 인민들의 삶의 터전, 혹은 작가대회 참가자들 사이의 미묘한 감정의 차이 등으로 이동했다. 이러한 분단선의 이동은 분단의 상처가 우리의 삶 깊숙이 내면화되었음을 시사한다. 이를테면, 필자는 평양발 고려 항공에 몸을 싣는 순간부터 행사기간 내내, 분단 현실에 무감각했던 스스로의 모습을 되새김질하기에 바빴으며, 말로만 분단·통일을 이야기했던 지금까지의 모습이 부끄러워 견딜 수 없었다.

필자는 지속적으로 북측의 문학을 남쪽에 소개해왔다. 북측의 문학 잡지나 남쪽에서 출간된 북쪽의 문학을 읽고 남녘의 독자들에게 소개하는 형식이었다. 이런 방식으로 북측의 문학에 접근하는 것도 중요하지만, 이번에 평양을 방문하고 온 후 남북의 실제적인 교류가 필요하다는 사실을 절실하게 깨달았다. ‘안내원들의 가슴에 부착되어 있는 김일성 배지’, ‘위대한 영도자 김정일 장군이 배려한 음식’을 맛나게 드시라고 소개하는 기내 안내 방송, 어디를 가나 쉽게 접할 수 있는 ‘붉은 글씨의 선동 구호’, ‘인민들의 거주지와 대비되는 혁명 기념 건물의 웅장함' 등등 북측의 풍경은 너무나도 낯설었다. 대회 참가자들은 마치 어린아이가 된 듯했다. '사진 찍어도 되나요?', '여기서 잠시 산책해도 되나요?', '잠깐 위생실(화장실) 다녀와도 되나요?' 등 연발되는 질문은 마치 초등학생이 소풍 온 듯한 풍경을 연상시킬 정도였다. 하지만 이러한 체제 이념적 풍경의 이질감도 북측 작가들과의 대화를 통해 점차 완화되어 갔다. 낯선 풍경과 익숙한 언어 사이의 기우뚱한 균형으로 표출된 묘한 긴장감은, '문학', '일상적 삶' 그리고 '술과 음식'을 매개로 점차 해소되어 갔다.

아직도 민족작가대회가 시작되기 전 '인민문화궁전'에서의 어색한 풍경을 잊지 못한다. 해외동포문인의 대표성 문제로 대회 일정이 지연되어 우리 대표단은 몇 시간 늦게 대회장에 도착하였다. 북측의 문인들이 대회장의 반을 차지하며 미리 앉아있었는데, 우리를 보고 그 어떤 신호도 보내지 않았다. 우리도 어떻게 행동해야 할지 몰라 그냥 자리에 앉았다. 그 후에도 발표 토론에 대한 실무협상이 진행되어 이 어색한 대치(?) 상태로 약 한 시간 이상을 보내야 했다. 대회 기간 중 가장 고역스런 시간이었다. 남과 북은 '어떻게' 반가움을 표현하고, 그리고 '어떻게' 손을 내밀어야 할지 서로에게 조심스러웠던 것이다.

이 긴장감은 남북의 대표단이 함께 입장하면서 누그러들기 시작했다. 서로가 힘찬 박수를 보냈기 때문이다. 그리고 남과 북, 해외 대표들의 열띤 발표·토론의 시간이 있었다. '박수'와 '발표·토론'이 서로의 어색한 마음을 풀어준 것이다.

이어진 환영 만찬에서는 공적인 이야기를 뒤로 하고 주로 사적인 담소를 나누었다. 필자에겐 가장 기억에 남는 시간이기도 했다. 이 자리를 통해 남북의 문인들은 자녀 교육 문제로 고민하고 있는 평범한

116

아빠, 가사노동 분담 문제로 사소한 언쟁을 벌이는 남편, 아이를 하나 더 가질까 고민하는 아버지 등 공적인 가면을 벗고 일상적 개인의 모습으로 돌아가 진솔한 이야기를 나누었다. 술잔을 기울이며 구체적인 삶의 고민을 공유한 소중한 자리였다.

남과 북은 너무나 오랫동안 만나지 못하여 서로의 감정을 표현하는 데 어색했다. 특히, 체제와 이념이 다르다는 선입관은 서로에게 다가가는데 커다란 장애로 기능한 것이다. 체제·이념의 벽은 여전히 높았다. 스치듯 다녀온 북녘 땅에서 인민들의 구체적 삶을 실감하기란 애초부터 무리였다. 이제 북녘 인민들의 삶을 향해 새로운 걸음을 내디딜 때이다. 구호·명제를 외치기는 쉽지만, 그것을 현실화하기는 어렵다. 필자는 이번 작가대회를 통해 북녘 인민들의 삶을 멀리서 관찰할 수 있었다. 그리고 낯선 공간과 접촉하고 싶은 욕망과 끊임없이 이를 억누르는 금기(반공이데올로기) 사이에서 길항(拮抗)하는 내면의 분단선을 확인할 수 있었다. 하지만 "신화를 역사로, 다시 일상으로 만드는 북녘의 통치 시스템, 그를 철저하게 뒷받침하는 문화적 예술적 장치로서의 문학"(김성수)을 피부로 실감하고 "통일과 통일 이후의 사회 문화적 통합"에 대해 구체적으로 고민하게 되었다는 점만으로도 이미 통일문학을 향해 첫발을 내디딘 것이라 확신한다.

3. 남북 문학 교류의 방향성

현재로선 남북 문학 교류의 실상을 정확하게 파악하기 어렵다. 문학인의 제한적인 교류로 한정되었을 뿐, 구체적 출판 등의 교류 사업에는 여러 가지 제약과 규제의 조건들이 존재하기 때문이다. 실질적인 남북 문학 교류는 남북의 잡지에 원고가 게재되거나 직접 출판을 통한 형태로 이루어질 수 있다. 그러나 남한에서 북한문학은 아직 이적표현물에 해당하거나 특수자료로 취급되어 일반인의 접근이 제한적이기에, 그 구체적 실태를 파악하는 것조차 어렵다. 따라서 남한의 대중독자가 북한문학에 접근하려면 제한적으로 출판된 소수 편저 형태의 책이나 단편선집, 혹은 장편소설을 통해서만이 가능하다.

반면 북한 출판사에서는 남한 문학의 작품 내용을 중심으로 사회주의 체제에 해악을 끼치지 않는 선에서 취사선택하여 출판하거나 원고를 게재한다.7) 북한에서 높이 평가되는 남한문학으로는 반미의식과 민중항쟁, 통일 열망을 다룬 작품들이 주를 이룬다. 남정현의 「분지」, 이문구의 「해벽」, 신동엽의 「껍데기는 가라」, 황석영의 「객지」, 조세희의 『난장이가 쏘아 올린 작은공』, 김지하의 「오적」, 홍희담의 「깃발」, 방현석의 「새벽출정」 등이 높게 평가된다.8)

이제 이념 중심의 북한문학과 미적 자율성을 강조하는 남한문학이 교류하는 장을 마련해야 한다. 서로의 이해와 요구에 따라 일방적·제한적으로 이루어지는 교류의 외연을 확장함으로써 문학적 통합의 기반

---

7) 평양에서 발행되는 계간지 『통일문학』에는 1989년 창간호부터 지금까지 '남조선 문학작품'란을 통해 고정희, 신경림, 백기완 등의 시, 공지영, 김인숙, 방현석, 윤정모, 박경리 등의 소설, 윤지관 등의 평론 등등의, 문학작품이 게재되어 왔다. 그 면면을 살펴보면 대체로 80년대 민족민중문학의 대표작이거나 통일 열망, 반미·항일의식, 체제저항, 생태 환경 등의 문제를 다룬 글들을 취사선택하여 싣고 있다는 점을 확인할 수 있다.(오태호, 「남북 문학 교류의 현실과 미래적 지향」, 『문학사상』, 2004년 6월호, pp.77-78 참조)

8) 김성수, 「북한의 남한 문학예술 인식에 대한 역사적 고찰」, 『통일정책연구10-1』, 통일연구원, 2001. 7.

을 마련해야 할 것이다.

남·북 통합문학사를 기술하려는 원론적인 시도도 의미가 있지만, 서로가 공유할 수 있는 다양한 방식을 계발하여 이를 바탕으로 접점을 찾아가는 방식도 소홀히 할 수 없다. 이를테면, '좌익지식인을 다루는 방식', '비전향장기수의 문제를 형상화한 작품', '빨치산의 투쟁을 형상화한 문학' 등 남·북 문학이 공유하고 있는 주제를 면밀하게 고찰하면서 서로의 차이점과 공통점을 추출하는 방법을 예로 들 수 있다. 이는 미시적인 접근을 통해 거대담론(공식담론)의 신화에 틈을 내는 작업의 전초라 할 수 있다.

이제 남북 교류의 내용을 채워가야 할 지난한 과제가 우리 앞에 놓여 있다. 먼저, 남북 문학의 실질적인 교류가 이루어져야 한다. 눈에 보이는 성과에 집착해서는 곤란하다. 서로에게 민감한 체제나 이념의 차이를 성급하게 봉합하려 하기보다는, 문학(민족문학의 동질성 회복으로서의 언어)이라는 매개항을 충분히 살리는 방향에서 논의가 전개되어야 할 것이다.9)

문학(문화)적 통합은 단시일 내에 이루어지기 어려우며, 또한 강압적으로는 불가능한 일이다. 이 같은 점을 염두에 둔다면 통일은 결국 정치나 경제체제의 통합과 같은 외형적인 문제가 아니라 궁극적으로 사람과 사람 사이의 통일을 의미하는 것이다.10) 이러한 과정에서 실질적

---

9) 필자는 정치·경제적 교류의 일방성을 문학(문화)적 만남을 통해 견인해야 한다고 생각한다. 이윤 추구로 대변되는 경제 원칙은 흡수 통합의 이데올로기를 확산시킨다. 이를 극복하기 위해서는 자본의 논리보다 포괄적인 원칙, 즉 '경제·정치적 교류를 넘어서는 문학(문화) 교류, 이성의 교류를 초월하는 내면의 교류' 등을 통해 서로의 차이들을 끌어안는 포용의 힘이 필요하다. 공통의 모국어를 매개로 이루어지는 문학적 교류는 이를 수행할 수 있는 하나의 방편이 될 수 있다.

10) 김종회, 「통일문화의 실천적 개념과 남북한 문화이질화의 극복 방안」, 『북한문학

인 문학(문화) 교류는 서로의 이질감을 해소하는 데 중요한 역할을 한다. 따라서 서로가 공유할 수 있는 영역에서부터, 서로에 대한 이해를 바탕으로 만남의 장을 마련해야 한다. 고전문학, 해방 이전의 문학, 역사물, 아동문학 등을 통한 만남이 그 예가 될 수 있다. 이를테면, 남측 민족문학연구소와 북측 사회과학원 주체문학연구소가 공동으로 개최한 학술세미나를 들 수 있다. 2004년에는 김소월, 2005년에는 현진건의 문학을 주제로 공동세미나를 개최하였다. 필자는 현진건의 문학을 발표한 바 있는데, 구체적인 작품을 통해 서로의 차이를 확인하고 공유점을 찾아가는 소중한 기회였다. 이와 연관하여 황석영과 홍석중이 공동 창작을 하기로 한 점은 매우 고무적인 현상이라 할 수 있다. 공동창작을 매개로 남과 북의 문학을 잇는 하나의 가교(架橋)가 놓일 수 있을 것이다.

다음으로, 북측의 문학에 대한 공론의 장이 마련되어야 한다. 지금까지 북측의 문학은 소수의 연구자를 중심으로 전개되었다. 이번 작가대회를 계기로 북의 문학에 대한 관심을 확장함으로써, 우리의 내면/무의식에 깊숙이 자리 잡은 분단선을 허물어야 한다. 북측 체제의 입장을 그대로 수용하여 북측의 문학을 이해하는 방식이나 북측의 문학 자체의 가능성을 인정하지 않고 이를 애써 무시하려는 태도 또한 넘어서야 한다. 북의 문학과 남의 문학이 대등하게 접촉하는 열린 장을 마련해야 한다. 이를테면, 1990년대 이후 남측의 문학은 개인화/파편화된 욕망이 주류를 형성해 왔다. 이러한 1990년대 이후 문학의 성과를 인정하더라도 '우리(공동체)'에 대한 문제의식이 부재했던 것 또한 사실이다. 소통을 열망하기만 했지 소통하기 위한 실질적인 노력이 부족했다. 이번 남북작가대회를 통해 확산된 통일문학에 대한 염원이 이러한 남측 문학

의 이해3』, 청동거울, 2004, p.31 참조.

의 침체를 극복할 수 있는 하나의 계기가 될 수 있을 것이다.

그리고 북측의 문학도 일방적인 체제이념의 선전에서 벗어나 인민들의 구체적이고 일상적인 삶으로 시선을 옮아가야 한다. 남측 문학에 대한 개방을 통해 북측 문학의 잃어버린 반쪽을 수용해야 한다. 이렇게 서로가 서로의 차이를 존중하고 그 차이를 인정하면서 상대를 설득하려는 자세가 요구된다. 대회기간 내내 행사장 곳곳을 장식했던 "민족작가대회 대표단을 렬렬히 환영한다"는 심정적·감정적 구호의 차원을 넘어 '어떻게' 남과 북이 화합할 수 있을 것인가에 대해 구체적으로 고민해야 할 때이다.

남북 문학계의 소통에는 '교류'와 '이해' 두 가지가 있다.11) 이해라는 것은 남북의 작가들이 직접 만나지 않고도 이루어질 수 있는 성질의 것이다. 지금까지 북측의 문학을 이해하기 위한 노력은 주로 '이해'의 차원에서 이루어졌다. 이제 우리는 교류의 시대 앞에 서 있다. 교류가 없는 이해는 관념의 맹목에 빠질 수 있으며, 이해 없는 교류는 낭만적 감상으로 흐를 수 있다. 이해와 교류를 동반하는 소통이야말로 통일시대를 열어 가기 위해 우리가 지향해야 할 바람직한 자세가 아닐까.

개인의 욕망과 집단의 이익이 일치될 때 가장 행복한 문학이 탄생한다. 그러나 남한의 문학과 북한의 문학은 모두 그렇지 못하다. 남한에서는 개인의 욕망이 중시되고, 북한에서는 집단의 이익이 강조된다. 남·북한 문학의 의사소통 가능성은 서로의 '타자', 즉 남한 문학에서는 공동체에 대한 관심이, 북한 문학에서는 개인에 대한 새로운 인식이 지속적으로 추구되어 서로가 공명(共鳴)하는 지점에서 조심스럽게 타진

---

11) 김형수·김재용 대담, 「분단시대의 문학에서 통일시대의 문학으로」, 『실천문학』, 2005년 가을, pp.28-31 참조.

될 수 있을 것이다.

제2부

북한시의 기준 변화와 작품의 상관성

| 1. 선군정치시대와 북한시의 행방 |

| 2. 혁명구호와 시적 주제의 상관성 |

| 3. 에코의 문학 |

| 4. 최근 북한시의 미학적 기준의 변화 |

| 5. 선군혁명사상과 시적 구현 양상 |

| 6. '김정일 나라', 또 하나의 '신화' |

| 7. 북한시의 왜곡된 전통 |

| 8. 박세영의 시를 통해 본 북한시의 변모과정 |

선군정치시대와 북한시의 행방

1. 90년대와 북한의 정치

남한의 정치사에서 90년대는 분명 획기적 연대기에 해당한다. 그것은 이 시기가 억압적인 군사 정권의 오랜 속박에서 벗어나, 차츰 권력구조의 정당성을 회복하고 있다는 점에서 그러하다. 90년대 남한 사회에서 출범한 두 개의 정부, 즉 '문민 정부'와 '국민의 정부'는 이런 맥락에서 그들의 정치·경제·사회 문화적 공과(功過)와는 별개로 각별한 정치사적 의미를 부여받을 수 있다. 그들의 정부 명칭에서 환기되듯이 이 두 개의 정부는 분단 이후 남한 정치사에서 군사정권 청산이라는 획기적 전환점을 마련한 것으로 여겨지는 것이다.

90년대 들어 남한 사회가 정권 구조의 혁신적 변화를 모색하고 있는 반면, 이 시기 북한의 권력 구도에는 여전히 별다른 변화가 없어 보인다. 1994년 7월 김일성 사망 이후, 한때 일부 북한 연구가들 사이에서 북한의 권력 개편이 조심스럽게 예견되기도 했으나, 십여 년의 시간이 흐른 현재까지도 근본적인 변화의 조짐은 발견되지 않고 있다. 오히려 북한은 김일성 사후 3년 동안을 유훈통치기간(1994-1997)으로 정하는 등, 당과 수령을 정점으로 한 기존의 사회주의 통치 체제를 지속적으로 강화하고 있는 실정이다. 90년대 북한의 권력 체계에서 유일한 변화가 감지된다면, 그것은 김일성 사후 국가 주석의 빈자리를 김정일 '대행 체제'로 메우고 있다는 사실뿐이다.

그러나 국가 권력의 세습이라는 측면에서 김정일 체제란 곧 김일성 시대의 연장을 의미한다. 실제로 북한은 김일성 사망 직후부터 "'김정일이 곧 김일성이다'라는 공식 구호가 사회 전반에 내면화되어"[1] 있다. 또한 본격적인 김정일 시대로 돌입한 이후에도 '김일성 민족'이라는 인식이 북한의 인민 대중들 사이에 깊숙이 각인되어 있다. 이러한 사실들은 김일성 사망 이후에도 그의 영향력이 북한 사회에 지속적으로 작용하고 있음을 단적으로 입증하는 것인데[2], 이로 인하여 우리는 북한은 남한의 경우와 달리 김정일 체제로 진입한 90년대 이후에도 기존의 권력구도에서 탈피하지 못했다고 잠정적으로 평가할 수 있다.

90년대 들어서도 북한의 권력 구조가 근본적인 차원에서 변화하지

---

1) 홍용희, 「'주체문학론'의 정립과 시대정신의 요청 - 최근 북한 시의 특성과 동향」, 『문학사상』, 2002년 11월호, p.46.

2) 이러한 사실은 여러 경로를 통해서 분명하게 확인된다. 특히 '죽은 김일성의 영향력이 전 사회를 지배하던'(김동훈, 「체제의 위기와 돌파구로서의 문학-'유훈통치기' 북한문학의 동향」, http://my.netian.com/~ksskdh/sub_nk.htm) 북한의 유훈통치기는 극단적인 예에 해당한다고 할 수 있다.

않았다는 사실은 어떤 면에서 당 정책 노선의 기본 방향이 일관되게 유지되고 있음을 의미한다. 즉 당, 수령, 주체사상을 기반으로 시대별 현안에 부응하는 정책이 이 시기에도 꾸준하게 제시되고 있는 것이다. 붉은기 사상, 고난의 행군, 강성대국과 선군정치 등, 90년대 북한의 주요 정책 이념들은 이 과정에서 견인된 것들이다. 가령 붉은기 사상과 고난의 행군은 1995년 대홍수 사건을 전후로 극심한 식량난과 경제적 어려움에 직면한 북한이 "수령이 높이 치켜들었던 붉은 기"의 혁명 정신과 김일성의 항일 유격대 활동에서 기원한 고난의 행군[3] 정신을 사상적으로 강화함으로써 현실의 위기를 극복하려는 의도에서 정책적으로 제시된 것이다. 또한 "군대를 혁명의 기둥으로 튼튼히 세우고 그 위력으로 경제건설의 눈부신 비약을 일으키는 것"[4]을 목표로 한 사회주의 강성대국론과 선군정치사상도 이러한 북한의 정책 결정 과정과 무관하지 않다. 이 정책들은 모두 당, 수령, 주체 사상에 기반을 두면서도 각 시대의 심각한 현실적 문제들을 직접적으로 제기하고 있다는 측면에서 90년대 '북한식' 정책 노선의 한 전형을 보여준다 하겠다.

　한편, 90년대 북한의 주요 정책들은 체제 종속적인 북한 문예의 성격상 이 시기 문예이론과 창작방법론에 적극적으로 수용된다. 이 시기의 북한 문학은 붉은기 사상, 고난의 행군, 강성대국과 선군정치 등 각각의 정치적 과제에 민감하게 반응하며 이를 주제로 한 작품들이 주를

---

3) 김일성의 항일 유격대가 1938년 11월에서 1939년 2월까지 북부 국경 일대를 다시 진출하는 과정을 북한의 혁명 역사에서는 '고난의 행군'으로 기록한다. 고난의 행군 정신이란, 그 때 김일성을 수령으로 한 혁명의 사령부를 목숨으로 지키기 위해 싸운 항일 유격대원들의 혁명에 대한 무한한 충실성과 불요불굴의 투쟁 정신을 말한다. 노귀남, 「김정일 시대의 북한문학」, 김종회 편, 『북한 문학의 이해 2』, 청동거울, 2002, p.150 참조.
4) 홍용희, 앞의 글, 재인용, p.47.

이루고 있는 것이다. 특히 최근에는 선군정치사상이 북한의 핵심 정치 이념으로 제기되는 까닭에 선군정치의 시대 정신을 형상화하는 작품들이 속출하고 있다. 이는 현재 북한 문학에 뚜렷하게 나타나는 주목할 만한 현상이다. 따라서 현 단계 북한 문학의 성격과 동향을 궁극적으로 파악하고자 하는 이 글에서는 선군정치의 문학적 구현 양상에 대하여 최근에 간행된 『조선문학』과 『청년문학』에 실린 작품들을 중심으로 집중적으로 살펴보기로 한다.

2. 선군혁명 문학

선군정치는 간략하게 말해서 군대를 중시하고 이를 통해 선대의 혁명위업을 완성해 나가자는 통치 이데올로기를 의미한다. 북한은 1998년 5월 선군정치를 공식적으로 표명5)하는데 2007년 현재까지도 이에 입각한 통치 방식을 내부적으로 선택하고 있다. 북한이 이처럼 선군정치를 표방하는 이유는 무엇보다도 경제 위기와 체제 모순의 한계를 '혁명적인 군인정신'으로 극복하고자 하는데 있다. 1998년 이후 북한은 식량난과 경제 위기에서 어느 정도 벗어나고 있기는 하나 국가 차원에서 근본적인 문제를 해결할 수는 없었다. 이에 따라 체제 붕괴의 국가

---

5) 북한에서 군대의 위상을 강조한 글은 1997년 <혁명적 군인 정신을 따라 배울데 대하여>에서도 발견된다. 김정일의 이 글은 혁명적 군인 정신을 북한의 당원과 인민들이 따라 배워야 할 투쟁 정신이며 '오늘의 난관을 뚫고 승리적으로 전진하기 위한 사상 정신적 양식'으로 밝히고 있다. 그러나 현단계 김정일의 핵심 정책이념으로 제시된 선군정치의 공식화는 98년 이후로 보는 것이 적절하다.

적 위기를 사상 강화로 돌파하게 되는데, 이것이 바로 인민 군대를 전
위로 삼아 혁명적 동지 의식을 강조한 선군정치로 제시되는 것이다. 현
재 북한에서 "선군정치는 만능의 정치 방식"[6]으로 인식된다.

> 고립과 압살 봉쇄의 쇠사슬을
> 우리 과연 무엇으로 끊었더냐
> 그처럼 어려운 <고난의 행군>을
> 무엇으로 이겨 냈더냐
> 그러면 말해 주리 선군혁명의 총대가
> 장군님 틀어 쥐신 백두산 총대가
>
> 그 총대에 받들려
> 내 조국은 강성대국으로 일떠서나니
> 제국주의 무리가 악을 쓰며 발악해도
> 총대로 승리하는 김정일 조선으로
> 새 세기에 더욱 빛을 뿌리나니
>
> 아, 장군님 높이 모셔
> 세상에 존엄 높은 백두산 총대여
> 김일성민족의 넋으로 추켜 든
> 무적필승의 총대가 우리에게 있어
> 혁명의 최후승리는 밝아 오리라!
>   - 리동수, 「백두산 총대」 부분 (『청년문학』, 2003년 2월호)

북한의 문예정책이 당의 정책에 복속된다는 점을 감안하면 선군정

---

6) <로동신문>, 2003년 1월 3일자 사설 6면.

치가 공표 된 이후 적지 않은 북한 문학 작품들이 선군정치 이념을 표방하고 있음을 추측하기란 그리 어려운 일이 아니다. 정치 이념과 예술의 미학적 실천을 동일시하는 북한 문학의 성격상 현 체제 북한의 지도 이념으로 자리잡은 선군정치를 형상화하는 문학 작품은 이미 어느 정도 예견된 것이다. 현재 북한에서 선군정치, 선군 혁명 사상을 "문학으로 뒷받침하는 것이 바로 선군 혁명 문학이다."[7] 선군 혁명 문학은 '총대'를 중시하는 선군정치의 시대 정신이 반영된 것으로서, "선군영장이신 우리 당과 인민의 위대한 령도자 김정일 동지에 대한 절대적인 숭배심을 간직하고 그이의 사상과 령도에 충실할 때", 또한 "위대한 장군님과 영원한 혁명동지로 될 때" "빛나는 성과를 담보할 수 있다."[8] 인용시는 이러한 선군 혁명 문학, 즉 '총대 문학'의 모범적 사례에 해당한다.

인용시에서 우선적으로 주목해야 할 점은 '총대'라는 시어의 빈번한 사용이다. 이 시에서 총대는 작품 전체를 이끌어가는 핵심 단어이자 동시에 각각의 연을 연결하는 매개어로 기능한다. 이에 따라 이 시는 총대의 시어를 중심으로 재구될 수 있는데 이를 내용 순으로 살펴보면, 1)제국주의자들의 '고립과 압살 봉쇄의 쇠사슬을' 끊은 것은 '선군 혁명의 총대'이고, 2)'장군님 틀어쥐신 백두산 총대'이며, 3)'세상에서 존엄 높은 백두산 총대'이다. 그리고 4)'그 총대에 받들려' '혁명의 최후 승리는 밝아' 온다로 정리된다. 여기서 총대는 북한 혁명 역사상 최악의 시련기로 꼽히는 90년대 중·후반의 '고난의 행군' 기간을 비롯하

---

7) 노귀남, 「선군 혁명의 문학적 형상」, 『문학과 창작』, 2001년 7월호.

8) 「조국해방전쟁승리 50돐을 맞는 올해를 선군혁명문학의 성과로 빛내이자」, 『조선문학』, 2003년 1월호, p.6.

여 현실의 모든 문제를 해결하는 '무적 필승'의 대상으로 인식되고 있
다. 또한 이 시에서 그것은 북한 인민대중들에게 혁명의 '찬연한' 승리
를 보장하는 '최후의' 수단이기도 하다. 이런 이유로 시적 화자는 총대
의 중요성을 전 10연으로 구성된 위의 시에서 반복적으로 강조하고 북
한의 인민대중들에게 '혁명의 수뇌부'를 총대 정신으로 지켜 나가자고
격앙된 어조로 주장한다. 그렇다면 이 시의 화자가 그토록 신뢰하고 소
중하게 받아들이는 총대란 무엇인가. 아울러 혁명의 최후 승리를 장담
할 수 있는 근거로서의 총대 정신이란 무엇인가.

　위의 시에서 총대란 작품 곳곳에 산재되어 있는 '군복', '총', '권
총' 등의 시어들이 환기하는 의미와 마찬가지로 궁극적으로 군대를 지
칭한다. 즉 총대란 김일성·김정일 부자의 사상과 '령도'에 따르는 인
민 군대를 말한다. 결국 총대 정신이란 군대를 중시하고 이를 바탕으로
혁명적 동지의식을 발휘해 현 북한의 체제를 결사옹위하자는 굳은 결
의에 다름 아니다. 결과적으로 이 시는 총대를 '총동원'하여 현재 북한
에서 군대의 중요성을 새삼 확인하고 북한 인민대중들로 하여금 혁명
적 군인 정신을 계승하기를 당부하고 있다. 이 점에서 리동수의 「백두
산 총대」는 전형적인 '총대문학' 혹은 '선군혁명문학'이라고 할 수 있다.

3. 선군시대와 북한시의 행방

　군대를 우대하고 총대를 위주로 혁명의 과업을 완수해 나가려는 시
적 주제의식은 선군 혁명문학론의 두드러진 특징이다. 이런 의미에서

선군혁명문학은 일단 90년대 북한 문학에 나타난 새로운 유형의 창작 방법론이라 할 것이다. 그러나 위의 시에서 살펴보았듯이 김일성·김정일 부자에 대한 우상화 작업을 함께 수행하고 있다는 점에서, 한편으로 선군혁명문학은 이제까지 북한 문학의 왜곡된 '전통'이라 할 수 있는 수령 형상 문학의 연장선상에 놓여 있다. 이러한 사실은 최근의 작품들을 통해서 다양하게 확인된다. 가령, 「군복 입은 사랑이 나에게 있어」(『청년문학』, 2003. 1), 「초소여 나를 맞아다오」(『청년문학』, 2003. 2), 「총이여 너와 나」(『조선문학』, 2003. 1), 「병사의 인사」(『조선문학』, 2003. 2) 등은 좋은 예에 해당한다. 이들 작품은 제목에서 암시되듯 총대 문학과의 연관성을 분명하게 드러내면서도, 동시에 당과 김일성 부자에 대한 맹목적인 충성심을 빼놓지 않고 기록하고 있다.

쌓이고 쌓인 그리움이
화산처럼 분출하는 땅
한없이 열렬한 그 뜨거움이
병사의 총창우에 담겨져 있어
더 밝아지고
더 억세여 지고
더 무거워 진 나의 조국

기쁘게 받으십시오
총대로 안아 올린 아름다운 이 강산
총대로 가꾼 조국의 아름다운 모습

아버지가 집을 떠나 먼길을 갈 때

맏자식에게 집을 맡기듯이
병사의 어깨우에 맡긴 민의 집
백두산 총대우에 맡긴 사회주의 집
이 집을 지킨 자랑으로 하여
병사는 긍지로 가슴 부푼게 아닙니까
             – 박해출, 「병사의 인사」 부분 (『조선문학』, 2003년 2월호)

위의 시는 외국 방문을 마치고 돌아온 김정일을 맞는 한 병사의 감회를 적어놓은 작품이다. 총 8연으로 구성된 이 시에서 특히 주목을 요구하는 대목은 위의 인용 부분이다. 병사의 '쌓이고 쌓인 그리움'을 뒤로하고 김정일은 작년 연말 러시아와 중국을 방문하고 돌아온다. 인용시는 이런 김정일의 정치 일정을 '아버지가 집을 떠나 먼 길을 가'는 것에 비유하고 있다. 이 시의 화자가 김정일을 아버지에 비유하고 있다는 사실은 북한이 '김일성 민족'을 자처하고 있음을 염두에 둘 때, 또한 '수령형상문학'이라는 북한 문학의 특수한 성격을 고려할 때 그다지 특이할만한 현상은 아니다. 그런데 여기서 한 가지 흥미로운 점은 이 시에서 시적 화자로 등장하는 '병사'의 가계적 신분이 '맏자식'으로 상정되고 있다는 것이다. 이 점은 최근 북한에서 군대가 차지하는 위상을 분명하게 보여주는 중요한 단서로 작용한다. 선군정치 시대의 김정일 체제에서 구심적 역할을 해나가야 할 대상이 군대임을 이 시는 새삼스럽게 확인시켜주고 있는 것이다. "맏자식에게 집을 맡기듯이/병사의 어깨 우에 맡긴 인민의 집/백두산 총대 우에 맡긴 사회주의 집". 이 집은 다름 아닌 '선군혁명문학'이라는 명패를 단 오늘날 북한 문학의 현 주소이다.

*2*_두 번째

혁명구호와 시적 주제의 상관성

1. 북한에서 혁명구호의 기능과 역할

김일성의 동상이 무려 35,000여 개에 달한다는 북한에서 그 동상의 숫자만큼이나, 혹은 그것보다도 훨씬 더 자주 목격할 수 있는 것이 '혁명구호'이다. 평양 시내에 위치한 공공기관의 건물 외벽은 물론 지방 소도시의 평범한 거리, 하물며 최북단 함경도의 산악 지대에 이르기까지 북한 사회 전역은 혁명적인 구호들로 가득 차 있다. 뿐만 아니라 북한에서 혁명구호는 사소한 일상의 생활 영역에서도 쉽게 발견된다. 가령, 인민 대중들이 흔히 이용하는 기차나 버스 혹은 신문과 잡지 등에는 전투적이고 혁명적인 구호들이 어김없이 등장한다. 이 글이 주로 다루는 『조선문학』과 『청년문학』도 예외는 아닌데, 이 문예지들의 목차 상단에는 항상 굵은 활자의 혁명구호들이 선명하게 새겨져 있다. 이런 맥락에서 북한은 가히 사회 전체가 구호로 이루어진 '구호의 사회'이며 전 세계적으로 예를 찾아보기 어려운 '구호의 나라'라고 할 것이다.

북한을 '구호의 사회', 혹은 '구호의 나라'라고 지칭할 때, 그것은 단순히 겉으로 드러난 일시적 사회 현상만을 의미하지 않는다. 북한의 혁명구호는 단선적이고 표층적인 차원을 넘어 사회 내부의 구조적 질서와 밀접하게 연관된다. 최근 <로동신문>에 실려 있는 다음의 사설은 이 같은 사실을 분명하게 보여준다.

> 혁명적 구호를 제시하여 인민 대중의 무궁무진한 힘과 지혜를 최대한으로 발양시킴으로써 혁명과 건설에서 승리를 이룩해 나가는 것은 우리 당의 전통적인 대중령도 방식이다. 우리 혁명 력사는 혁명적 구호와 더불어 전진하며 승리하여 온 과정이라고 말할 수 있다. 우리 당은 혁명의 매 시기, 매 단계마다 언제나 혁명적 구호를 제시하고 대중을 혁명에 준비시키고 투쟁에로 불러 일으켜 왔다.
>
> － 「혁명적 구호로 대중을 불러 일으키는 위대한 령도」
>
> (<로동신문>, 2003. 5. 26)

인용문에 따르면 북한의 혁명구호는 "혁명의 매 시기, 매 단계마다" 제기된 북한의 정치 사상과 이념을 단적으로 보여주는 상징적 기표이다. 아울러 북한에서 혁명구호는 김일성 주체사상과 북한식 사회주의적 교양을 인민 대중들에게 직접적으로 전달하는 방법적 통로이기도 하다. 대부분의 경우, 북한의 교조주의적 사상과 주요 정책 사업은 혁명구호를 통하여 인민 대중들에게 구체적으로 제시된다. 이제까지 북한 당국은 혁명구호를 통하여 체제의 정당성과 시대사적 필요에 따른 당의 정치 과업을 인민 대중들에게 선전하고 각인시켜 왔다. 이로 인해 대다수 북한의 인민들은 "당 중앙 위원회 구호를 심장으로 받들고"(「백두의 혁명정신으로 강성대국을」, <로동신문>, 2003. 5. 26, 6면), 혁명구호에 부여된 정치적 과제를 무의식적으로 실천해 나간다. 혁명구호는 북한의 인민들에게 일종의 자기세뇌 작용을 일으키고 있는 것이다. 이처럼 북한에서 혁명구호는 당과 인민을 연결하는 중요한 소통 수단인 동시에 인민 대중들을 강력하게 통제하는 윤리·도덕적 틀로서 기능한다. 북한 사회 전반에 만연(蔓延)하는 혁명 구호를 단순히 일시적 현상의 차원을 넘어서 사회·정치사적 범주에서 보다 적극적으로 이해해야 하는 이유도 바로 여기에 있다.

주지하듯이 북한의 혁명구호는 사회·역사적 전환기마다 당의 정책에 민감하게 반응하며 새로운 형태로 제시되어 왔다. 북한 혁명 역사의 기원이라 할 수 있는 항일 무장 투쟁기에는 "무장은 우리의 생명이다! 무장에는 무장으로!"의 혁명구호가 널리 선전되었다. 이는 당시 김일성이 이끌던 항일 무장 투쟁의 대열에 인민 대중들의 참여를 적극적으로 권고하는 것으로, 일제 강점기 김일성을 위시한 '조선 혁명군'의 투쟁 방식을 극명하게 보여준다. 이후 평화적 민주 건설 시기(1945. 8-1950. 6)와 조국 해방 전쟁 시기(1950. 6-1953. 7), 천리마 운동 시기(1960년대)에는 각각 "토지는 밭갈이하는 농민에게!", "모든 힘을 전쟁의 승리를 위하여!", "천리마를 탄 기세로 달리자!" 등의 구호가 제시되어 시기별 북한의 핵심 정책 이념을 뚜렷하게 표출하고 있다.

90년대 이후에도 북한은 "우리식대로 살아 나가자", "사회주의 조국은 필승불패이다", "수령 결사 옹위 정신", "고난의 행군을 낙원의 행군으로 힘차게 이어 나가자", "오늘을 위한 오늘에 살지 말고 래일을 위한 오늘에 살라" 등의 전투적이고 혁명적인 구호들을 지속적으로 생산한다. 이 혁명구호들 역시 동구권 사회의 몰락과 구소련의 해체로 인해 정부 수립 이후 최대의 위기를 겪은 90년대 북한의 실상과 밀접하게 관련되어 있다. 그 중에서도 90년대 북한 혁명구호의 출발점에 놓여 있는 "우리식대로 살아 나가자"는 현재까지도 여전히 유효한데, 이는 미국 등 자본주의 국가들의 '고립 압살' 정책으로 인해 심한 몸살을 앓고 있는 오늘날 북한의 현실을 여실히 대변해준다고 하겠다.

2. 최근 북한의 혁명 구호와 시적 주제의 상관성

혁명구호는 주체사상과 사회주의적 이론에 입각한 당의 지침을 시기별로 부각한다는 점에서 북한 문학과 유사한 성격을 보인다. 정치적 이념과 미학적 실천을 일치시키는 북한 문학의 특성상, 문학 작품의 주제는 당의 정책 방향에 필연적으로 종속될 수밖에 없기 때문이다. 더욱 이 구호의 본질적 속성이 북한 인민 대중의 선전선동에 있다는 것을 염두에 두면, 인민 대중들의 혁명적 사상감정 유발을 궁극적 목표로 삼는 북한 문학과의 유사성은 더욱 분명해진다. 따라서 북한의 혁명구호와 문학은 '주제'와 목적 등의 기능적 측면에서 일정한 상관성을 지닌다고 할 수 있다. 얼마 전 북한 사회에서 '유행'했던 혁명구호와 『조선문학』에 실린 작품들의 비교를 통해서 이를 살펴보자.

① 오, 허나 무등산기슭에
연분홍 진달래를 피우기에는
여기에 슴배인 피 너무도 짙고
유보도가에 청춘들을 부르기엔
너무도 차거운 살풍이
이 땅우에 휘몰아 치거니

보라 오늘도
나어린 두 소녀를
장갑차로 깔아 죽인
아메리카 식인종들이
뻐젓이 활개치며
광주의 더운 피 식지 않은
이 땅을 우롱하고 있다
    - 리광선, 「5월이 부르는 노래」 부분 (『조선문학』, 2003년 5월호)

② 초불이 탄다
방울 방울 가슴 찢는 피눈물인듯
방울 방울 초물이 녹아 곡성을 터친다
신효순 심미선 꽃나이 열네살
그 혼을 불러 몸부림친다

바다가 기슭이 있다면
초불의 바다는 그것을 모른다
어찌 더 참고 견디랴
어찌 더 이상 죽음으로 모욕을 참고 넘어서랴

내 조국의 남녘아
네가 말해다오
살인자가 무죄로 되는 세상이
우리가 탯줄 묻은 이 땅이란 말이냐
미국은 하늘도 아니다
미국은 하느님도 아니다
두 눈도 감겨 주지 못한 열네 살 꽃망울들
그 순진한 가슴을
장갑차의 무한궤도로 짓뭉갠
미국은 이 세상 악마이다
악마는 죽어야 한다
원통하게 가버린 민족의 혼을 부르는
저 초불의 바다가 하늘이다
이 준엄한 심판의 하늘 앞에서
미국놈들아
십자가에 못 박히라
아, 저 초불의 바다가 력사의 십자가다!
　　　　－ 홍현양, 「초불의 바다」 부분 (『조선문학』, 2003년 5월호)

　2000년대 북한의 혁명구호에 나타난 주목할 만한 특징은 '미제'에 대한 적개심을 강하게 환기한다는 것이다. "미제는 조선의 국력을 똑바로 보라!"(『조선문학』, 2003년 3월호), "핵 선제 타격" 등이 그것인데, 이 구호들은 미국에 대한 울분과 적대감을 노골적으로 드러내면서도, 한편으로 북한의 '막강한' 군사력을 대내외적으로 선전하고 있다는 점에서 눈길을 끈다. 그런데 미국에 대한 북한의 적대적 태도는 사실 그리 새로운 것이 아니다. 한국 전쟁 당시, 혹은 그 이전부터 북한은 미국을 남북한 '공공의 적'으로 규정하고 '미제 타도'를 주장해왔다. 북한의 입장에서 미제국주의자들이야말로 분단을 야기한 실질적 장본인이며 사회주의 국가 건설에 있어 가장 큰 장애물로 인식되는 것이다. 이에 따라 북한 당국은 이미 오래 전부터 혁명구호를 총동원하여 인민들의 반미사상을 고취시켜왔다. 이제까지 북한 사회에서 미제타도의 구호는 혁명구호의 역사와 그 맥을 같이한다고 해도 무방할 정도이다. 그렇다면 이처럼 북한의 인민 대중들 사이에 미제에 대한 '전통적' 경계심이 충분히 형성되어 있음에도 불구하고, 최근 들어 북한의 혁명구호가 반미사상을 새삼 강조하는 까닭은 무엇인가.

이러한 원인으로는 이라크 전쟁 이후의 국제적 분위기 및 핵문제와 관련된 미국의 강경대응 방침을 들 수 있다. 얼마 전 북한은 미국이 주도하는 국제 사회에서 핵무기와 같은 대량 살상 무기 보유국으로 지목되어 비난여론에 직면했다. 이로 인해 북한은 국제적으로 고립 상황에 처해 있으며, 국가적 위기감은 점차 고조되고 있다. 북한은 이 모든 사태를 여전히 미국을 비롯한 제국주의자들의 봉쇄책동 탓으로 돌리고 있다. 이러한 현실에서 북한이 실질적으로 할 수 있는 일은 자주국방의 대외적 선전과 함께, 대내적으로는 반미사상을 재차 강화하는 것이다. 근자에 북한이 조심스럽게 핵 보유설을 흘리고 있는 것도, 미국을 '겨냥'한 혁명 구호들이 한층 강도를 높여 가는 것도 이러한 사정과 무관하지 않다. 앞서 언급한 반미 혁명구호들은 이 같은 북한의 현실을 집약적으로 반영하고 있는 것이다.

북한의 혁명구호에 강도 높게 투사된 반제·반미의 주제의식은 근자에 발표된 시작품들에서 쉽게 발견된다. 위의 인용 시들도 이러한 측면에서 접근이 가능하다.

9연 50행의 장시 형태로 구성된 위의 ①시는 80년 5월 남한에서 발생한 광주항쟁을 중심소재로 다루고 있다. 80년대 이후 북한시에는 남한의 반정권 투쟁을 찬양하고 고무하는 작품들이 자주 등장한다. 특히 『조선문학』을 비롯한 북한 문예지의 매년 5월호에는 '5월 광주'의 역사적 사건을 형상화 한 작품들이 집중적으로 소개되고 있다. 추측하건대, 남한의 정권과 관련된 비극적 사건들은 상대적으로 북한 체제의 우월성을 입증하는 좋은 단서로 활용될 수 있는 것이다. 최근의 『조선문학』 5월호에 게재된 이 시도 「5월이 부르는 노래」라는 제목에서 엿볼 수 있듯이, 광주항쟁을 소재로 하는 북한 '5월 시'의 연장선상에 있다고 할 수 있다. 그러나 「5월이 부르는 노래」는 기존 북한시의 유형과 약간 다른 면모를 보여준다. 이제까지 광주항쟁을 매개로 한 북한시가 전반적으로 남한 사회의 구조적 모순을 드러내는데 치중하고 있었다면, 이 시의 경우 반제·반미 사상의 주제의식을 중점적으로 표출하고 있는 것이다. 이러한 사실은 시의 5연에서 '미군 장갑차 사건'과 연계하여 미국을 '아메리카 식인종'이라는 원색적인 비유로 묘사하는 대목에서도 단적으로 확인된다. 이는 종전 북한 '5월 시'의 경향과 변별되는 가장 특징적인 점이다.

지난번 남한에서 발생한 '미군 장갑차 사건'은 ②의 시에서 보다 구체적으로 다루어진다. 인용한 시 「초불의 바다」는 이 사건의 여중생(신효순, 심미선) 희생자를 추모한 남한의 '촛불 시위'를 소재로 해서 쓴 작품이다. 이 시에서 시인은 '천만개'의 '초불'을 천만개의 '분노한 심장'과 '민족의 혼을 부르는 불'로 형상화한다. 두 여중생의 죽음을 애도하는 남한의 촛불 행진에 시인은 정서적으로 동참하고 있는 것이다. 그러나 시 ①의 경우와 마찬가지로 이 시의 주제가 궁극적으로 지향하는 바는 반미 사상의 고양이다. 이 시에서 시인은 남한에서 진행된 '촛불 행진'에 민족적, 역사적 의미를 부여하면서도, 한편으로 이 사건이 미제국주의자들에 의해 자행되었다는 점을 놓치지 않고 있다. 그리하여 이 시에서 미국을 '살인자', '악마', '미국놈' 등의 과격하고 극단적인 시어로 표출한다. 이는 최근 혁명구호의 성격을 감안해볼 때, 현재 북한시의 시눈이 어디를 향하고 있는지 분명하게 보여준다 하겠다.

이외에도 북한시와 혁명구호의 상관성은 여러 각도에서 다양하게 확인할 수 있다. 1998년 이후 북한의 핵심정책 이념으로 손꼽히는 선군정치의 구호와 이를 형상화 한 선군혁명문학은 대표적인 예이다. 현재 북한에서 선군혁명문학은 북한시의 왜곡된 '전통'인 김일성·김정일 부자에 대한 우상화 작업을 함께 수행하고 있다는 점에서 특히 인상적이다. "천출명장 김정일 장군님의 선군정치를 일심단결로 받들자!"의 구호는 이러한 맥락에서 파생된 것이다. 여기서는 이와 관련된 시를 한 편 소개하는 것으로 간단히 마무리하기로 한다.

사랑의 상상봉에 총대가 있다
목숨마저 바치는 어머니 사랑이
노예된 아들을 구원했던가
오직 총대만이 철쇄를 끊나니
자주와 생존은 인류의 갈망
국가가 원하고 민족이 바란다고
제국주의 침략자가 선심을 쓰던가
오직 총대만이 그걸 쟁취하더라

총대가 약하면 노예

총대가 흔들리면 죽음
이것은 력사가 새겨 준 피의 교훈
오직 선군의 총대만이 자신을 지켜내나니
오, 우리의 총대 백두산 총대
이것은 나라의 자주이며 민족의 존엄
세계는 경탄속에 받아 안았다
장군님의 위대한 총대 철학을

　　　　　　　　　　－ 안정기, 「총대철학」 전문 (『조선문학』, 2003년 4월호)

3. 혁명구호와의 결별을 기대하며

이상에서 살펴본 바대로 북한시는 각 시기별로 제시된 혁명구호와 일정한 상관성을 지닌다. 비슷한 시기의 북한시와 혁명구호는 그 내용과 기능에 있어 유사한 양상을 보이고 있는 것이다. 차이점이 있다면 혁명구호가 추상적이고 관념화된 용어를 자제하고 단순하고 직설적인 표현으로 만들어지는데 비해, 북한시는 장르적 특성에 부합하는 형식 요소를 미미하게나마 유지한다는 사실뿐이다. 그러나 그마저도 북한시가 극단적이고 원색적인 단어들을 사용하여 시적 주제의식을 부각시키고 있다는 점에서 혁명구호와 온전하게 구분된다고 말하기는 어렵다. 극도로 제한된 소재와 주제, 또한 목적 지향적인 기능시의 역할에 절대적으로 치중하는 한 북한시는 혁명구호의 문학 이라는 인식에서 벗어나기 어려운 것이다. 북한시가 획일적, 도식적, 체제 종속적이라는 혐의를 아직도 지울 수 없는 것도 이러한 사정과 결코 무관하지 않다. 미적 자율성, 혹은 예술의 형상성을 논하기에는 여전히 북한시는 많은 한계를 보이고 있는 것이다. 결국 북한시와 혁명구호의 상관성은 북한시의 한계를 적나라하게 보여주는 것에 다름 아니다. 궁극적으로 북한시는 혁명구호와의 동반자적 관계를 청산할 때, 바로 그 지점에서 보다 새로운 변화를 기대할 수 있을 것이다.

3_세 번째

에코의 문학

1. 당이 결심하면 우리는 쓴다(?)

앞에서 살펴보았듯이, 북한은 사회 전체가 혁명구호로 구조화 된 구호의 나라이다. 북한의 사회 구석구석에서 쉽게 발견할 수 있는 혁명 구호는 김일성 주체 사상과 북한식 사회주의적 교양을 인민 대중에게 직접적으로 전달하는 방법적 통로이자, 동시에 인민 대중들을 강력하게 통제하는 일종의 사회적 기제이다. 아울러 북한에서 혁명구호는 사회 역사적 전환기마다 제기된 당의 정치 사상과 이념을 단적으로 보여주 는 상징적 기표로 작용하기도 한다. 따라서 현 단계 북한 체제에서 혁 명구호가 지니는 기능과 역할의 중요성은, 단순히 그것이 겉으로 드러 난 일시적 사회 현상의 차원을 넘어 사회 내부의 구조적 질서와 밀접하게 연관된다는 점에서 아무리 강조해도 결코 지나치지 않다.

현재 북한에는 당 차원에서 제시한 구호가 아니라 인민들 스스로 만들어 낸 것이어서 북한 당국이 매우 자랑스럽게 선전하는 혁명구호가 하나 있다. "당이 결심하면 우리는 한다"가 바로 그것인데, 이 간단한 혁명구호는 당의 정책과 인민의 실천이 수직적 관계에 놓여있는 북한의 사회 구조를 압축적으로 보여준다. 또한 이 혁명 구호를 통하여 우리는 당의 정책 지침이 곧바로 문예 정책에 반영되는 북한 문학의 '체제 종속적' 성격을 재차 확인할 수 있다.

이미 잘 알려져 있듯이 북한의 문학은 정치적 이상과 미학적 행동을 동일시하는 양상을 보인다. 인민 대중들의 혁명적 사상 감정 유발을 궁극적 목표로 삼는 북한 문학의 특성상, 각 시기별 당의 '결심'은 곧바로 문학 작품의 주제에 적극적으로 수용된다. 이에 따라 북한에서 정기적으로 간행되는 계간지와 월간지에 발표된 작품들에서는 대부분의 경우 주제의 공동화(公同化) 현상이 목격된다. 특히 『조선문학』에 실린 작품들은 매 시기별로 제기된 당의 정책 사업에 민감하게 반응하며 조선 노동당의 공식적인 기관지로서의 역할을 수행하는 데 충실하게 이바지하고 있다. 이런 측면에서 잠정적으로 북한 문학은 예술 본연의 창조적 목소리를 담고 있기보다는 당 정책 지침을 강박적으로 반복하는 '에코의 문학'이라고 할 수 있을 것이다.

2. 역사적 사건의 시적 수용 방식

당의 '결심'을 강박적으로 실천하는 북한 문학의 획일적, 도식적,

전체주의적 성격은 2000년대 들어서 발표된 작품들에서도 뚜렷하게 나타난다. 특히 『조선문학』의 6, 7, 8월호에 실린 작품들은 각각의 월별 특성, 즉 1950년 6월에 발발한 '조국해방전쟁'의 역사적 의미와 1994년 7월에 사망한 김일성 주석에 대한 추모, 1945년 8월 15일의 조국광복을 기념하는 내용을 순차적으로 다루고 있다. 그러면서도 이들 작품은 수령 형상화 작업 및 북조선 사회주의 체제의 정당성 확보, 반제반미사상 등과 결부된 21세기 북한의 핵심 정책을 일정하게 반영하고 있다.

1.

얼마나 많은 침략의 무리가/얼마나 악착하게 밀려들었던가/오늘의 노병- 그 날의 젊은 병사들/고향을 지켜 자신의 존엄을 지켜/무자비한 강철의 총대가 되었다/원쑤격멸의 불이 되었다//지금도 눈앞에 헌헌한 격전장/피의 뒤섞임/금시 눈앞에 보여 오는/쓰러진 전우의 감지 못한 눈동자/그것으로 더 무거워진 억센 주먹으로/침략자들의 정수리에 철추를 내렸다/오 그것이 전쟁이었다

2.

못 잊을 전승의 환희여/고지에 터진 만세 소리/부둥켜 안은 전사들의 포옹/이겼다는 그 말이 가슴에 부풀어 터질 것만 같은/이 땅, 이 하늘에 가득찬 격정//길가에 딩구는 돌멩이에서도/승리라는 그 말이 튕겨나고/들에 핀 한송이 꽃도/승리라고 속삭이는/아, 이 승리가 우리의 것이다//위대한 강철의 령장/우리의 김일성 동지의 령도아래/인민은 승리한 인민이 되었다/조국은 승리한 조국이 되었다/그날부터 전승의 새 력사가/이 강토우에 굽이쳐 흘렀다/아, 우리는 승리하였다!

3.

전쟁과 승리!/떼여놓고 부를 수 없다/만약 전쟁이 강요된다면/오직 승리만으로 끝나야 하는/그것이 우리의 신념이기에//우리는 전쟁을 이긴 민족/이제 다시/또 전쟁이 있다해도/다 이겨야 할 우리/다 이기고야 말 민족//승리는 어길 수 없는 우리의 전통!/전쟁은 침략자들의 것이여도/승리는 영원히 우리의 것이다

    - 리명근, 「전쟁과 승리」 부분 (『조선문학』, 2003년 7월호, p.49)

인용한 시는 '조국해방전쟁 승리 50돌'을 기념하여 창작된 작품이다. 전 3부의 장시 형태로 쓰여진 위의 시는 대략 과거 조국해방전쟁의 역사적 의미(1부) - 승리한 전쟁의 현재적 의미(2부) - 미래에 '또 다시' 발발할지도 모르는 전쟁에 대한 승리의 확신(3부)을 중심 내용으로 전개되고 있다. 이를 구체적으로 살펴보면, 먼저 1부에서는 전쟁 당시 인민군의 활약상을 회고하며 조국해방전쟁의 역사적 의미를 중점적으로 부각하고 있다. 이 시에서 '침략의 무리가' '악착하게 밀려들었던' 조국해방전쟁은 '정의와 부정의의 대결'로 규정된다. 인용시의 2부에서는 '아 우리는 승리하였다'의 시구에서 드러나듯이 조국해방전쟁을 승리한 전쟁으로 평가하고 전쟁 승리의 감회와 현재적 의미를 적고 있다. '이제', '다시', '만약', '앞으로' 등 미래 시간의 의미를 환기하는 부사어를 총동원하고 있는 3부에서는 '이제 다시 또 전쟁이 있다'면 혹은 "만약 앞으로 전쟁이 강요된다면/오직 승리로 끝나야 한다"며 전쟁 승리에 대한 당위성을 직접적으로 표출한다. 아울러 시의 마지막은 '승리는 어길 수 없는 우리의 전통/전쟁은 침략자들의 것이여도/승리는 영원히 우리의 것이다'의 부분에서 확인되듯 승리에 대한 확신이 적극적으로 표명되고 있다. 이 시는 1, 2, 3부의 첫 행에 각각 전쟁!, 승리!, 전

쟁과 승리! 등의 핵심 시어를 명기하여 이 같은 내용을 효과적으로 전달하고 있다.

여기서 한 가지 주목할 점은 이 시의 독특한 구조 방식이다. 이 시는 과거의 역사적 사실을 상기하고 그것을 현재적 상황으로 치환하여 앞으로 닥칠 현실 문제와 결부시키고 있다. '오, 그것이 전쟁이었다', '아 우리는 승리하였다', '승리는 영원히 우리의 것이다'의 순으로 각 부의 마지막 행에 제시된 시구가 이를 증명한다. 그렇다면 첫 행과 마지막 행의 의도적 배치에서 강조된, 이 같은 시상 전개 방식은 무엇을 의미하는가. 이에 대한 해답은 현재 북한이 처해 있는 현실 상황을 염두에 두면 쉽게 얻어진다. 이라크 전쟁이 끝난 직후 북한은 핵 문제와 관련된 미국의 강경 대응 방침으로 인해 심각한 국가적 위기를 맞고 있다. 이로 인해 올해 북한은 전쟁의 불길한 조짐이 한때 위험 수위에 육박했다. 이러한 현실에서 북한이 내부적으로 할 수 있는 일은 인민 대중들의 반제 반미 사상을 한층 고양하고, 인민 대중을 전승 불패의 혁명 정신으로 재무장시키는 것이다. 결국 위의 시는 '미제'의 침략 전쟁으로 규정된 역사적 사건의 환기를 통해 전통적 혁명 정신을 강화함으로써 현실의 위기 국면을 타파하고자 하는 데 그 목적이 있다.

과거의 역사적 사건을 매개로 현실의 난관을 극복하고자 하는 이 같은 창작 방법은 북한 문학에 나타나는 중요한 특징 가운데 하나이다. '붉은기 사상'(1994)과 '고난의 행군'(1996) 시기로 명명되는 90년대 중반의 적지 않은 북한 문학 작품들이 항일 무장 투쟁 시기의 혁명 정신과 연계하여 쓰여졌다는 사실은 이를 입증하는 좋은 예에 해당한다. 북한 문학은 이후에도 이러한 창작 방법을 꾸준하게 따르고 있는데, 최근에는 북한이 당면한 정치적 과제를 반영하듯 '미제'와 관련된 역사적 사건들이 자주 등장하고 있다. '신천 사건'을 소재로 한 오필천의 「나의 시여 우뢰치라 - 이 시를 백악관에 뿌리노라」(『조선문학』, 2003년 7월호)는 부제가 암시하는 것처럼 이러한 연장선상에 놓여 있다. 이 시에서 시인은 "나는/신천의 분노를 터치려고/복수의 펜을 쥔/분노의 시인"으로 등장하여 미국에 대한 울분과 적개심을 '인간 도살자', '원흉' 등의 원색적인 용어를 사용하여 거칠게 표현하고 있다. 이 밖에 문동식의 「우리의 최고 사령관이 계시는 곳」(『조선문학』, 2003년 6월)과 문영철의 「미국 코-미국의 녀인들에게」(『조선문학』, 2003년 6월호) 등의 시편들이 동일한 이해 차원에서 접근이 가능하다.

3. 북한시의 가능성과 한계성

이 밖에 근자에 발표된 북한의 문학 작품들 중에는 고향과 부모에 대한 그리움을 형상화하거나 결혼, 이사와 같은 일상적 소재들을 시적 대상으로 한 몇몇 예외적 시편들이 발견된다. 이 시들은 월별 특성을 강조한 작품들과 소재, 제재적 측면에서 일정한 편차를 보이고 있다. 그러나 이 시들은 김일성·김정일 부자에 대한 찬양 및 북조선 사회주의 체제 옹호, 미제국주의에 대한 강한 적대감을 시적 주제로 설정하고 있다는 점에서 결과적으로는 앞서의 시들과 크게 변별되지 않는다. 김휘조의 「이사짐 가득 실은 차들이 간다」(『조선문학』, 2003년 7월호), 김진주의 「결혼 축시」(『조선문학』, 2003년 8월호), 리진협의 「내 고향아!」가 그 대상들인데, 여기서는 리진협의 시를 중심으로 간략하게 살펴보기로 한다.

먼 출장지에서 돌아오는 저녁/열려진 대문가로 들어서는 듯/나는 고향산천이 시작되는 여기/수리령 고개를 넘어선다//얼마나 자주 이렇게 다녀오더냐/했어도 올적마다 다급해지는 걸음/저녁밥짓는 연기냄새에조차/가슴 이리 두근거려지는 곳이여//반가와라 어데선가 어슴푸레 소영각소리/성큼해서 날 넘겨보는 강냉이 이삭들/향기 뽐내는 반릉골 배밭을 흔들며/방목지에서 넘어오는 저녁염소울음소리//고래등마냥 웅크린 포전머리 풀거름엔/노래만큼 일이라던 그 얼굴도 짚이여온다/그 사이에도 회관무대는 비우지 않았을/용섭이, 명복이, 세근이, 창숙이//그리웠노라 이 순간 맞이하는 그 모두/오이랭국에 땀들이던 논밭을 바래우고/송이버석 자래우려 솔숲을 흔드는 산촌바람/평온한 저녁가에 벌써 나는 밤새의 퍼덕임

　　　　- 리진협, 「내 고향아!」 부분 (『조선문학』, 2003년 8월호, p.63)

위의 시는 북한의 주목받는 젊은 신진 시인 리진협의 「내 고향은!」의 일부이다. 「우리 가꾼 고향은」, 「잊지 않으리라」, 「홍, 좋을사 이 아니 홍인가」, 「불이났네」 등의 작품으로 우리에게 알려진 리진협은 현재 북한 시단에서 특유의 개성과 내밀한 정서를 바탕으로 독자적인 시세계를 구축한 시인으로 평가받고 있다. 이제까지 그의 시에 내려진 "시로 씌여진 동화 세계", 또는 "서정시다운 서정시" 등의 찬사는 이러한 평가를 뒷받침한다. 리진협의 시가 간직한 시적 개성과 내밀한 서정성은 인용 시에서도 쉽게 확인할 수 있다. 출장지에서 고향으로 돌아오는 노동자의 벅찬 감회를 그린 위의 시는 기존 북한의 경직화된 시들과는 달리 낭만적 정서의 분위기를 한껏 연출하고 있다. 특히 '이삭', '배밭', '염소울음', '풀거름' 등의 친근한 자연 소재들의 출현은 이 시의 서정성을 심화하는데 일조한다.

인용 부분만 놓고 보면 이러한 설명은 별 무리가 없어 보인다. 그

러나 인용 부분 다음에 이어지는, "아 선군길 굽이굽이 우리 장군님!/
야전복자락에 품어안아 지켜주신 그 모두/잃었다면 내 정말 가을비 오
는 타향의 저녁/꿈길처럼 눈물로써 그리워했을 이 고향길//그러안노라!
이 저녁 더더욱 치미는 마음/백번다시 마주해도 참다운 사회주의 품아/
그러안으면서도 그러안으면서도 멀리서처럼/아아! 몸부림쳐 불러오는
사랑아, 내 고향아"의 시 후반부에 이르면 사정은 전혀 달라진다. 이
지점에서 이 시는 이제까지 북한시의 한계로 지적되어 온 주제의 상투
성과 도식성 등의 문제점이 한꺼번에 노출되고 있는 것이다. 리진협의
이 시가 비록 나름의 시적 서정을 간직하고 북한시의 새로운 가능성을
보여주고 있기는 하나, 기존 북한시의 치명적 약점을 극복하지 못하고
있다는 사실은 지적하지 않을 수 없다. 북한시의 극미한 변화가 감지되
는 현재, 북한의 유망한 젊은 시인에게 당의 '결심'에서 비껴선 작품을
기대하는 것은 여전히, 아직은 무리인 것일까.

최근 북한시의 미학적 기준의 변화
– 2000년대 『조선문학』에 실린 평론을 중심으로

1. 미적 변화의 징후들

『조선문학사』(과학백과사전출판사, 1980:1981)과 『조선문학개관』(사회과학출판사, 1986)의 공동 저자인 류만은 북한의 대표적인 문예 월간지이자 조선작가동맹 중앙위원회 기관지인 『조선문학』 2002년 9월호에 한 편의 평론을 싣고 있다. 「시인은 누구나 시를 쓰고 있다. 그러나……(2)-1990년대 젊은 시인들의 자취를 더듬어」1)라는 제목의 이 글은 부제에서 알 수 있듯이, 90년대 이후 주로 활약하고 있는 북한 신진 시인들의 작품을 집중적으로 다루고 있는 평문이다. 류만은 이 글의 서두에서

---

1) 이하 「시인은 누구나 시를 쓰고 있다」로 줄여 씀.

"젊은 시절에 자리잡힌 시인의 개성적인 틀거리가 시창작의 전 과정에 기본적으로 유지 공고화되면서 시인으로서의 그의 면모를 특징지어 준다"고 밝히며, 시인에게 있어 '젊은' 시기의 중요성을 강조하고 이에 따라 젊은 시인들의 작품을 중점적으로 점검하고자 한 이 글의 배경을 설명하고 있다.

최근 북한 시문학의 특성과 동향을 구체적으로 살펴보고자 하는 이 글이 류만의 「시인은 누구나 시를 쓰고 있다」를 우선적으로 소개하는 이유는 단순히 북한 문학사에서 그가 차지하는 비중 때문만은 아니다. 류만의 평론 「시인은 누구나 시를 쓰고 있다」는 표면적으로 북한 신진 시인들의 시를 대상으로 하고 있으나, 사실상 그 내용에 있어서는 기성 시인들을 포함한 북한 시인 전반의 시 창작 방법에 대한 현 단계 북한 시단의 적극적인 '요구'와 평가를 대변한다. 따라서 그의 이 글은 최근 북한시의 성격과 방향을 이해하는 데 적절한 실마리를 제공할 것으로 기대되는 것이다.

여기서 이를 구체적으로 살펴보면, 먼저 「시인은 누구나 시를 쓰고 있다」에서 류만의 시적 관심의 대상으로 떠오른 젊은 신진 시인은 홍철진이다. 류만은 홍철진의 「움직이는 땅」, 「눈내리는 추석」, 「어린이와 묘비」, 「나에게는 목숨이 둘이였는가」, 「우리는 이사를 간다」 등의 작품을 통해, 그의 시가 새로운 서정 세계를 펼쳐내고 있으며 시인의 시적 개성을 뚜렷하게 드러내고 있음을 주목한다.

> 움켜 진채 커지는 이 땅의 주먹들이
> 화석처럼 굳어 져 뭉쳐 지는 신천에
> 이 작은 주먹도 덧쌓아 놓고

나는 복수의 대문을 나시고 있다

걸음걸음 신천은 멀어 지건만
이 가슴에 실리여 함께 가는 땅
……
움직일수 없는 것이 땅이라지만
분노의 화산되여 태동하는 신천땅은
한자리에 머물러만 있을수 없어
이렇게 우리를 따라 왔는가
- 「움직이는 땅」 부분

인용시는 전국신인문학작품현상모집 시부문 1등 당선작인 「움직이는 땅」의 일부이다. 홍철진의 이 시는 그의 다른 작품 「눈 내리는 추석」, 「어린이와 묘비」와 마찬가지로 "신천 대참사"를 소재로 하여 쓰여졌다. 류만은 '신천'을 동일 소재로 한 이 시편들에 대해 "시에서 증오와 분노의 감정이 용암처럼 끓고 있지만 그는 그것을 '소리'의 크기나 높이로서가 아니라 느낌의 강렬성, 정서의 뜨거움으로 나타내고 있다" 혹은, "대상에 대한 단순한 재현이 아니라 거기에는 시인의 느낌, 정서세계가 그대로 비껴 있다"고 지적하며 높이 평가한다. 북한 시사에서 '신천' 사건을 동일 소재로 형상화한 작품을 발견하는 것은 사실 그리 어려운 일이 아니다. 이 글에서 류만의 지적대로 북한에서 신천대참사는 이미 '지난 50여 년간 실로 많은 시가 씌여져' 왔다. 따라서 이 시는 표층적/소재적 측면에서 접근할 때, 그다지 '새롭다'고만은 할 수 없을 것이다. 그럼에도 류만은 이 시편들을 '새로운 감흥', '새로운 세계' '새로운 서정' '시적 발견' 등의 수사를 동원하여 새삼 부각시키고 있는데, 이러한 사정은 무엇보다도 그가 이 시를 시인의 고유한 개성과 내밀한 서정성 확보, 시적 형상 기법의 고취 등 미학적 관점에서 접근하고 있다는 사실과 밀접하게 연관된다.

주지하듯 기존의 북한의 시는 1967년 주체사상에 입각한 <주체문예이론>이 정립된 이후 북조선 사회주의 체제와 김일성, 김정일 권력 유지를 위한 강력한 도구, 혹은 반제 반미의 사상적 무기로서 우선적으로 기능해왔다. 특히 90년대 들어 북한의 시편들은 1992년 김정일이 간행한 『주체문학론』을 기반으로, '붉은기 사상'(1994), '고난의 행군'(1996), '강성대국'과 '선군정치시대'(1998) 등 격년 단위로 주창된 시대 정치사적 테제에 민감하게 반응하고 있다. 이런 이유로 이제까지의 북한시(문학)는 당의 공식적 지배 이데올로기에 철저하게 종속된, 정치적 실용문학이라는 혐의를 지울 수가 없었다.

이러한 사정을 감안할 때, 류만이 홍철진의 「움직이는 땅」을 분석하면서 북한 사회에서 신천 참사가 갖는 정치·사회·역사적 의미를 강조하기보다 오히려 시작품의 내재적 요소에 초점을 맞추고 있다는 것은 매우 주목할 만한 일이다. 류만의 이러한 평가는 그동안 정치적 이념과 예술의 미학적 실천을 동일시하던 북한 문학이 차츰 문학 작품의 완성도에 대해 적극적인 의미를 부여하고 있음을 암시한다. 아울러 북한 '좋은 시'의 미학적 가치 판단의 기준이 변모하고 있음을 반영하고 있는 것이다.

2. 북한시의 자각과 '분발'

북한의 '좋은 시'에 대한 미학적 기준의 눈금 변화는 리진협의 시에 대한 그의 평가에서도 확인할 수 있다. 류만은 리진협의 「잊지 않으리라」, 「홍, 좋을사 이 아니 홍인가」, 「불이 났네」 등에 대해서 "늘 바라던 서정시다운 서정시를 실물로 접한 통쾌하고 흐뭇한 느낌", 혹은 "마치 시로 씌여진 동화 세계"로 소개한다. 이러한 그의 평가는 앞서 검토한 홍철진의 경우에서와 마찬가지로 현재 북한시의 질적 변화 가능성을 예감하게 하는 중요한 요인으로 작용한다. 류만은 리진협의 시를 소개하는 단락의 도입부에서 "좋은 시가 남기는 인상은 역시 공통적인것인가 싶다"라고 언급하며 그의 시에 대한 긍정적 평가 혹은 이러한 평가 기준이 자신의 개인적인 생각일 뿐만 아니라, 북한 시단의 공통된 견해임을 밝히고 있다.

류만의 「시인은 누구나 시를 쓰고 있다」가 현재 북한 시단의 요구와 평가를 적극적으로 대변하고 있다는 필자의 판단은 이러한 측면에서 부분적으로 제기된다. 특히 「시인은 누구나 시를 쓰고 있다」가 젊은 시인들에 대한 「자각」과 「분발」을 촉구하고 있는 글이기는 하나, 이 글의 궁극적인 목적이 북한의 "시문학 발전에 독창적으로 기여 할 수 있는 시의 길"을 모색하고자 한 것이었음을 고려하면, 최근 북한시에 나타나는 미적 변화의 기운을 충분히 감지할 수 있는 것이다.

동해선 철길을 가운데 놓고
산기슭엔 웃세동

바다쪽엔 아래세동
이제는 너와 나 주인인 정다운 세동마을

장군님 걸으시는 끝 없는 전선길
수만리 한 구간에 짧게 놓여도
야전렬차 그 차창에 자주 어려선
안기며 따라 서는 행복한 동네

바란단다 그 차창에 비껴 들거든
낮이라면 실실이 세동천 따라
오순도순 내려 앉은 발전소무늬 엎고
밤이라면 청빛 불빛을 엎어라
　　　　　　　－「우리 가꾼 고향은」 부분

　리진협의 서정시 「우리 가꾼 고향은」은 북한 문학의 오래된 특성인 김정일의 『인품』과 『자애』를 예찬한 작품이다. 이 시는 1967년 주체문예이론의 공표 이후 지금까지 북한시 창작 원리의 한 축으로 작용해 온 '김일성 수령 우상화와 김정일 찬양'이라는 시적 주제의 연장선상에 놓여 있다. 따라서 북한 서정시의 시적 주제가 일반적으로 혁명적인 사상감정과 시대정신의 부각, 김일성, 김정일 부자 형상화 일변도로 치중해 왔다는 점을 환기하면, 사실 이 시는 이전의 '북한식 서정시' 계열의 작품들과 별반 다를 바가 없어 보인다. 그러나 「세동」 마을의 정겨운 풍경을 한 폭의 그림으로 담아내듯 소박하게 묘사하고 있는 이 시에서 몇몇 정치 지향의 다소 '거슬리는' 시어를 애써 무시한다면, 지난 날 체제 종속적이며 상투적, 단선적, 도식적, 획일적 면모를 강하게 드러내는 북한시 특유의 미학적 한계가 일정 부분 극복되고 있음을 발견할 수 있다. 류만 역시도 「우리 가꾼 고향은」이 "그 모든 시들과는 다른 새롭고 참신한, 어찌 보면 기발하기까지 한 그런 특색 있고 감미로운 서정세계"를 보여주고 있다며, 이 시가 성취한 예술적 정서와 시적 형상성에 대한 기대감을 솔직하게 드러낸다. 이러한 그의 판단은 결과적으로 시의, 더 나아가 문학예술의 자율적 측면을 진지하게 받아들일 때만 가능한 것이다. 이런 맥락에서 서정 정신 및 시인의 개성적 체험과 감정을 '격려', '고무'하는 류만의 이 평론은 최근 북한 시단의 흐름을 읽을 수 있는 하나의 증표라 할 수 있다.

이른바 서정시다운 서정시, 즉 작품의 질적 변화를 「요구」하는 북한 시단의 비평적 목소리는 비단 류만의 글에서만 발견되는 것이 아니다. 이는 이 시기의 다른 주요 평론들을 통해서도 분명하게 확인 할 수 있다. 가령 김일수2)는 북한의 주요 시인들의 작품을 중심으로 90년대 이후 선군 혁명 시가 문학에 흐르는 사랑의 정서를 집중적으로 조명하는 자리에서, 선군정치 시대의 실천적 의미를 강조하면서도 시에 고유한 시적 형상과 인간 본연의 다정다감한 정서적 표현의 발산을 당부한다. 또한 김철민3) 역시 독창적인 정서 구현과 시적 진실성이라는 측면에서 2000년대 이후 『조선문학』에 실린 시편들의 사색적 깊이와 탐구의 자취를 살펴보고 있다. 이 글에서 그는 선군 시대 시인들은 사랑과 증오의 철학도 자기의 손끝으로 파헤쳐 '새롭게' 드러내 보일 줄 알아야 한다며, 이러한 작품의 예로 「두 언제중에 어느것이 큽니까」(고

---

2) 김일수, 「선군혁명시가 문학에 흐르는 미래 사랑의 세계」, 『조선문학』, 2002년 8월호.
3) 김철민, 「선군시문학의 구보전진을 위하여」, 『조선문학』, 2002년 10월호.

남철, 『조선문학』, 2002년 1월호)4), 「오, 한 홉의 미시가루여」(곽명철, 『조선문학』 3월호), 「백 명의 나와 함께」(최은희, 3월호), 「7천만의 무도회」(김정철, 4월호), 「탄과 꽃」(강성국, 5월호), 「영웅들은 어떻게 말하는가」(전승일, 6월호), 「레루못에 대한 시」(김명익, 6월호) 등을 들고 있다. 반면에 「불타는 마음」(차승수, 2월호), 「라남, 그 이름을 불러보면」(박두천, 3호), 산문시 「방목길 백오십리」(량덕모, 2호) 등의 작품은 독창적인 느낌과 체험성을 상실함으로써 철학적 사색을 추구해 간 흔적이 보이지 않는다는 점을 들어 "더 이상 읊어보고 싶은 생각이 없다", 또는 "무책임하고 불성실한 창작태도"의 직접적인 표현을 동원하여 강렬하게 비판한다. 인용구에서 알 수 있듯 각각의 시편들에 대한 김철민의 이 같은 상반된 평가의 근거는 시적 개성과 형상성이라는 문제의식에서 제기되고 있다. 이는 앞서 살펴 본 류만과 김일수의 평론에서 제시된 문제의식과 유사한 양상을 보여주는데, 우리는 이를 통하여 북한의 '전통적인' 문예창작방법론과 문학의 예술성 및 진정성 사이에서 고민하고 있는 최근 북한 문학의 '표정'을 다시 한 번 엿볼 수 있다.

3. 미적변화의 가능성과 한계

이상에서 살펴본 바와 같이 최근 북한시는 <주체문학론>을 기반으로 당의 문예 지침에 적절하게 부응하면서도 한편으로는 "인민의 원한과 복수의 크기와 강렬함"을 '인간의 다정 다감한 정서' 혹은 '시인

---

4) 이하 월호만 표시.

의 개성'으로 조심스럽게 풀어내고 있다. 물론 이러한 평가 자체가 이제까지 북한시의 치명적인 약점으로 지적되었던 도식성, 상투성, 획일성, 경직성 등의 미학적 한계를 완전히 극복했다고 말할 수는 없다. 오히려 이 글이 오늘날 북한시가 시급히 해결해야 할 그 많은 문제들을 외면하고 이처럼 미세한 변화의 기운에 예민하게 반응하고 있다는 사실, 어쩌면 그것이야말로 현재 북한시의 한계를 역설적으로 드러내는 것일 지도 모른다. 그러나 모든 변화는 언제나 흐릿한 가능성과 극미한 떨림에서 시작된다. 최근 북한 시단에 나타난 미세한 떨림과 가능성, 즉 몇몇 시평의 '예외적' 목소리는 앞으로 전개될 북한시의 방향성을 예고하기에 충분한 것이다.

5_다섯 번째

선군혁명사상과 시적 구현 양상

1. '총대문학'의 기능과 역할

북한 문학이 김일성 주체사상과 사회주의 이념을 기반으로 한, 각 시기별 정책 과제에 민감하게 반응한다는 것은 주지의 사실이다. 이제까지 소개된 북한 문학 작품들의 주제적 특성은 이 점을 분명하게 반영한다. 가까운 예로 90년대 이후의 북한 문학은 당의 주요 정치 이념인 붉은기 사상과 고난의 행군, 강성대국과 선군정치 사상 등을 작품의 주제에 적극적으로 수용하며 창작되어 왔다. 이 시기에 발표된 문학 작품들은 장르를 막론하고, 90년대 북한 사회가 직면한 정치적 현안들과 밀접한 관련을 맺고 있는 것이다.

이번에 살펴볼 『조선문학』에는 선군정치 사상을 형상화한 시편들이

압도적으로 많이 실려 있어 눈길을 끈다. 이는 이라크 전쟁 이후 급박하게 돌아가는 국제적 여건과 무관하지 않은 데, 현실 정세 변화에 발빠르게 대처하는 북한시의 특성을 고려하면 이러한 현상은 당연한 결과라고 할 것이다. 선군정치 사상이 문예지의 전면에 배치된 북한시의 양상은 현재 북한이 당면한 최우선의 정치적 과제가 무엇인가를 우회적으로 파악할 수 있게 해준다. 아울러 이 같은 사실은 궁극적으로 문학예술의 영역에서 대사회적 기능을 특별히 중시하는 북한 문학의 성격을 단적으로 보여주는 좋은 사례에 해당한다.

나에게/어머니가 지어준 이름이 있지만/지금도 병사시절 내 이름처럼/외우며 사는/나의 총번호 ×××//흐르는 세월 속에/그 얼마나 많은 수자와 부호들이/행복한 나의 생활 속을 스쳐갔던가.../허나, 너만은 잊혀지지 않아//군복을 벗었다고/어찌 헐하게 너를 잊으랴/원쑤들이 퍼붓는/고립과 압살, 제재의 그 모진 줄폭탄에/가정과 일터 어더라 없이/보이지 않는 파편들이 박혀있는 이 땅우에서//한순간도/안정과 평화의 숨쉴 수 없어/손에 쥔 것 무엇이든 잡는 것마다/복수의 총 아니면 살수가 없어// …(중략)… 정녕/칼로 베일 수 없는 물처럼/나와 내 이름을 가를수 없듯이/병사시절이 끝났다고/이 몸과 나의 총을 가르지 못한다//지구상에 미제가 남아있는 한/더 달리는 못살아/나는 총/총은 바로 나/이 몸은 그대로 살아 숨쉬는 복수의 총대//오, 다시금/나의 뼈에 새겨넣는다/조국이 나에게 준 혁명의 총번호×××/너를 잊으면 너를 잊으면/내 이름을 원쑤에게 빼앗기겠기에/어머니 지어준 이름 앞에 너를 먼저세우며 산다/나의 이름처럼, 나의 이름처럼……

    - 박현철, 「나의 총번호」 부분 (『조선문학』, 2003년 12월호)

이미 잘 알려져 있듯이 선군정치사상은 군대의 위상을 강조하고 이를 통해 선대의 혁명과업을 완성해 나가자는 '북한식' 통치 이데올로기를 의미한다. 북한은 1998년을 전후하여 선군정치를 당의 핵심 정책 이념으로 표명하기 시작한다. 이 시기에 북한이 선군정치를 표방한 이유는 무엇보다도 경제 위기와 체제 모순의 한계를 혁명적인 군인 정신으로 극복하고자 하는 데 있다. 1998년 이후 북한 사회는 식량난과 경제적 위기가 극에 달했던, 이른바 '제2의 고난의 행군' 시절에서 어느 정도 벗어나고 있기는 하나 여전히 국가적 차원에서 문제의 본질을 해결하지는 못하고 있다. 이에 따라 체제 붕괴의 위기를 사상 강화로 돌파하게 되는데, 이것이 바로 인민 군대를 전위로 삼아 혁명적 동지 의식을 강조한 '선군정치 사상'으로 제시되는 것이다.(이성천, 「'선군정치시대' 와 북한 시의 행방」, 『문학수첩』, 2003년 여름호 참조) 선군정치는 지금까지도 북한 정부의 핵심 정책으로 자리잡고 있다. 특히 이라크 전쟁 이후에는 인민 군대의 중요성을 한층 더 강화하는 양상을 보이는 바, 이로 인해 근래에 들어 북한 문학은 선군혁명사상의 문학적 주제를 표나게 지향하고 있다.

인용 시는 제목에서 드러나듯, 총대문학 즉 선군혁명사상을 노래한 작품이다. 이 시의 전반적인 내용은 화자와 '총'의 '운명적' 관계를 지속적으로 부각하며 인민 대중들의 반제 반미 사상을 강조하는 것으로 이루어져 있다. 이 시에서 화자와 총, 다시 말해 '나와 총'은 결코 분리될 수 없는 대상이다. 마치 '나에게 어머니가 지어준 이름처럼' 화자에게 '총은 바로 나'이고 '나'는 곧 '총'과 같은 존재로 인식된다. 이 시의 화자가 "정녕/칼로 베일 수 없는 물처럼/나와 내 이름을 가를 수 없듯이/병사시절이 끝났다고/이 몸과 나의 총을 가를 수 없"다고 주장하는 데에는 분명한 이유가 있다. 시에 진술된 표현을 그대로 따르면, '지구상에 미제가 남아 있는 한' "조국이 나에게 준 혁명의 총번호 ×××/너를 잊으면 너를 잊으면/내 이름을 원쑤에 빼앗기"기 때문이다. 그래서 이 시의 화자는 '군복을 벗'고 일상 생활을 하면서도 '혁명의 총번호'를 '다시금 나의 뼈에 새겨 넣'으며 살아갈 것을 굳은 결의로 다짐하고 있는 것이다. 결국 위의 시는 '나의 총번호'를 매개하여 인민 대중들의 반미 의식과 전통적 혁명 정신을 고취시키고 있다. 이 작품에 서 총 혹은 총대정신은 "원쑤들이 퍼붓는/고립과 압살, 제재의 그 모진 줄폭탄에/가정과 일터 어디라 없이/보이지 않는 파편들이 박혀있는 이 땅"에서 북한 인민들을 지켜낼 수 있는 유일한 방편으로 제시된다.

2. 총대정신 혹은 '만능보검'의 문학

거듭 강조하지만, '총대'로 상징되는 선군혁명 철학은 최근 북한의 정치 · 경제 · 사회 · 문화를 실질적으로 주도하는 강력한 지배 담론으로 기능한다. 이런 까닭에 현재 북한 문단에는 선군정치의 시대 정신을 형 상화하는 작품들이 속출하고 있다. 이러한 사실은 이 글에서 주로 다루 는 『조선문학』의 경우만 보더라도 쉽게 확인된다. 가령, 리남준의 「선군 의 총대우에 밝아온 새해입니다」, 알렉싼드르 브레쥬네브의 서사시 「선군 승리 행진곡」(2004년 1월호), 김재원의 「우리 장군님과 총」, 진동화의 「우 리 군대」(2004년 2월호), 김경기의 「총대는 말한다」, 박상민의 「탄은 무 엇을 속삭이는가」(2004년 3월호) 등의 시편들은 그 제목에서부터 '총대'

와의 연관성이 감지된다. 이들 외에도 최근 북한의 문예지에 게재된 반수 이상의 작품들은 총대정신을 위주로 한 '선군혁명문학'으로 분류될 수 있다.

이 땅에 쇠가 많아서/어머니들이 포를 만들었던가/내 조국에 무기가 모자라/어머니들이 푼전을 모아 바쳤던가//얼마나 좋으랴/그 좋은 쇠붙이로 가마를 부었으면……/쇠좋은 밥가마를 보면/이리 쓸고 저리 만져보는 맘을 가진 녀성들일진대/또 얼마나 좋으랴/그네며 철봉대를 더 놓아주었으면……/웃고 떠드는 아이들의 노는 소리에/온갖 피로 다 풀리는 정을 가진 어머니들일진대……//허나 더 크고 좋은 가마는 훗날에 걸자/원쑤가 눈앞에 있거니/청맑은 아이들의 웃음을 뺏기지 않으려/오늘은 포, 포를 만들잔다/그래서 무섭게 맘을 먹은 어머니들이다/딸애의 댕기를 사려다 그만두고 가마에 안치려던 쌀도 줌으로 덜어냈다//그렇다, 어머니들이 포를 만들었다/내 조국에 수천 문의 포가 있다해도/어머니들이 욱벼르는 포가 있어/초소에 총잡은 병사들 많아도/어머니들이 지켜야 할 세계가 있어/오늘은 포신을 높이 들었다/우리≪녀맹호≫는 미제와 따로 결산할 것이 있다!!

　　　- 도명희, 「따로 결산할 것이 있다」 전문 (『조선문학』, 2004년 3월호)

위의 인용시 역시, 선군혁명사상을 주제로 한 최근 북한시 창작의 연장선상에 놓여 있는 작품이다. 전 4연으로 구성된 이 시는 내용 전개상 3연 '허나'의 접속 부사를 경계로 1, 2연과 3, 4연으로 나누어 정리할 수 있다. 먼저 1연과 2연은 평범하고 소박한 어머니의 모습을, '어머니'라는 시어가 환기하는 모성성과 여성성을 동반하며 전하고 있다. 1, 2연에서 어머니는 "쇠 좋은 밥 가마를 보면/이리 쓸고 저리 만져보는 맘을 가진 녀성", 혹은 "웃고 떠드는 아이들의 노는 소리에/온갖 피로 다 풀리는 정을 가진" 일상적인 존재로 일단 그려진다. 이 시에서 어머니는 그저 '아이들의 놀이터에 그네며 철봉대를 더 놓아주었으면……'하는 바람과 '그 좋은 쇠붙이로 가마를 부었으면……'하는 소망을 지닌 지극히 평범한 여성의 이미지로 묘사되고 있는 것이다. 시인은 이러한 어머니들의 소망과 바람의 정도를 말줄임표 부호를 사용하여 효과적으로 드러낸다. 그러나 1, 2연에서 어머니들의 소원은 끝내 이루어지지 않는다. 그녀들 스스로가 개인적 차원의 '욕망'을 자제하고, '훗날'을 기약하며 '푼전을 모아' '포를 만들'기 때문이다.

3연과 4연은 어머니들의 이런 행동에 대한 원인을 규명하는 내용이 주를 이룬다. '이 땅'의 어머니들이 '더 크고 좋은 가마는 훗날에 걸'고 '오늘은 포, 포를 만들자'고 '무섭게 맘을 먹은' 이유는 '원쑤가 눈앞에 있'는 까닭이다. 미제의 위협으로부터 '청맑은 아이들의 웃음을 뺏기지 않으려' 하기에, 즉 '어머니들이 지켜야 할 세계가 있'기에 그녀들은 "딸애의 댕기를 사려다 그만두고/가마에 안치려던 쌀도 줌으로 덜어내"어 '포'를 만들고 '포신을 높이 들었다'. 이 시에 등장하는 어머니들은 그녀들만의 방식으로 '미제와 따로 결산할 것이 있'었던 것이다. 결국 이 시는 가족과 자식을 향한 어머니의 지고지순한 사랑을 전제하면서도, 한편으로는 그 사랑을 유지하기 위한 실천적 무기로써 '포'의 중요성을 강조한다. 이 시에서 '포'를 준비하는 어머니들의 행위는 선택적 동기가 아니라 필수적 요인인 것이다.

이 같은 사실은 같은 지면에 실려 있는 이 시인의 또 다른 시에서도 확인할 수 있다. 도명회 시인의 「어머니와 포」는 어머니의 '사랑' 앞에 '포'가 놓여야 하는 근거, 이유를 보다 구체적으로 제시한 작품이

170

다. 이 시에서 시인은 '그렇게 어울리는 말이 아님'에도 불구하고 "정겨운 어머니란 말을/포, 포라는 말과 나란히 놓"을 수밖에 없는 사정에 대해 '신천 땅이 보여준 피의 교훈'을 예로 들어 설명한다. "어머니의 사랑이 아무리 크고 뜨거웠어도/총을 든 승냥이들(미제)앞에서는 무력했음"을 상기하고 있는 것이다. 그리하여 시인은 미제에 의해 '악의 축'으로 규정된 현재 북한의 상황에서 '어머니의 사랑 앞에 포/포가 있어야 함을' 강력하게 주장한다. 시인의 말에 의하면 어머니의 사랑은 오직 '포', 혹은 '총대'가 지시하는 선군정신으로만 수호할 수 있다. 이와 같이 최근 북한시에서 선군을 중심으로 한 총대 철학은 "억만년 인류가 그리고 찾고 찾던/삶의 위대한 만능보검"(김경기, 「총대는 말한다」)으로 인식된다.

분노의 총탄을/침략자들에게 안기며/한 군인은 말하더라/평화롭고 즐거웠던/바그다드의 아침이/화약내 풍기는/아침으로 되었다고//한걸음, 두걸음의 양보가/원쑤들에게/얼마나 아름다운 아침을 빼앗겼는가고/땅을 치며 통분해하던 말이/왜 그리도 내 가슴을 쳤던가//가슴아픈 그 목소리 새겨들으며/내 여기 조선에 와/평양에 들어서니/아, 평양은// …(중략)… 얼마나 아름다운 평양의 아침인가/맑은 공기, 따뜻한 해빛/광장을 나는 흰 비둘기떼/대동강반에 찰싹이는 은빛물결/환희와 즐거움에 넘쳐/사람들은 밝게 웃으며 걸어간다// …(중략)… 위대한 령장을 모시지 못한다면/환희와 기쁨의 아침도/원쑤들에게 빼앗기게 된다고/피의 교훈으로 새겨주는 아침의 거리여//부러워라/아름다움 평양의 아침이여/위대한 김정일장군님을 모시여/선군의 총대 속에/더욱 더 아름다워지고/더더욱 환희로운 기쁨에 넘친/오, 사랑하는 수도의 아침이여!
  - 김동철, 「아침에 대한 생각」 부분 (『조선문학』, 2003년 12월호)

인용시는 전쟁의 참혹함이 아직 가시지 않은 이라크의 수도 바그다드와 미제 침략의 위기 상황을 넘긴 평양의 모습을 대비한 작품이다. 전 11연으로 구성된 위의 시는 6연을 기점으로 전반부는 바그다드, 후반부는 평양의 아침 풍경을 각각 묘사하고 있다. 이 시에서 시인이 바그다드와 평양의 '아침'을 동시에 조명하는 이유는 간단하다. "한 걸음, 두 걸음의 양보가/원쑤들에게" "평화롭고 즐거웠던/바그다드의 아침"을 빼앗겨 버렸다는 점과 "위대한 김정일 장군님을 모시여/선군의 총대속에/더욱더 아름다워지고/더더욱 환희로운 기쁨에 넘친/오, 사랑하는 수도의 아침"을 맞이할 수 있었다는 사실을 단순 비교함으로써, 김정일의 통치력과 선군 사상의 우월성을 대내외적으로 선전, 과시하기 위함이다. 이를 통해 이 시에서 시인은 김정일에 대한 충성심과 선군 혁명 사상을 한층 더 강화하고 있는 것이다.

3. 북한시의 '추억'

한편, 북한의 공식적인 문예 월간지이자 조선작가동맹 중앙위원회 기관지인 『조선문학』에는 간혹, '추억에 남는 시'라는 이름의 특별한 난(欄)이 별도로 마련되어 있다. 추억에 남는 시라는 명칭이 환기하듯이 이 난은 북한의 작고시인 혹은 원로시인들의 오래 전 작품을 '추억'하려는 의도에서 준비된 지면이다. 여기에 수록된 작품들은 대개가 당의 이념에 충실하면서도 비교적 높은 수준의 시적 형상성을 유지하고 있어서 그동안 북한의 문학사에서 적극적으로 평가되어 왔다는 공통점을 지닌다. 『조선문학』의 '추억에 남는 시' 난에서 거론되는 시인과 시편들은 그야말로 자타가 공인하는 북한 시문학의 대표적인 작가 작품들인 것이다. 최근 몇 년 동안 이 지면을 통해 소개된 작품으로는 최영하의 「젖줄기」를 비롯하여 리찬의 「생각」, 정서촌의 「조선」, 김상오의 「나의 조국」, 김철의 「어머니」 등을 들 수 있다.

　『조선문학』의 '추억에 남는 시' 난과 관련해서 한 가지 더 지적해야 할 사항은 이 지면에 게재된 작품들의 주제적 특성이 각 월호 잡지의 '월별 기획', 더 나아가 매 시기별 북한당국이 제기하는 문제의식과 무관하지 않다는 점이다. 이는 '추억에 남는 시'의 선정 작업이 단순히 과거의 '좋은' 작품을 선별하는 데서 그치는 것이 아니라, 당 차원의 정치적 현안을 선전 선동하는 북한 문예 정책의 연장선상에 놓여 있음을 보여준다. 이러한 사실은 잡지의 월별 핵심 내용과 거기에 실려 있는 '추억에 남는 시'의 주제를 비교해봄으로써 쉽게 확인할 수 있다. 예를 들면, 『조선문학』 2003년 9월호는 주로 '조선민주주의 인민 공화국 창건 55돐'을 기념하는 내용들로 구성되어 있다. 한광춘의 「장군의 나라」, 오필천의 「공화국 기발」, 김석주의 「나의 조국이라 부를 때」, 윤경남의 「조국을 안고 살라」 등의 시편들과 고철훈의 「조국이여, 진정 너는 무엇이기에」(평론), 「조국은 진정 무엇이였던가」(작가들이 남긴 말)와 같은 산문들은 그 구체적 항목에 해당한다. 이 제목들에서 알 수 있듯이 『조선문학』 9월호의 주된 성격은 조선민주주의 인민공화국의 혁명적 전통성과 조국에 대한 충성심을 강조한 것으로 규정할 수 있다. 그런데 이 잡지의 '추억에 남는 시' 난에는 김상오의 「나의 조국」이 실려 있다. 1979년에 발표된 김상오의 「나의 조국」은 시제에서 연상되는 것처럼 시인의 조국에 대한 '긍지'와 '솟구치는 그리움'을 격정적인 감정으로 노래한 작품이다. 따라서 이 시가 '조선민주주의 인민 공화국 창건 55돐'을 기념하는 지난번 잡지의 '추억에 남는 시'로 추천된 것은 결코 우연이 아니다. 김상오의 이 시는 잡지의 '기획 의도'에 적극적으로 부응하고 있는 것이다. 결국 '추억에 남는 시'의 선정 기준은 작품 자체에 대한 판단이라기보다는 '외부적' 필요성에 의해서 매겨진다고 할 수 있다. 『조선문학』의 '추억에 남는 시' 난은 과거의 작품을 단순히 '추억'하는 차원이 아니라 궁극적으로 목적문학 또는 실용문학적 기능이 강조된 북한의 문예 정책과 밀접하게 연관되어 있는 것이다.

여기서 얼마 전에 『조선문학』에서 '추억에 남는 시'로 선정된 두 편의 시를 소개하기로 한다. 김상오의 「나의 조국」과 김철의 「어머니」(『조선문학』, 2003년 10월호)가 그 대상일진대, 작품의 원래 발표 순서에 따라 김상오의 「나의 조국」, 김철의 「어머니」 순으로 살펴보기로 한다.

조국이여, 진정 너는 무엇이기에/너의 한치 땅을 위해/애어린 청춘들 웃으며 꽃처럼 졌고/쓰러지면서도 못잊어/두 팔 가득 너를 그러안고 갔더냐//한줌 흙 속에/너를 싸안고 간 투사들도 있었더라/한떨기 진달래꽃향기에/눈감고/너의 모습 그려본 녀대원도 있었더라/아마도 조국은 어머니……//그렇다. 조국은/더없이 신성하고 숭엄한 그 무엇/위대하신 수령님 한 생을 바치시는/겨레의 삶이며 그 무궁한 미래/죽어서도 안기여 사는 영원한 품//그것은 그대를 바라보는 깊은 눈동자/맑은 거울앞에서처럼/부끄럼없이 그 앞에 서기 쉽지 않으리/오직 그의 영광속에 그대의 삶이 있고/그를 저버림은 곧 그대의 죽음인/조국이란 그러한 것//뜨거운 심장없이 안을 수 없고/진실한 사랑없이 부를 수 없는/위대하고 신성한 이름……/ 조국을 사랑한다고 말하지 말라/조국에 그대의 심장을 주기 전에는!

- 김상오, 「나의 조국」 부분

174

놓치면 잃을 듯/떨어지면 숨질 듯/잠결에도 그 품을 더듬어 찾으면/정
겨운 시선은/밤 깊도록 내 얼굴에 머물러 있고/살뜰한 손길은/날이 밝도
록 내 머리를 쓰다듬어주나니/이 어머니 정말/나를 낳아 젖 먹여준 그 어
머닌가……//내 조용히 눈길을 들어/어머니의 모습을 다시 쳐다보노라/그
러면…… 아니구나!/이 어머니/나 하나만이 아닌/이 땅우의 수천만 아들
딸들을/어엿한 혁명가로 안아 키우는/위대한 어머니가 나를 굽어보나니
…(중략)… 송구스러워라 이 어머니를/나에게 젖조차 변변히 먹여줄 수
없었던/한 시골 아낙네의 이름과 나란히 한다는 것은/그러나 어이하리/당
이여 조선로동당이여/어머니란 이 말보다/그대에게 더 어울리는 뜨거운
말을/이 세상 어느 어머니도/나에게 가르쳐주지 못했거니……

- 김철, 「어머니」 부분

박세영의 「산제비」가 외세에 대한 '자주실현의지'를 강하게 드러낸
작품으로 북한 문학사에서 기억되고 있다면, 김상오의 「나의 조국」과
김철의 「어머니」는 조국(당)과 수령에 대한 찬양과 충성심을 밀도 있게
형상화한 작품으로 이제까지 인정받고 있다. 「나의 조국」과 「어머니」
가 근자에 들어『조선문학』의 '추억에 남는 시' 난에서 연속적으로 소
개되고 있다는 사실은 시사하는 바가 크다. 왜냐하면 두 작품은 미제의
침략 책동 정책에 맞서 '위대한' 조국의 의미를 되새기고 당과 수령을
중심으로 '사회주의 전취물을 굳건히 수호해나가'고자 하는, 현 단계
북한시의 지향점을 선명하게 보여주는 것으로 판단되기 때문이다.
　김상오의 「나의 조국」에서 조국은 '언제나 나의 심장에 가득 차
있어/기쁨과 아픔/그 모든 운명을 함께 사는' 존재이며 '지혜와 힘과
뜨거운 열정을/있는것 다 쏟아 바'쳐야 할 대상으로 그려진다. 아울러
이 시에서 그것은 '죽어서도 안기여 사는 영원한 품'이자 '그를 저버림

은 곧 그대의 죽음'일 정도의 절대적인 존재로 인식되고 있다. 시인은 이 같은 사회주의 국가의 위상, 즉 '나의 조국'의 의미를 영탄법과 돈호법, 반복법과 문답법 등의 시적 장치를 통하여 효과적으로 드러내고 있다. 이로 인해 김상오의 「나의 조국」은 "조국애를 노래한 우수한 작품으로서 시대의 주도적인 감정을 깊이 있게 형상화한 본보기"라는 김정일의 찬사를 동반하며, 현재까지도 북한시의 걸작으로 손꼽히고 있다.

김철의 「어머니」는 조국(당)에 애정과 충성심을 진솔하게 표현한 작품이다. 1981년에 발표된 이 시는 '조선 노동당'을 어머니의 존재에 비유하여 당에 대한 고마움과 흠모의 감정을 부각한다는 점에서 인상적이다. '그러나 어이하리/당이여 조선로동당이여/어머니란 이 말보다/그대에게 더 어울리는 뜨거운 말을/이 세상 어느 어머니도/나에게 가르쳐주지 못했'다는 인용시의 마지막 부분은 그 비유의 절정에 해당한다. 김철의 「어머니」는 현재 북한 '송가시'의 전형으로 여전히 주목받고 있다. "당에 대한 송가는 <어머니>에서와 같이 꾸민 데가 없고 현란한 표현도 없지만 생활적으로 표상되고 모든 사람에게 지난날의 체험을 깊이 되살려 주는 진실한 감정을 펼쳐 줄 때 그 어떤 정치적 내용도 형상적으로 소화할 수 있다"는 김정일의 지적은, 김상오의 「나의 조국」의 경우와 마찬가지로 북한 시사에서 이 시가 차지하는 비중을 여과 없이 보여준다 하겠다.

이상에서 살펴보았듯이, 김상오의 「나의 조국」과 김철의 「어머니」는 '조국은 더 없이 신성하고 숭엄한 그 무엇'이며 '거인'과도 같은 존재임을 수준 높게 형상화 한 작품들이다. 따라서 이 시들이 지난 『조선문학』의 '추억에 남는 시' 난에 차례로 실려 있다는 사실은 이즈음 북한시의 동향을 파악할 수 있는 중요한 단서로 작용한다. 이들 추억에

남는 시편들은 북한시의 '추억'은 심각한 체제 모순의 위기와 국제적
고립으로 인해 한계 상황을 맞고 있는 북한에서, 인민대중들의 혁명적
사상 감정을 유발하고 이를 통해 내부적 결속력을 다지려는 최근 북한
시의 당면과제를 명징하게 보여주고 있는 것이다.

6_여섯 번째

'김정일 나라', 또 하나의 '신화'

1. 『조선문학』의 월별 특성

북한의 공식적인 문예 월간지 『조선문학』을 지속적으로 살피다보면, 북한 문학의 특성과 관련된 한 가지 흥미로운 사실을 발견할 수 있다. 반세기에 걸쳐 누계(累計) 679호(2004년 6월 기준)를 기록한 이 잡지는 매 시기 북한의 정치적 당면 과제를 우선적으로 반영하면서도, 한 편으로는 월(月)별 단위로 형성된 하나의 공통된 주제를 반복하고 있는 것이다. 예를 들어 이제까지 간행된 『조선문학』 '4월호들'에는 시대별 당의 정책 방침을 노골적으로 표출한 작품들과 함께 김일성의 가계에 초역사적 의미를 부여한다거나 혹은 사회주의 조국 건설에 헌신적으로 이바지한 김일성의 업적을 찬양하는, 이른바 수령 형상화 문학 작품들이 집중적으로 실려 있다. 또한 80년대 이후의 5월호 잡지들은 한동안 광주민주항쟁이라는 남한의 특정 사건을 매개하여 '북한식' 사회주의 체제의 우월성과 반제 반미 사상을 강조한 작품들로 구성된다. 그것뿐만이 아니다. 조국해방전쟁시기 인민군들의 영웅적 활약상과 전투적 혁명 정신을 시화한 작품 유형은 주로 『조선문학』 6월호를 통해 꾸준하게 소개되고 있다.

이 같은 사실은 그동안 북한 문학이 미학적 자율성의 측면과는 무관하게 시기별 당의 정치 사업에 철저하게 종속되어 선전선동의 기능에 바탕을 두고 전개되어 왔음을 단적으로 보여준다. 『조선문학』 각 월호에 나타난 월별 주제의 주기적 반복 현상은 북한 문학을 획일적, 도식적, 단선적, 전체적으로 규정할 수 있는 명백한 단서를 현재 우리에게 제공하고 있는 것이다.

이 글에서 중점적으로 살펴본 『조선문학』(2004년 4-6월호)도 기본적으로 이러한 편집 구도에서 크게 벗어나지 않는다. 여기에 발표된 작품들은 대부분 90년대 중반 이후 북한의 핵심 정책으로 떠오른 선군혁명 사상을 강조하면서도, 부분적으로는 앞서 언급한 각각의 월별 주제 의식을 충실히 반영하고 있다.

1) 총대에 어린 열혈의 뜨거움으로/총대에 비낀 정의로움으로/멸적의 서리발우에 불같은 사랑이 흐르는/탄생의 봄/아름다운 총대의 봄모습이여//그 총대로 우리 수령님/광복의 봄을 이 땅에 안아오셨고/그 총대를 드시고 우리 장군님/이 땅에 선군의 봄을 화창히 꽃피우시나니
　　　　　- 신문경, 「총대의 봄」 부분 (『조선문학』, 2004년 4월호, p.5)

180

2) 나는 가슴치며 굽어본다/저 위험천만한 길로/우리 장군님 이 산상에 오르셨단 말인가/전화의 그 날 이 고지 병사들에게 콩나물 콩까지 보내주시던/어버이 수령님의 그 사랑 안으시고//오르시여/이 산악의 끝까지 오르시여/병실의 온돌도 짚어보시고/흰김서린 취사장도 다 돌아보신/자애로운 어버이 우리 장군님//자욱자국 펼쳐가신 사랑을 안고/한치한치 새겨가신 은정을 안고/굽이굽이 뻗어 오른 저 길은/우리 장군님 이 산정에 휘휘 감아놓은/영원한 사랑의 혈맥이 아닌가//이 산의 흙은 흙이 아니다/이 산의 돌은 돌이 아니다/햇빛으로 내리는 장군님 사랑을 안고/장엄하게 솟아오른 1211고지/영웅의 고지/오, 이 고지는/선군조선의 위력을 떨치며 솟아빛나는/백두령장 김정일 장군님의 사랑의 고지이다/승리의 고지이다
　　　　－ 문동식,「령장의 고지」부분 (『조선문학』, 2004년 4월호, p.49)

2004년 『조선문학』 4월호에는 총 17편의 시·가사가 실려 있다. 이 중 김일성을 시적 대상으로 한 작품은 리진협의 「수령님의 국사」, 김명옥의 「수령님과 가을」, 리성혁의 「금수산 기념 궁전 하늘가에 새벽까치 우짖네」를 포함해서 도합 7편이다. 이 작품들은 대개가 김일성이 태어난 달인 4월을 맞아 생전에 그가 지녔던 인민에 대한 자애심과 인간주의적인 면모, 탁월한 지도력을 적극적으로 조명하고 있다. 이 시들에서 김일성은 "한 밤에 천리길을 걸으시여/동지 한사람 한사람 소중히 얻으시고/그 동지를 위해 사선 천만리 길도/웃으며 헤치신 우리 수령님"(「사랑에 젖어 눈물에 젖어」), 또는 "한치의 간격도 없이 인민과 꼭 같으신 그이/인민을 그리도 아끼고 사랑하시고/인민을 위해 한평생 다 바쳐오신/인민의 자애로운 어버이"(「인민의 영원한 고향집」)로 '변함없이' 그려진다. 한 가지 유의할 사항은 90년대 이후, 이와 같은 '김일성 수령 형상화 작품' 계열의 시편들에는 '자주' 김정일의 모습이 투사되어 있다

는 것이다. 이 점은 특히 근자에 들어 보다 분명하게 표출되는 양상을 보이는 바, 이는 김일성 사망 이후 북한의 인민 대중들 사이에 '김정일이 곧 김일성'이라는 인식이 점차적으로 확산되고 있다는 점, 아울러 현재 북한의 실질적 최고 지도자가 김정일이라는 사실 등과 무관하지 않은 것으로 여겨진다.

인용한 1)의 시 「총대의 봄」은 시제에서 환기되듯, '총대 정신'을 강조한 작품이다. 전 8연으로 구성된 위의 시는 7연을 기점으로 전반부는 김일성이, 후반부에는 김정일이 등장하여 '침략과 압제에는 총으로만 대답'한다는 총대 철학의 '절대의 진리'를 되새기고 있다. 이 시에서 김일성은 '자주적 총대의 첫 대오'를 결성하여 '광복의 봄을 이 땅에 안아 오신' 존재로, 김정일은 '그 총대를 드시고' '이 땅에 선군의 봄을 화창히 꽃 피운' 존재로 묘사된다. '반일 인민 유격대' 시절 '이 세상 모든 불의를 향해 터친' 김일성의 총대 정신은 '세월이 흘러도 변하지 않을 절대의 진리로' 김정일에 의해 '오늘도 선언'되고 있는 것이다. 이는 궁극적으로 과거 김일성의 혁명 철학이 오늘날 김정일에 의해 일관되게 유지, 계승되고 있음을 암시해준다. 아울러 이 시에서 총대철학은 김일성·김정일 부자가 '개입'되어 있다는 사실 하나만으로도 혁명적 정통성과 현재적 의미를 부여받을 수 있다.

총대 철학을 배경으로 김일성·김정일 부자가 '공존'하고 있는 시적 장면은 2)의 인용 시에서도 발견된다. 2)의 시 「령장의 고지」에서 병사들에 대한 김일성 '어버이 수령님의 그 사랑'이 고스란히 '백두령장 김정일 장군님'에게 '전수'되는 것은 결코 우연이 아니다. 거듭 강조하지만 김일성 사후의 북한에서 김정일은 곧 김일성이기 때문이다. 인용시는 '50년대 파편들이 아직도 밟히는' '1211 고지'를 방문한 김

182

정일의 모습에, '전화의 그 날 이 고지 병사들에게/콩나물 콩까지 보내주시던' 김일성의 모습을 중첩시킴으로써 이 점을 효과적으로 부각하고 있다. 이 시에서 1950년 전쟁 당시 '영웅의 고지 1211 고지'는 김정일 체제로 들어선 지금, '백두령장 김정일 장군님의/사랑의 고지이다/승리의 고지이다'라고 새롭게 명명된다.

2. 김정일의 나라, 또 하나의 신화

김일성에 이어 김정일 개인숭배가 본격화 된 1980년대 이후, 북한이 '존엄 높은 김일성 민족'이며 '김정일 장군님의 나라'(「백두 삼천리벌의 봄」, 『조선문학』, 2004년 5월호)라는 인식은 현재 북한 문학에 나타나는 보편적인 현상이다. 그만큼 지난 이십 여 년 간 김정일은 정치·경제·사회·문화의 모든 영역에서 확실한 입지 기반을 구축해왔다. 이에 따라 반세기 동안 김일성에게 집중되었던 '수령 우상화'의 문학적 작업도 차츰 김정일에게로 분산, 전이되는 양상을 보인다. 이번 『조선문학』 5월호와 6월호에는 북한의 실질적 최고 통치자인 김정일을 위한 특별한 '이벤트'가 마련되어 있어 눈길을 끈다.

1) 수수한 차림으로/그렇게도 조용히/그이께서 당중앙위원회에 들어서신/그날로부터/그날로부터 40 성상//전변의 세월이였다/승리의 세월이였다/백두에서 휘날려온 그 붉은 기폭이/내 조국의 푸른 하늘가에/더 높이 더욱 세차게 휘날려온……//그이 아니셨다면/그 누구도 헤치지 못했으리/력

사의 방향타를 틀어잡으시고/대를 이어 활짝 열어오신/조선의 길 주체의
한 길//위대한 김정일 동지/오직 그이께서만이/천리혜안의 예지로 먼 앞날
을 내다보시며/강철의 담력으로 첩첩시련을 쓸어버리시며/자욱자욱 위대
한 헌신으로/빛나는 오늘을 안아오셨나니
　　　- 김송남, 「40성상은 말한다」 부분 (『조선문학』, 2004년 6월호, p.4)

　　2) 그 날!/그 순간!/우리 어버이께서는/차디찬 대지의 강설 그 손에
다 걷어 안으시고/자신의 온기를 대지에 다 부어주시였나니/ …(중략)…
이 나라의 가장 살기 좋은 고장으로 꾸리시려/준엄한 이 세월에/자신의
넋을 바쳐 가시는/어버이 장군님/ …(중략)… /그 어느 사적지의 이름 없
는 강사가/감자를 먹으니/얼굴이 달덩이처럼 되었더라는/자랑겨운 소박한
이야기도/기쁘게 들어주신 어버이 장군님
　　　- 박정애, 「백두 삼천리벌의 봄」 부분 (『조선문학』, 2004년 5월호,
　　　　　　　　　　　　　　　　　　pp.20-24. 밑줄 강조 인용자)

　　김정일은 만 22세이던 1964년 봄 김일성 종합대학 경제학부 정치
경제학과를 졸업한 후, 이 해 6월 19일 곧바로 <조선 로동당 중앙위
원회 조직 지도부 호위과> 지도원으로 공식적인 업무를 시작한다. 이
후 그는 조선 로동당 문화 예술부 부장, 당의 선전 선동부 부장, 조선
노동당 비서, 정무원 총리, 정치국 상무위원회 위원 등의 자리를 두루
거치면서(김학준, 『북한 50년사』, 동아출판사, 1995 참조) 1973년 이래 20년이
넘는 후계자 수업을 받고, 드디어 90년대 북한 최고 통치자의 위치에
오르게 된다. 올해는 김정일이 정치에 입문한 지 꼭 40년이 되는 해이
다. 김일성 통치 시대가 그러했듯, 김정일 체제를 완성하려는 북한이
이 '역사적' 순간을 절대 놓칠 리가 없다. 이로 인해 『조선문학』 6월

호는 그 간의 6월호 월별 주제, 즉 조국 해방전쟁 시기의 인민 영웅들의 전투적 혁명정신을 형상화한 작품들 대신에 '40성상 하루같이 낮과 밤을 이어오신' 김정일의 '고귀한 헌신'(최정용, 「내 마음의 영원한 불빛」)을 기록한 작품들로 가득 차 있다. 잡지에 게재된 총 18편의 작품 가운데 무려 12편이 '마흔 해의 령마루에서/우리 당의 혁명 실록에 백승으로 아로새겨진'(오필천, 「마흔해의 령마루에서」) 김정일의 정치적 일대기를 직간접적으로 언급하고 있다는 사실은 이러한 사정을 반영한다.

1)의 인용 시는 지난 40성상(星霜) 동안 '력사의 방향타를 틀어 잡으시고' '조선의 길 주체의 한 길'을 걸어온 김정일의 업적을 찬양한 작품이다. 인용시에 따르면 사십 년 전 김정일은 '수수한 차림으로/그렇게도 조용히' '당중앙위원회에 들어'섰다. 그리고 '그 날로부터 40성상', 김정일은 '그이 아니셨다면/그 누구도 헤치지 못했'을 '위대한 새 시대를 펼'쳐 왔다. 이 시에서 '전변의 세월'과 '승리의 세월'이었던 40성상(星霜)은 김정일의 정치적 업무 능력에 대해 다음과 같이 평가하고 있다. "아 40 성상은 말한다/이 세월우에 내 나라 반만년 력사의 위대한 시대가 살고/이 세월우에/김일성 조선의 천만년 미래가/주체의 이름으로 빛발친다고!……". 김송남의 「40성상은 말한다」는 이처럼 김정일의 정치 입문 시기부터 현재까지의 행보를 비교적 소상하게 제시하며 역사적 의미를 역설한다. 이 시에서도 역시 김정일은 '천리 혜안의 예지로 먼 앞날을 내다보시며' '총대 중시의 수령님 뜻을' 유지·계승하는 절대적 존재로 일관되게 그려지고 있다. 특이한 점은 이 시가 전반적으로 김정일에 대한 감회를 회고하는데 중점을 두면서도, 궁극적으로는 북한의 미래 문제를 강조하고 있다는 사실이다. 가령, "걸으시는 한자욱 한자욱에/우리식 사회주의의 운명이 실려있고/맞고 보내시는

날과 달에/우리 조국의 미래 천만년이 이어져 있"다고 표현하는 대목은 여기에 해당한다. 미래 북한의 운명이 '오로지' 김정일에게 달려있다는 인식은 최근 북한 문학에 나타나는 두드러진 특징이다. 이는 <김일성 통치시대 - 김일성·김정일 공동 통치시대 - 김정일 통치시대>로 이어져 온 북한 정치사에서 김정일의 현재적 위상을 더욱 강화하려는 의도로 파악된다.

이런 측면에서 접근 할 때, 2)의 인용 시는 더욱 문제적이다. 전 61행으로 구성된 박정애의 장시 「백두 삼천리 벌의 봄」은 김정일의 헌신적 노고와 인간적인 면모를 노래한 작품이다. 이 시에서 시인은 김정일 '장군님의 무한한 애국의 그 세계'를 자연 사물과 연계하여 생동감 있게 제시한다. 그러나 이 시에서 우리가 우선적으로 강조해 둘 것은 '호칭' 변화의 문제이다. 그동안 김일성에게만 제한적으로 사용되었던 '어버이'라는 호칭이 이 시를 통해서 김정일에게도 적용되고 있는 것이다. 북한 사회에서 김일성·김정일을 지시하는 호칭의 문제가 그리 간단하지 않은 사안임을 감안하면 이는 결코 간과할 수 없는 중대한 사건이다. 김정일이 '어버이'의 호칭을 획득했다는 사실은, 바야흐로 그의 존재가 김일성과 동등한 반열에 놓여 있음을 상징적으로 의미하기 때문이다. 최근 북한시에 나타난 이 같은 호칭 변화의 문제는 현재 김정일의 위상을 극단적으로 보여주는 좋은 사례인 동시에, 앞으로 김정일 형상화 작업과 관련된 북한시의 전개 방향을 예고하기에 충분하다. 어쩌면 북한은 이미 오래 전부터 김일성 '수령 형상화 문학'에 버금가는 또 하나의 '위대한 신화' 문학을 마련하고 있는지도 모른다.

7_일곱 번째

북한시의 왜곡된 전통

1. 김정일 『주체문학론』 이후의 북한문학

북한에서 1992년에 간행한 김정일의 『주체문학론』은 십여 년의 세월이 흐른 지금까지도 여전히, 북한 문예창작방법의 '길라잡이'로 기능한다. 최근에도 북한의 시인, 작가들은 김정일의 『주체문학론』을 기반으로 '추호의 동요 없이 혁명적 원칙성과 사상적 순결성을 확고히 고수해 나가며' <당과 운명을 같이하는 혁명가>의 역할을 충실히 수행하고 있는 것이다. 이 같은 사실은 이번에 살펴본 『조선문학』을 통해서도 쉽게 확인할 수 있다. 여기에 실려 있는 작품들은 대개가 『주체문학론』에서 제기된 세부 조항들, 예를 들면 <문학은 마땅히 이 위대한 시대와 발걸음을 같이 하여야 하며 인민 대중의 자주 위업 수행에

적극 이바지 하여야 한다.> 혹은 '사회주의의 완전 승리와 조국의 자주적 통일'과 같은 기본 '원칙'들을 변함없이 '고수'하고 있다.

그런데 사실 『주체문학론』에서 제시하는 '주체 사상'에 입각한 대중 선전선동의 작품 유형은, 따지고 보면 별반 새로운 것이 아니다. 지난 반세기 동안 북한 문학은 시기별, 현안별로 약간의 차이점을 노정하고 있을 뿐, 당과 인민과 수령을 중심으로 하는 '북조선 사회주의' 체제와 김일성·김정일 권력 유지를 위한 강력한 '도구', 또는 반제 반미의 사상적 '무기'로 우선적으로 기능해왔기 때문이다. 따라서 김정일의 『주체문학론』과 이를 바탕으로 하여 90년대 이후에 창작된 작품들은, 궁극적으로 북한 문학의 오랜 전통인 당의 공식적인 지배 이데올로기를 재생산하는 일종의 체제 종속적 문학 담론의 연장선상에 놓여 있다고 할 수 있다. 북한 문학의 '전통'은 이상한 방식으로 전수되고 있는 것이다.

한편, 2004년 『조선문학』 8월호의 맨 앞에 실려 있는 사설은 이러한 북한 문학의 왜곡된 전통성을 다른 측면에서, 우회적으로 보여준다. 「백두의 혁명 정신이 맥박치는 혁명전통주제 작품을 더 많이 창작하자」라는 제목의 이 글은 "미제국주의자들의 고립 압살 책동을 짓부시고 사회주의 위업을 고수하는 투쟁이 더 첨예한 조건에서 우리는 혁명 전통주제작품 창작에 그 어느 때보다 더 큰 힘을 넣어야 한다"라는 내용으로 요약된다. 이 글에서 우리가 가장 먼저 주목할 것은 최근 북한이 당면한 최대 현안, 즉 미국의 '고립압살책동'과 이로 인한 국가적 위기 상황을 극복할 수 있는 문학적 대안의 하나로 '혁명 전통 주제 작품의 창작'이 제시되고 있다는 점이다. 이는 21세기에도 북한 문학은 전통적 혁명 정신을 필요로 하고, 그 혁명의 기본정신은 '백두산에 그 뿌리를 두고 있으며 주체 조선의 정신은 세기와 세기를 이어 계승되'고 있음을 보여준다. 다시 말해, 근자에 북한에서 발표된 작품과 이전 북한 문학의 주제가 결과적으로는 근본적 차원에서 별반 차이가 없음을 암시하고 있는 것이다. 실제로 그동안 북한문학은 시기별 정책 과제 및 통치 방식에 민감하게 반응하면서도, 김일성·김정일 부자 우상화 작업, 반제 반미 사상의 강화, 자주적 조국통일 등 전통적 주제의 반복적 테두리에서 벗어나지 못하고 있다. 여기서 검토한 작품들 역시도 대부분의 경우 이러한 주제 유형군으로 크게 나눌 수 있다. 이 지면에서는 김일성과 김정일을 우상화한 작품들을 대상으로 간략하게 살펴보기로 한다.

2. 북한시의 '전통'

아 하늘땅을 흔들며/쌓이고 쌓인 시련의 장설을 녹이며/구내길에 울리신 장군님의 그 말씀/심장과 심장을 울린 메아리/눈석이를 부르는 봄우뢰소리런가//야전차를 어깨로 미시며/끝없이 이어가시는 전선길에서도/산뜻한 나들이옷 차려입고/새 객차를 타고 려행길에 오를 인민의 모습을 그려보신 우리 어버이//선군혁명의 기관차 최고 사령부는/눈보라를 헤치며 달리고 있건만/그 기관차가 끌고 가는 인민의 열차는/봄꽃이 피여웃는 길로/봄노래를 싣고 달리게만 하고 싶은/우리 장군님의 위대한 사랑이여//철령을 넘어 오성산을 넘어/장군님 야전차에 싣고 오신 그 봄을/인민이 타는 차에 실어주신 그날은/아름다운 미래와 마주 웃는 봄날이였어라//오, 우리 장군님/위대한 인민사랑으로 편성해주신 렬차는/강성대국의 도약대

를 강철바퀴로 억세게 디디고/오늘도 락원행 봄궤도를 달리고 있어라/선
군조국에 행복의 봄을 수놓아 가고 있어라
　　　　　－ 류동호, 「따뜻한 봄의 구내길」 부분 (『조선문학』, 2004년 8월호)

위의 인용시는 두해 전 겨울, 산업 현장 시찰에 나선 김정일의 모
습을 회상하는 시적 화자의 감회를 적어 놓은 작품이다. 인용시에 따르
면 이년 전 김정일은 '그 날의 눈보라 눈보라'를 헤치고 '김종태 전기
기관차 공장'을 방문한다. '소한 추위에 하늘땅도 얼어붙던 날'임에도
불구하고, 김정일은 오로지 '위대한 인민사랑'의 마음으로 '눈 덮인 전
선고지의 령길'을 넘어온 것이다. 이 시의 화자는 이런 '우리 장군님의
위대한 사랑'을 감탄사를 동원하며 벅찬 감정으로 노래한다. 이 시에서
김정일은 '산뜻한 나들이옷 차려 입고/새 객차를 타고 려행길에 오를/
인민'을 위해 자신을 희생하는 자애로운 인품의 소유자로 일관되게 그
려진다. 시인은 특히 이 같은 김정일의 고된 역경을 과장된 수사를 동
반하며 이 작품에서 서술하고 있다. 또한 이 시의 공간적 배경으로 사
용된 "아름다운 꽃들이 피여/봄 향기 짙게 풍겨오는 구내길"의 풍경은
그 자체로 '눈보라', '소한 추위', '장설' 등의 시어와 대립됨으로써 인
민에 대한 김정일의 '위대한 사랑'을 효과적으로 표출하고 있다. 한 가
지 흥미로운 점은 김정일의 자애심과 '최고 사령부'의 노고를 강조하는
이 시의 군데군데에는 선군혁명, 선군 조국, 강성대국 등 최근 북한의
핵심 정책들이 동시적으로 '삽입'되어 있다는 것이다. 이는 90년대 후
반 이후 김일성 부자를 형상화하는 시편들에 빈번하게 나타나는 공통
적 현상인데, 다음에 인용된 시에서도 이 점을 확인할 수 있다.

　　새벽 0시/오늘도 머나먼 전선길에서 새 날을 맞는/최고 사령부의 일
력에 맞추어/우리 로동 계급은 또 하루/선군 세월의 일력을 번지거니// 이
들의 시간 단위는 언제나 분과 초/흐르는 시간이 그리도 안타까운 가슴
들/선반공들은 만속의 불바람을 날리며/도장공들은/차체마다 푸른 옷을 입
히며/그리운 장군님 품으로 마음 달린다// 여기선 누구나 돌격선의 병사
들/소재가 떨어졌다고 압축공기가 모자란다고/기다리지 않는다/가슴가슴
분초를 안고/걸음걸음 불을 달고 뛰는/밤과 낮이 따로 없는 결전장// 이들
에게 자기 심장이 뛰는 소리보다/선군의 시간으로 고동치는 초침소리가
더 높았거니/우리 장군님 사생결단으로 헤쳐가시는/전선길의 분과 초를
안고 사는 사람들/단 한순간 기대를 멈출 수 없어/안해들이 가져온 밥보
자기는/풀지도 못한 채 식어버리곤 하였다/여기선 오직 명령관철!/명령을
관철하기 전에는/죽을수도 물러설수도 없는/목숨같은 순간순간 속에/혁명
적 군인정신이 나래쳐 오르거니//장군님의 위대한 심장의 박동에 맞추어/
불타는 심장들이 높뛰는 여기/강철의 차량들이/선군의 속도로 달려 나아
가고 있다/최고사령부의 시간이 여기서도 흐르고 있다/우리 로동 계급의
선군시간이 흐르고 있다.
　　　　　　　　－ 리연희, 「선군시간이 흐른다」 부분 (『조선문학』, 2004년 8월호)

　　현재 북한에서 선군정치는 만능의 정치 방식으로 인식된다.(이성천,
「선군정치시대와 북한시의 행방」, 『문학수첩』, 2003년 여름호) 이에 따라 군대를
중시하고 총대를 위주로 혁명의 과업을 완수해 나가려는 시적 주제 의
식은 최근 북한시에 나타나는 가장 두드러진 특징이다. 선군혁명 문학
은 90년대 후반의 북한시에 나타난 새로운 시적 경향인 것이다. 그러
나 위의 시에서 살펴보았듯이 선군 혁명 문학은 김일성·김정일 부자
에 대한 우상화 작업을 함께 수행하고 있다는 점에서 한편으로 이제까
지 북한 문학의 왜곡된 전통이라 할 수 있는 '수령 형상화 문학'의 연

장선상에 놓여 있다. 이러한 사실은 앞서 언급한 작품들 외에도 이번에 살펴본 여러 작품들에 다양한 방식으로 나타난다. 가령 「붉은기 1호 영웅기관차여」(『조선문학』, 2004년 8월호), 「선군은 덕이라오」, 「군대식이 우리는 좋아」(이상 『조선문학』, 2004년 9월호) 등은 좋은 예에 해당한다. 이 들 작품은 제목에서 암시되듯, 선군혁명정신과의 연관성을 분명하게 드 러내면서도, 동시에 당과 김일성 부자에 대한 절대적인 충성심을 빼놓 지 않고 기록하고 있다. 이 같은 사실은 최근 북한 문학이 사회 역사 적 전환기마다 제시된 당의 정치사상과 이념을 적극적으로 수용하면서 도 다른 한편으로는 북한문학의 전통적 주제의식을 견지하고 있음을 단적으로 보여준다.

혁명적 군인 정신을 기저로 하는 선군혁명사상과 김일성·김정일 부자에 대한 우상화 작업은 현재 국내외적으로 심각한 한계 상황을 맞 고 있는 북한이 보유한, 어쩌면 마지막 카드일지도 모른다. 90년대 후 반 북한의 핵심 정책 이념으로 등장한 선군정치사상과 김일성 ·김정 일에 대한 그 오랜, 과민한 '집착'과 맹목적 차원의 신념은 90년대 이 후 북한 사회 내부의 근본적 분열을 은폐시키는데 적절하게 기여하고 있는 것이다.

이상에서 살펴보았듯이 『주체문학론』 이후의 북한의 시는 주체사상 과 사회주의적 이론에 입각한 당의 지침을 시기별로 반영하고 있다. 그 러면서도 이 작품들은 수령 형상화, 자주적 조국 통일, 반제 반미 사 상, 북한식 사회주의 건설 등 1948년 북한 정권 출범 이후의 이른바 북한 문학의 '전통적' 주제들을 작품 전반에 수용하는 양상을 보인다. 최근 북한시의 한 특성은 이처럼 이중적 혹은 복합적 주제로 구조된다 는 것이다. 그럼에도 불구하고 이 시들은 여전히 극도로 제한된 소재와 주제, 또한 목적 지향적인 '기능시'의 역할에 치중하는 탓에 획일적, 도식적 문학이라는 인식에서 탈피하지 못하고 있다. 미적 자율성, 또는 예술의 형상성을 논하기에는 분명, 북한 문학은 아직 많은 한계를 보이고 있는 것이다. 이제까지 발표된 북한시가, 많은 경우 서정시 본연의 깊은 울림을 갖지 못하는 이유도 바로 이 지점에서 비롯된다.

*8*_여덟 번째

박세영의 시를 통해 본 북한시의 변모과정

1. 들어가는 글

그 동안 1920~30년대 프로문예운동을 언급하는 남한의 문학사에서 개별 작가 작품에 대한 연구는 문예조직과 단체에 대한 연구에 비해 상대적으로 빈약했다. 이러한 사정에는 그들의 창작 활동이 전적으로 조직적 문예 운동의 차원에서 이루어지고 있었다는 점, 또한 그들 작품이 문학 예술성보다 정치 사상성이 강조되어 남한의 문학 연구자들에게 부득이 배제될 수밖에 없었다는 이유 등을 주로 들 수 있다. 더욱이 분단이 고착된 이후 그들에 대한 최소한의 접근마저도 용이하지 않았다는 사실을 감안하면 이러한 현상은 어쩌면 당연한 결과였을지도 모른다.

80년대 후반 월북 문인에 대한 정부차원의 해금조치 이후, 이 시기의 작가·작품에 대한 연구가 활발해진 것도 이러한 사실과 밀접한 관련이 있다. 이 무렵부터 남한의 연구자들은 그동안의 형식적 접근에서 벗어나서 프로 문학의 작가 작품에 대한 세부적 고찰을 통하여 그들의 위상을 새롭게 정립해 나가고 있다. 특히 카프의 맹원으로 활약하다가 분단 이후에도 북한의 문단에서 지속적인 활동을 전개한 몇몇 작가의 경우에는 우리 문학 연구자의 관심을 끌기에 충분하다. 체제 종속적인 북한 문예의 특성상, 이들에 대한 연구는 곧바로 북한 문학의 변모 과정을 단번에 파악할 수 있는 단서를 제공받기 때문이다. 민촌 이기영, 이용악, 안함광, 박팔양, 송영, 박세영 등이 바로 그 대상일진대, 여기서는 북한 <애국가>의 작사가로 우리에게 잘 알려진 박세영에 대해 대략적으로 살펴보기로 한다. 이 글이 우선적으로 박세영을 논의 대상으로 선정한 이유는 그가 프로 문예운동의 전 기간 동안 활약한 시인이면서, 동시에 가장 나중까지 북한 문단의 중심에서 활동한 까닭이다. 그에 대한 연구는 곧, 북한 시단의 형성 과정을 폭넓게 보여줄 것으로 기대하는 것이다.

2. 선행연구 검토와 연구범위

白河 박세영은 임화, 박팔양, 박아지, 권환, 이찬 등과 함께 일제 강점 하의 프로시단을 대표하는 카프의 핵심세력으로 평가된다. 박세영은 1925년 카프 결성 당시부터 이 조직의 맹원으로 적극적인 활동을

벌여왔으며, 해방 이후에는 조선 문학가 동맹에 가담하여 사회주의 문학운동의 강경파로 활약하였다. 1946년 월북 이후에도 그는 조국평화통일위원, 북한최고인민회의대의원, 문예총중앙위원 등 북한 문예조직의 요직을 두루 거치며 1989년 사망할 때까지 '북한 시단의 지도자' 역할을 실질적으로 수행해 왔다. 여기에서 알 수 있듯이 시인 박세영의 생애는 북한 문학예술의 출발점이라고 할 수 있는 카프 초창기부터 해방기를 거쳐 현재에 이르기까지 전 기간에 놓여 있다. 그럼에도 불구하고 오랜 기간동안 남한의 근대 시문학사에서 박세영의 이름은 비교적 낯선 영역에 속해 있었다. 이 시기의 박세영에 관한 논의는 박아지의 「朴世永論」(『風林』 5호, 1937. 4), 시집 『산제비』,(별나라社, 1938)에 대한 민촌 이기영의 「序文에 代하여」와 임화의 跋文 「『산제비』에 붙이는 글」, 李燦의 「待望의 詩集 『산제비』를 읽고」(『조선일보』, 1938. 8. 30) 등을 통해 단편적으로 확인될 뿐이다. 그나마도 이 글들은 시집의 발문과 서문의 형식으로 쓰여진 것이어서 대부분 인상비평의 수준을 넘지 못한다. 그러던 것이 최근에 몇몇 연구자들의 노력으로 박세영에 대한 연구 성과는 조금씩 축적되어 가고 있다.

북한 문학에 대한 해금 조치 이후의 박세영 시에 대한 구체적인 논의는 김재홍의 글에서 처음 발견된다. 김재홍은 두 편의 논문1)에서 박세영의 시가 현실적인 구체성과 역사적인 대응력을 지녔다는 사실에 비중을 두고, '문학사의 정신사적 각도' 차원에서 박세영의 시를 긍정적으로 검토하고 있다. 김재홍의 이 글들을 시작으로 박세영에 대한 연구는 박차를 가하게 되었으며2), 현재는 그에 관한 학위 논문3)까지 제

---

1) 김재홍, 「대륙적 풍모와 남성주의-박세영론」, 『문학사상』, 1988년 11월호.
_____, 「신념과 프로 시인」, 『카프 시인 비평』, 서울대 출판부, 1990.

출되어 있다. 한성우의 논문은 박세영의 시에 대한 종합적 검토를 목적으로 한 최초의 논문이라는 점, 그의 시세계에 대해 실증적 자료를 근거로 체계적인 논의를 전개한다는 사실에서 나름의 의의를 지닌다. 실제로 본고도 그의 이 논문에서 몇몇 자료의 중요한 도움을 받을 수 있었다. 그러나 한성우의 논문은 다소 연구방법론 자체에 치중하고 있는 탓에 막상 구체적인 작품분석에 있어서는 논지 전개상의 단조로움이 부분적으로 노출된다. 또한 박세영의 전기적 사실과 관련된 부분에서는 약간의 모순점4)도 발견되고 있어 적지 않은 아쉬움이 남는다.

현재까지 발표된 박세영의 시집은 『산제비』를 비롯하여 『진리』, 『나팔수』, 『밀림의 역사』, 『승리의 나팔』, 『룡성시초』, 여기에 『박세영시선집』까지 도합 7권으로 알려져 있다. 그러나 현재로서는 『산제비』(1938)와 『박세영 시선집』(1956)을 제외한 나머지 시집들은 국내에서 달리 구할 길이 없다. 따라서 이 글은 이 두 권의 시집을 중점적으로 다루기로 하되, 이후 시인의 문학적 행적에 관해서는 북한 문학사의 관련 부분을 참조하기로 한다.

---

2) 윤여탁, 「박세영론」, 『한국문학의 리얼리즘과 모더니즘』, 민음사, 1988.
  한만수, 「박세영론 -『산제비』를 중심으로」, 『한국 현대시인 연구』, 태학사, 1989.
  황정산, 「리얼리즘 서정시로서의 박세영의 시」, 『고대 어문논집』, 1990.
3) 한성우, 『박세영시 연구』, 중앙대 박사학위논문, 1996.
4) 예를 들면 박세영의 전기적 사실과 관련된 기록에서, 본론의 도입부분(p.24)에서는 그가 배재고보에 입학한 해를 1917년으로 적고 있으나, 본론의 말미에서는 "박세영은 1922년에 배재고보에 입학해서 문학활동을 시작"(p.168)한 것으로 기록하고 있다. 이는 단순한 착각일 것으로 보이나, 이 시기가 박세영 문학의 실질적 출발점에 해당한다는 중요성을 감안하면 지적하지 않을 수 없다.

3. 해방 이전 시기의 시세계

박세영은 1902년 7월 7일 경기도 고양군 한지면에서 가난한 선비의 셋째 아들로 태어났다. 1917년 배재고보에 입학한 박세영은 1학년 때부터 송영 등과 함께 『새누리』라는 문집을 발간하며 본격적인 문학수업을 시작한다. 1922년 배재고보를 졸업한 그는 같은 해 4월 중국상해의 혜령 영문학교에서 수학하며 남경, 천진, 만주 지역을 주유한다.5) 중국 유학 시절 박세영은 고보 동창생 송영이 간행하던 『염군』에원고를 보내는 등 사회주의 문학 운동에 관심을 보이는데, 이는 당시그가 머물던 곳들이 중국 사회주의 운동의 근거지였다는 사실과 무관하지 않을 것으로 보인다. 이러한 정황으로 미루어 볼 때 이 시기는시인 박세영의 본격적인 사회주의 문학운동을 위한 예비적 기간으로추정된다. 특히 사회주의 사상에 대한 그의 관심은 일차적으로 이 무렵에 생성된 것이라 할 수 있다. 그러나 이 때만 하더라도 박세영의 시는 계급적 당파성을 띤 프로 문학과는 일정한 거리를 유지하고 있었다. 오히려 이 시기 그의 시들은 식민지 조국을 떠나 이국에서 느끼는 고향에 대한 그리움과 자연경치에 대한 서글픔을 동반한 막연한 현실인식이 주조를 이룬다. 「揚子江」, 「江南의 봄」, 「海濱의 處女」, 「浦口素描」 등, 중국 체험을 배경으로 쓰여진 시편들은 이러한 사실을분명하게 보여준다.

---

5) 박아지, 「박세영론」, 『풍림』 5호, 1937년 4월호.

흐리고나 바단가싶은 이 江물은
어지러운 이 나라처럼
언제나 흐려만 가지고 흐르는구나

옛날부터 흐리고나, 이 江물은
그래도 맑기를 기다리다 못하여
이 나라 사람의 마음이 되었구나.

해는 물 끝에 다 갈 때
물이 붉은 우에 또 붉었다
아즉도 남은 배란 웃물에 나붓기는 돗단배 하나.

- 「양자강」 전문

인용시는 원래 「揚子江畔에서」라는 제목으로 1922년 『염군』 1호에 실렸던 작품이다. 그러나 잡지가 출판 즉시 총독부에 의해 발매 금지 처분되었으므로 나중에 「양자강」이라는 제목으로 시집 『산제비』에 재수록 되었다.6) 이 시에서 우선적으로 주목되는 것은 '흐림'의 상징 시어이다. 「양자강」에서 시인은 당시의 어수선한 국내외 정세의 흐름을 '흐린' 강물에 빗대어 함축적으로 전언한다. 먼저 1연에서 양자강의 '흐림'은 '어지러운 이 나라'의 현실 상황으로 자연스럽게 전이된다. 그리고 '흐림'의 시어는 다시 2연에서 '이 나라 사람의 마음'과 동일시되어 나타난다. 흐림의 이미지는 '양자강' → '이 나라' → '이 나라 사람의 마음'으로 이어져 이 시의 전체적인 분위기를 지배하고 있는 것이다.

---

6) 김재홍, 앞의 글, p.38.

비교적 단순 구조로 구조된 위의 시는 이처럼 '흐림'의 이미지를 부각시킴으로써 당대의 암울한 사회적 현실을 환기하는 데 성공하고 있다. 또한 이 시의 마지막이 '아직도 남은 배란 웃물에 나붓기는 돗단 배 하나'의 시구로 끝나면서 부정적 현실 앞에서 무기력한, 현재 시인의 심정을 효과적으로 드러낸다. 그러나 이 시에서 시인은 흐리고 혼탁한 사회적 정황이 어떠한 역사적 맥락에서 기인하는가에 대한 근원적 물음을 제기하지 않는다. 「양자강」의 시인은 현재 그가 처해 있는 상황을 막연하게 인식할 뿐, 식민지 현실에 내재한 복합적 모순까지 자각하지 못하고 있는 것이다. 결과적으로 이 시에서 보여지듯이 중국체험을 전후한 박세영의 시들은 구체적인 현실인식을 동반하지 못하고 감상적 차원의 소박한 수준에 머물러 있다고 할 수 있다. 그리고 이러한 초기시의 성격은 「명효릉」, 「북해와 매산」 등 일련의 중국 기행시에서 공통적으로 나타나는 특징이다.

1924년 귀국 후 박세영은 송영, 이기영, 윤기정, 박영희, 이적효, 임화 등과 어울리며 자연스럽게 카프에 가담한다. 이후 그는 카프의 아동문학 기관지 『별나라』의 책임 편집을 맡는 등 프로문예운동에 적극적으로 관여한다. 여기서 주목할 것은 이 무렵 그의 시에는 적지 않은 변화가 감지된다는 점인데, 특히 1927년 카프의 제1차 방향전환이후 그의 시는 주제의식의 측면에서 뚜렷하게 변모하는 양상을 보여준다.

주지하듯이 카프의 제1차 방향전환은 '자연 생장적' 문학이 당시 전개되는 사회주의 운동에 편승하여 목적의식적 문예운동으로 나아감을 의미한다. 즉 종래의 막연한 부정적 현실인식에서 계급적 당파성을 띤 현실인식으로, 아울러 현실에 대한 즉자적 대응에서 정치적 전망을 갖는 목적 의식적 대응으로7)의 전환을 의미하는 것이다. 따라서 이 시기 카프의 문예운동에 깊숙이 관여했던 박세영의 시들도 초기의 막연한 현실인식에서 벗어나 계급적 인식에 입각한 작품들이 다수 발견된다. 「농부 아들의 탄식」, 「타적」, 「산골의 공장」 등의 시편들은 그 대표적인 예에 해당한다. 이 시들은 주로 일제 강점 하에서 착취당하는 노동자, 농민들의 분노와 울분을 이데올로기적 차원에서 적극적으로 표출하고 있다. 이는 이 시기 그의 시가 점차적으로 계급의식을 강화시켜 나가고 있음을 의미한다. 이 점에서 이 무렵 박세영의 시들은 일단, 제1차 방향전환에 따른 카프의 창작방법론에 일정하게 대응하고 있다 할 것이다.

멧돼지가 붉은 흙을 파헤칠제
너이는 별에 날러 볼 생각을 할 것이요
갈범이 배를 채우려 약한 짐승을 노리며 어슬렁거릴제
너이는 人間의 서글픈 소식을 傳하는
이 나라에서 저 나라로 알려 주는
千里鳥일 것이다

山제비야 날러라
화살같이 날러라
구름을 휘정거리고 안개를 헤처라

땅이 거북등같이 갈러졌다.
날러라 너이들은 날러라
그리하여 가난한 農民을 위하여

---

7) 황정산, 앞의 글, p.319.

구름을 모아는 못올까,
날러라 빙빙 가로 세로 솟치고 내닫고
구름을 꼬리에 달고 오라.

山제비야 날러라
화살같이 날러라
구름을 헷치고 안개를 헤쳐라.
                    - 「산제비」 부분

　9연 40행의 장시 형태로 쓰여진 위의 시는 박세영의 대표작 「산제비」이다. 첫 시집의 표제작이기도 한 이 시는 박세영의 시를 논할 때 반드시 거론될 만큼 그의 시의 정점에 놓여있는 작품이다. 이 시에서 산제비는 지상의 삶을 살아가는 존재들, 즉 멧돼지/ 갈범/ 짐승들과 대립되어 현재 이 세계의 유일한 자유 존재로 그려지고 있다. 뿐만 아니라 그것은 '더 이상 오를 수 없는 곳'이며 가상세계인 '상상봉'까지도 주저 없이 날아오르는 '자유의 화신'으로 상정된다. 이 시에서 산제비는 어떠한 억압과 구속에도 얽매이지 않는 자유정신의 표상물인 것이다. 시인은 시 전체에 비상과 하강을 반복하는 '산제비'의 모습을 형상화함으로써 '자유실현의 의지'라는 시적 주제를 분명히 한다. "산제비야 날러라/화살같이 날러라/구름을 휘젓거리고 안개를 헤쳐라"와 같은 시구의 반복은 이러한 시인의 소망을 분명하게 보여주는 대목이다. 이 같은 시인 의식은 인용된 셋째 연에서, '거북등 같이 갈라진' 이 땅의 절망적 삶을 살아가는 '가난한 농민'을 등장시킴으로써 보다 구체적 상황으로 표출된다. 일제 강점기의 모순되고 억압적인 삶을 살아가던 민중들의 자유 실현 의지를 「산제비」는 그들의 실제 생활상과 결부시켜 실감나게 표현하고 있는 것이다.

이제까지 박세영의 「산제비」가 그의 다른 시들에 비해 유독 주목 받은 것은, 이처럼 현실의 리얼리티를 확보하고 있으면서도 서정시의 특성을 그대로 간직하고 있는 까닭이다. 이 때문에 「산제비」는 그 동안의 박세영 문학 연구에서 매우 비중있게 다루어져 왔다. 특히 『조선문학 통사』는 이 작품을 시집 『산제비』에서 중심적 위치를 차지하는 작품으로 규정하고, 이 시가 자유, 이상, 혁명의 도래에 대한 동경을 상징적 수법으로 노래하며, 당대 현실의 계급 모순을 천명하고 있다고 서술한다. 또한 시 속에 가장 '고상한' 감정들과 혁명적 사상을 드러내어, "현실에서 산생되는 생동한 감정이 생활 자체의 힘과 충실을 보여주고 있다"8)라며 높이 평가한다. 북한 문학사에서 「산제비」는 이념적 지향점을 뚜렷하게 지니고 있으면서도 특유의 서정성을 잃지 않는 박세영 시문학의 뚜렷한 성과물로 자리잡고 있는 것이다. 비교적 초기시에 해당하는 「산제비」가 박세영의 대표작으로 자주 거론되는 이유도 여기 있다.

4. 해방 이후 시기의 변모 양상

1) 1945-1960년대

『조선문학개관』의 시기 구분9)에 따르면, 해방 이후의 북한문학은

---

8) 사회과학원 문화연구소, 『조선문학통사』, 인동, 1988, pp.158-159.

평화적 민주건설시기(1945. 8~1950. 6), 위대한 조국해방전쟁시기(1950. 6~ 1953. 7), 전후복구건설과 사회주의기초건설을 위한 투쟁시기(1953. 7~ 1960)의 세 단계로 나뉜다. 각각의 단계는 사회주의적 리얼리즘의 창작 방법론에 기초하면서도 다시 주제별로 분류될 수 있는데, 다음에 인용 된 박세영의 시들은 이러한 북한시의 특성을 단적으로 보여준다.

(1) 약소 민족의 의로운 벗/조선 인민의 위대한 해방자/쏘련 군대여 오는가?/이날 우리 30만 손들이/뜨거운 악수를 보내고/지나간 날 설움을 호소하였더니,/쏘련 군대는 아니 오고/하이얀 노트 아메리칸만이/공중에서 삐라를 뿌렸다./지패같은 종이로/시민들을 달래였다.

- 「쏘련 군대는 오는가」 부분

(2) V고지의 불사신 236호 중기/하냥 진공의 앞장을 서라/민청회의가 내린 영예 속에/조군실 사수 명중탄을 퍼부었다./적의 반돌격은 그칠 줄 모르고/탄우는 쏟아져 전호를 허무는데,/밀려드는 승냥이 떼를 지척에 두 고/왼팔이 적탄에 뚫렸으니 어찌하리.

- 「숲속의 사수 임명식」 부분

(3) 나는 우리시대의/더 없는 자랑을 안고/오늘도 여기 섰거니/이미 수 없이 권선기를 풀고/지금도 만선의 닻줄을 메고 당기듯/수없이 날라온 케블선에/나는 뻰찌날을 넣는다//피복선을 도려내면/굵은 동선트레는 금빛 으로 번쩍이여/룡성한 조국의 래일을 보는 듯/위대한 쏘련인민의 념원/뜨 거운 그 손길은 예서도 느낀다.

- 「나도 쓰딸린 거리를 건설한다」 부분

---

9) 박종원・류만, 『조선문학개관』, 인동, 1988.

(1)의 시는 평화적 민주건설시기에 쓰여진 작품이다. 이 무렵 북한의 시문학은 해방을 맞이하여 '사회주의 조국 건설'이라는 당면과제를 적극적으로 선전하고 인민들의 자발적인 동참을 유도하는 양상을 보인다. 특히 주제별로는 해방시, 사회주의체제 찬양시, 친소 및 국제적 연대의 시가 많이 나타난다. 위의 인용시는 리경구의 「영원한 악수」와 함께 '진정한 해방자 소련군대'를 찬양하는, 즉 앞서 분류한 친소 및 국제적 연대라는 주제에 긴밀하게 부응하는 대표적인 작품이다. 이 시는 소련의 군대를 '민족의 의로운 벗'이자 '조선 인민의 위대한 해방자'로 묘사하여 그들에 대한 우호적 시각을 선명하게 보여준다. 이는 김일성의 <10월 혁명과 조선 인민의 민족해방투쟁>에서 표명된 것처럼 미국에 대한 적개심과 소련에 대한 절대적 지지를 표방하는 이 시기 북한시의 한 전형을 보여준다 하겠다.

(2)의 인용시는 위대한 조국해방전쟁시기에 발표된 작품이다. 이 시기 북한시의 유형은 「우리 문학예술에 있어서의 몇 가지 문제에 대하여」(1951. 6)에서 보이는 바, (1)인민군 예찬시, (2)소·중공군 헌사시, (3)김일성 우상화 시, (4)인민영웅 예찬시, (5)반제 반미시 등으로 분류[10]된다. 위의 시는 (1), (4)의 항목에 해당하는 것으로, '조국해방전쟁' 당시의 인민 영웅 '조군실'의 활약상을 소재로 하고 있다. 박세영은 이 시에서 실제 인물로 알려진 '조군실'을 "적의 흉탄에 왼팔을 관통 당하고도 오히려 굴하지 않고 어깨로 중기를 눌러 계속 쏘아댄" 전쟁의 '불사신'으로 그려낸다. 이는 인민군의 영웅적 전투 행위를 선전하여 "전쟁에 임하는 인민군들의 사기를 진작시키고 전쟁을 승리로 이끌어"[11] 내려는 이 시기 북한시의 특징적인 경향을 잘 드러내는 것이

---

10) 홍용희, 「동상의 제국과 시인의 운명」, 『북한문학의 이해』, 청동거울, 1999, p.359.

다. 이와 유사한 작품으로는 불굴의 의지로 전투에 임한 인민 영웅 문용기의 행적을 '격동적인 음조'로 형상화한 「나팔수」가 있는데, 이 시들은 '영웅적 인물의 형상화'를 통해 인민군의 전투 의지를 강화한다는 점에서 '고상한 리얼리즘'의 창작 방법론을 충실히 반영하는 작품이라 할 것이다.

(3)의 시는 전후복구건설과 사회주의기초건설을 위한 투쟁시기의 작품이다. 전후복구건설시기의 시는 시대적 당면과제인 정권유지와 경제재건이라는 주제가 내용의 주조를 이룬다. 이 중에서도 특히 경제 건설과 관련된 주제는 보다 비중 있게 다루어진다. '권선기', '케블선', '찌날', '피복선', '동선트레' 등 산업 현장의 실제 도구들이 등장하는 위의 시 역시, 인민들의 근로 의욕을 고취시켜 경제 복구라는 시대적 당위에 부합하는 주제를 강조하고 있다. 이러한 시적 경향은 앞의 1), 2)항의 경우와 마찬가지로, 해방기에서 1960년대에 이르는 박세영의 시가 각 시기별로 나타나는 북한시의 창작 원칙에 일정하게 대응하고 있음을 보여준다.

2) 1960년대 이후의 문학적 행적

1960년대 이후의 북한 문학은 '유일주체사상확립'을 기저로 한 주체문예이론의 창작 지침을 충실히 수행한다. 북한 문학은 1967년을 기점으로 '사회주의의 전면적인 건설을 다그치기 위한 투쟁시기'와 '온 사회의 주체사상을 앞당기기 위한 투쟁시기'로 구분된다. 이 과정에서 북한의 문학은 60년대 전반, 혁명 전통과 정권의 정통성을 부각하기

---

11) 사회과학원 문학연구소, 앞의 책, p.211.

위한 일환으로 김일성의 '항일무장투쟁사 형상화' 작업을 전개하는데, 이는 이후 북한문학이 본격적인 수령형상화 작업으로 진행될 것임을 예고한다.

1960년대 이후 박세영의 작품 활동은 이 글의 서두에서 언급한 것처럼 현재 상세하게 알려진 바가 없다. 다만 정치·사상성이 우위에 놓여 있는 북한문학의 특수한 상황에서 그가 80년대 말까지 지속적으로 활동했다는 사실을 감안하면, 60년대 이후 박세영의 시는 당의 문예정책과 밀착되어 전개되었을 것으로 짐작된다. 장편 서사시『밀림의 역사』에 대한 북한 문학사의 평가는 이러한 추론을 뒷받침한다. 1962년에 발표된『밀림의 역사』는 김일성 우상화 작업의 일환에서 항일무장 투쟁사를 형상화한 대표적 작품으로 북한 문학사에 전해지고 있다. 이러한 사실은 1960대 이후 박세영의 시가 당의 문예정책에 따라 변모해가고 있음을 암시해 준다. 따라서 이후에 발표된 박세영의 시집들도 이러한 구도에서 크게 벗어나지 않을 것으로 여겨진다.

5. 나오는 글

이상에서 살펴보았듯이 프로문예운동시기부터 1980년대에 이르는 박세영의 시는 각 시기별로 일정하게 변모하고 있음을 알 수 있다. 초기 박세영의 시세계는 감상적 수준의 소박한 '경향파' 문학에서 점차 목적의식성을 강조한 프로시의 성격을 띠고 나타난다. 해방 이후 그의 시는 평화적 민주건설시기, 위대한 조국해방전쟁시기, 전후복구건설과 사회주의기초건설을 위한 투쟁시기 등, 각 단계에서 공포된 당의 문예 정책과 일정하게 대응하는 모습을 보여준다. 또한 장편서사시『밀림의 역사』에 대한 북한 문학사의 평가가 보여주듯, 1960년대 이후 박세영 의 시는 이 시기의 당면과제인 김일성 수령 형상화 작업을 충실히 수 행하고 있다. 이러한 연구 결과에서 박세영의 시는 북한문예이론의 창 작 지침에 민감하게 반응하며 전개되고 있음을 확인할 수 있다. 또한 이러한 사실에서 박세영의 시는 각 시대별 북한시의 특성을 분명하게 보여준다는 의미의 부여도 가능하다. 그러나 1960년대 이후 박세영의 문학적 행적은 현재까지 추론적 차원에서 진행될 뿐, 구체적인 연구 성 과를 기대하기에는 많은 한계를 안고 있다. 따라서 박세영 시의 보다 명확한 의미를 생성하기 위해서는 60년대 이후에 발간된 그의 나머지 시집에 대한 확보가 시급한 것으로 판단된다.

제3부

북한소설의 변화와 현실주제의 반영

| 1. 주체소설에 나타난 미세한 균열 |

| 2. 남한문학과 겹쳐 읽는 북한의 소설 |

| 3. 소재와 구성을 통해 본 북한소설의 향방 |

| 4. 북한소설에 나타난 청춘 남녀들의 사랑 |

| 5. 북한소설에 투영된 스승과 제자 이미지 |

| 6. 북한소설에 나타난 세대간의 갈등 |

*1*_첫 번째

주체소설에 나타난 미세한 균열

– 백남룡의 『60년 후』와 『벗』을 중심으로

1. 머리말

1980년대 북한 문학은 크게 두 경향으로 나뉜다.[1)]

---

1) 김재용은 80년대 북한 문학을 주제별로 구분하였다. 첫째 해방 후 혁명투쟁을 형상화한 문학, 둘째, 역사 주제의 문학, 셋째, 조국 통일 주제의 작품, 넷째, 사회주의현실 주제의 작품 등이 그것이다. 그가 주목한 사회주의현실 주제의 북한소설로는, 최상순의 「나의 교단」(1982), 김봉철의 「나의 동무들」(1982), 백남룡의 「60년 후」(1985)와 「벗」(1988), 김동욱의 「병사의 고향」(1982), 김삼복의 「세대」(1985)와 「향토」(1988), 조의철의 「정든 고향」(1984), 허춘식의 『야금 기지』(1986), 김교섭의 「생활의 언덕」(1984), 남대현의 『청춘송가』(1987), 이희남의 「여덟 시간」(1986) 등이 있다.(김재용, 「80년대 북한 소설문학의 특징과 문제점」, 『창작과 비평』, 1992년 겨울호 참조) 이 글에서는 김재용의 분류를 수용하면서, 이전의 작품 경향과 뚜렷하게 구분되지 않는 첫째, 둘째, 셋째 작품군과 80년대 문학의 새로움을 보여주는 넷째 작품군으로 나누어 고찰하려고 한다. 백남룡은 사회주의 현실 주제의 작품 성향을 가장 잘 보여주는 작가 중의 하나이기 때문이다.

먼저, 『불멸의 역사 총서』로 대표되는, 과거의 역사를 재구성하는 작품들을 들 수 있다. 이 계열의 작품은 항일혁명투쟁의 복원과 사회주의 건설의 당위성을 형상화하는데 주력하며, 사회주의 국가인 북한 정책의 일환으로 제작된 것이다.

다음으로 '사회주의 현실'을 다룬 작품들이다. 주체 문예이론에 입각하여 제작된 작품들이 대중성 확보에 실패하자, 절대적 과거에서 벗어나 실제 현실에서 인민들이 느끼는 애환이나 생활을 다룬 작품들이 등장하게 된다. 이러한 작품들은 기존의 이념적인 작품 경향에서 완전히 벗어난 내용을 담고 있는 것은 아니지만, 서민들의 실제 삶을 다룬다는 점에서 주체 문예이론에 입각한 기존의 작품들과는 미세한 차이를 보인다.

북한의 80년대 문학은 비적대적 모순에 바탕한 사회주의 건설의 문학이 주류를 이룬다. 이 시기는 문학예술의 자율성이 표출되어 주체 문예이론의 한계점이 드러나는 시기이기도 하다. 따라서 80년대 북한 문학은 주체사상에 순응하는 문학과 개인의 욕망이 표출되는 균열의 문학으로 양분할 수 있다. 직접적이지는 않지만 개인의 세속적 욕망이 표출된다는 점에서 후자는 주체사상과 미묘하게 갈등하는 문학이라 할 수 있다.

백남룡[2]은 '사회주의 현실'을 다룬 대표적인 80년대 작가라 할 수

---

2) 백남룡은 1949년 10월 19일 함경남도 함흥시에서 태어났다. 1964년에 고등학교를 졸업하고, 18세가 되던 1966년부터 10년 동안 장자강 기계공장에서 노동자 생활을 한 후 김일성종합대학을 졸업했다. 1979년 『조선문학』에 단편 「복무자들」을 발표한 이후 20여 편의 중, 단편을 발표하였다. 대표적인 작품으로 『벗』, 『60년 후』, 「생명」 등이 꼽히고 있다. 그 중 「생명」은 1985년 한 해 동안 북에서 창작된 작품들 가운데서 우수한 단편소설 다섯 편 중의 하나로 선정되어 '1985년도 성과작'이라는 표창을 받기도 했다. 백남룡은 등단 이후 '자강도 창작실'에서 창작을

있다. 그의 대표작 『60년 후』(1985), 「생명」(1985), 『벗』(1988) 등이 이 시기에 발표되었고 또한 그의 작품들은 80년대 북한 문학의 새로운 특성을 표출하고 있기 때문이다.

백남룡의 대표작 『60년 후』와 『벗』은 주체소설에 나타난 미묘한 변화의 흐름을 반영하고 있는 작품이다. 80년대 북한 문학을 이해하는데 있어서 중요한 점은 표면적으로 드러나지 않는, 아니 드러날 수 없는 개인의 무의식적 '욕망'을 밝히는 일이다. 북한소설이 소외시켜온 개인의 욕망을 포착하는 일이야말로 주체소설이 가진 경직성(한계)을 완화시킬 수 있다는 판단에서이다. 따라서 『60년 후』와 『벗』에 드러난 실제 북한 주민들의 삶을 통해 그들의 미세한 '욕망'을 밝히는 일은 주체소설의 한계와 가능성을 동시에 보여주는 것이기도 하다.

2. '대가정'에서 '소가정'으로

북한은 수령을 중심으로 하는 '대가정' 사회이다. 주체시대 이후 김일성, 김정일은 당 그 자체이거나 당에 앞서는 절대 존재로 군림하게 된다. 수령은 '어버이'이며, 당은 '어머니'로 표현된다. 따라서 수령의 혁명 역사를 발굴, 복원하는 작업은 중요한 문학적 전범이 된다. 수령과 인민의 관계는 '부모-자식'의 관계와 같이 직접적이다. 수령-당-인민의 관계는 정치 도덕적 윤리에 기초한 유기체적 생명체(혁명적 가족)로 비유된다. 『불멸의 역사 총서』계열의 작품들이 보여주는 거대한 서사

하다가, 현재는 평양에 있는 '4 · 15 문학창작단'에서 창작활동을 하고 있다.

적 화폭은 이를 잘 보여준다.

그러나 1980년대 이후, 지금까지 주체소설이 보여준 수령의 대가족사 복원과 사회주의 건설을 추동하는 내용은 생활에 밀착된 개인들의 삶을 다룬 이야기에 조금씩 자리를 비켜주고 있다. 이는 주체소설의 요구와 소설의 본질 사이의 미세한 균열을 보여주는 예라 할 수 있다.

이 장에서는 이러한 미묘한 변화를 염두해 두고 백남룡의 『60년 후』와 『벗』을 살펴보고자 한다. 『60년 후』는 퇴직을 앞둔 공장의 지배인 최현필이 겪는 삶의 문제를 다루고 있다. 이 작품에는 가정 생활과 직장 생활 사이의 갈등이 구체적으로 드러난다. 주인공 최현필은 가정보다는 사업(직장생활)을 중요시하는 인물이다. 아들이 '보이라' 사고로 목숨이 위태로울 지경인데도 그는 '보이라' 개조 공사를 미처 끝내지 못한 사실을 더 안타까워하는 인물이다. 이러한 최현필의 태도는 수령을 중심으로 뭉친 대가정인 국가의 사업을 개인의 가정 생활보다 우위에 두는 신념의 발현이다.

세월의 흐름과 자신의 늙음을 뚜렷이 인식하고서 마음의 준비를 갖추고 있던 일이였건만 정작 당하고 보니 갑자기 보람차던 생이 끝나버린 듯 서글퍼졌다. 사람이 공기속에서 살듯이 공장에 관한 크고작은 일들의 련쇄(연쇄) 속에서 살던 그의 머리는 텅 비고 외롭고 쓸쓸한 감정이 가슴을 채웠다. 인제는 공장과 수백명 로동자들 대신 늙은 안해(아내)와 아들만을 거느린 단출하고 적적한 생활이 앞에 있는 것이다.(백남룡, 『60년 후』, 한웅출판, 1992, p.18)

그에게 공장은 생의 전부였다. 최현필은 '늙은 안해와 아들'이 있는 가정의 울타리를 벗어나, '수백명의 로동자들'이 일하는 공장인 더 큰

216

가정에서 삶의 보람을 느낀다. 이러한 최현필의 사고는 비록 수령의 가족사를 복원하는 『불멸의 역사 총서』 계열의 작품과는 다소 거리가 있지만, 수령과 당을 중심으로 한 대가정인 국가의 사업을 중시한다는 점에서 위의 계열의 연장이라 할 수 있다.

그런데 『벗』의 주인공 정진우 판사는 가정과 사업을 각기 독립적인 영역으로 설정하고, 순희 부부의 갈등을 중개하고 있다. 특히, 그가 리석춘을 비판하는 대목은 주목을 요한다.

그러나 정진우는 채순희의 결함을 허영심이라고 박아놓고 싶지 않았다. 예술인 가수는 로동자와는 달리 직업적 특성으로부터 정신생활에서 허영심이 있을 수 있다.

… (중략)…

그렇다면 순희의 허영심이 과연 질적으로 나쁜 것인가?…… 그 녀자는 남편이 선반공이여서 불평하는 것이 아닌 것 같다. 남편이 십 년 전이나 오늘이나 정신생활에서 변화가 없이 따분하고 구태의연한 생활을 하기 때문이 아니겠는가…… 석춘이의 지성 정도나 리상은 신혼생활 때와 수평이거나 침체되는 것 같다. 그러면서도 생활에 대한 자기 만족에 차서 자존심을 세우고 있다. 거기에다 성실성이라는 울타리를 든든히 둘러치고 안해를 타매한다.…… 바로 이런 마찰에서 순희의 우월감과 절망적인 결심이 생긴 게 아닐까? 분쟁의 초점은 거기 있는 것 같다.

… (중략)…

공장에서의 성실성은 가정에서 화목의 바탕으로 될 수는 있어도 전부로 되지는 못한다. 애정관은 사업 말고도 정신생활영역의 많은 부분에 기초를 두고 있는 것이다. (백남룡, 『벗』, 살림터, 1992, pp.133-134)

정진우 판사는 십년 전 선반공 때의 지향과 현재의 지향 사이에 아무런 변화도 없는 석춘을 질타한다. 석춘은 십년 전 프레스공 처녀에 대한 사랑을 그대로 유지하고 있는 인물이다. 그러나 순희는 이제 프레스공이 아니라 이름 있는 중음가수로 정신문화적 면에서 크게 발전했다. 과학과 기술, 예술이 발전하였고 사회가 변했는데, 석춘은 시대에 뒤떨어진 목가적 사랑을 붙들고 있다. 이러한 석춘의 지향, 정신생활의 침체가 순희의 허영을 가져왔다는 것이다. 순희와 같은 젊은 여성의 이러한 요구는 높은 정신문명에 대한 갈망에서 나온 필연적인 것이다.

이러한 정진우 판사의 생각은 지금까지의 북한소설과는 다른 관점이다. 대가정이라는 국가의 이념에 개인의 가정이 종속되는 과거의 주체소설을 넘어, 『벗』에서는 가정이 국가의 개별적 생활단위로 독자적인 영역을 지닌다. 사회의 세포인 가정의 운명과 사회라는 대가정의 공고성은 긴밀한 연관을 갖는다. 이 작품에서는 가정과 사업이 거의 대등한 입장에서 제시되고 있다. 이는 채순희(가정)와 리석춘(사업, 국가)의 갈등이 어느 한쪽으로 투항하는 방식으로 화해되는 것이 아니라, 상호의 문제점을 인정하고 더 나은 미래를 설정하는 방향으로 해소된다는 점에서 드러난다.

『벗』의 채순희는 주체소설의 변화를 보여주는 문제적 인물이다. 그녀의 '낡은 과거가 여기에 무슨 상관이 있어요. 생활은 오늘이고 앞에 있어요.'라는 발언은 북한 체제의 현실적인 어려움을 잘 드러내준다. 이는 『60년 후』와도 사뭇 다른 관점이다. 이러한 순희 부부의 고민은 현실적인 생활에서 부딪치는 살아있는 갈등이다. 이들의 갈등은 구체적 삶의 터전인 가정의 소중함을 새삼 일깨워준다는 점에서 기존의 주체소설과는 다른 지점에 서 있다.

3. '과거'에서 '현재'로

주체소설에서 항일무장투쟁이나, 전쟁시의 영웅적 투쟁 그리고 전후 복구 사업 등 과거의 역사는 현재진행형으로 그려진다. 이러한 절대적 과거는 현실의 어려움을 극복하는 내부적 힘이 되었으며, 북한 사회를 유지하는 원동력이기도 하다.

그러나 주체형 인간상과 주체형 사회는 인공적으로 새롭게 창조되어야 할 미래형 과제이다. 이러한 새로운 과제는 절대적 과거의 전통을 바탕으로 제기되었다. 새로운 인간상과 새 사회의 이상은 그것에 위배되는 낡은 것 위에 세워진 것이다. 이러한 상황은 절대적 과거와 사회주의적 미래 사이에 현실의 문제가 소외된 형국이다. 따라서 주체소설에서 바람직한 현실의 모습은 수사의 공간에 존재할 뿐, 구체적 실제성으로부터 이탈되어 있다. 주체소설에서 과거의 규정력이 지닌 한계는 바로 여기에 있다.3)

주체소설을 추동하던 과거의 절대적 규정력은 80년대 이후 미묘한 변화를 보인다. 이제 일본 제국주의나 전후의 피폐한 현실, 그리고 미제국주의가 인민의 삶을 위협하고 있지 않다. 오히려 일상적 삶에서 발원하는 세속적 욕망이 북한의 체제에 미세한 균열을 내고 있는 것이다. 이 장에서는 주체소설에 드러나는 과거의 규정력이 현실의 문제로 전

---

3) 신형기는 북한 사회에서 과거가 답습될 수 있었던 물질적, 역사적 토대를 다음의 두 가지로 들고 있다. 첫째, 사회 변화의 동력이 될, 계급·집단간의 이해관계가 미분화된 상황에서 전개된 북한의 사회주의 혁명은 과거에 대한 반성적 기회를 차단하는 결과를 낳았다는 것이다. 둘째, 전쟁과 미국의 위협은 내부적 단결을 요구하게 되었고, 이는 내부적 변화를 제약하는 요인으로 작용했다는 것이다.(신형기, 『북한 소설의 이해』, 실천문학사, 1996, p.21)

화해 가는 과정을 『60년 후』와 『벗』을 통해 추적해 보기로 한다.

먼저 『60년 후』를 살펴보도록 하자. 이 작품에 드러나는 세대갈등, 관료주의, 사랑 등의 현실적 모순은 과거의 소중했던 추억, 자연의 아름다움, 어린이의 순수한 동심 등의 계기를 통해 해소된다.

최현필은 나이가 들어 지배인 자리를 은퇴하게 된 자신의 처지를 '푸른 싹이 고목으로 바뀌는 것'에 비유하면서, 이를 '세월과 자연의 법칙'으로 생각한다.

쏴--쏴--아--

여울물은 거품을 튕겨올리며 줄기차게 흐른다. 머나먼 산골짜기에서 시작된 간고하고도 환희로운 생의 영원한 노래를 부른다. 60년 후! 누구나 맞이하게 되는 인생말년의 노래를!

강변에는 어린 버드나무들이 서 있다. 등이 굽고 껍질이 꺼멓게 터갈라진 늙은 버드나무한테서 말큰한 잎새와 단단한 줄기, 탄력있는 가지를 물려받은 어린 버드나무들이다. 그것들은 푸르고 싱싱한 모습으로 태양을 향해 서 있다. (『60년 후』, p.263)

위의 인용문은 노세대와 후대의 조화를 '늙은 버드나무'에게서 잎새와 줄기, 그리고 가지를 물려받은 '어린 버드나무'로 비유함으로써 세대 갈등을 해소하고 세대교체의 필연성을 드러낸다. 이러한 자연에 동화된 삶은 순수한 어린이의 모습에 대한 동경으로 변주된다. 아버지의 건강을 염려해서 '제1호 보이라 공사'를 포기하려는 아들에게 모질게 질책을 하고 공장으로 돌아오는 최현필의 복잡한 마음은 부기사장의 아들 은철이와 기관장의 딸 순애를 만나며 맑아진다. '아이들의 티없이 천진한 웃음소리'는 그의 머리를 괴롭히던 잡념을 씻은 듯이 사라지게 한다.

이러한 자연의 순수함과 어린이의 천진난만함은 세대 갈등, 사업과 가족의 문제 등 현실적 어려움을 극복하는 계기로 그려진다. 또한 자연 친화적이고 과거지향적인 태도는 작품 속에서 아름다운 서정성을 표출하는데 기여하고 있다. 하지만, 현실의 구체적 갈등을 해소하기에는 미흡하다. 이러한 서정성은 미래지향적인 듯이 보이는 주체소설이 실제로는 과거에 고착되어 있음을 보여준다.

과거지향적인 태도나 자연친화적인 태도가 『벗』에서도 드러난다. 그러나 이 작품에서는 고통스럽지만 이러한 절대적 과거로부터 벗어나려는 인물들의 무의식적 욕망이 표출된다. 이는 주체소설이 소외시킨 고통스러운 현실을 직시하려는 의지로 이해할 수 있다.

남편과의 이혼을 결심한 순희는 '천진한 유년시절, 꿈 많은 소녀시절, 수줍음과 청초함이 꽃처럼 피던 처녀시절'의 고향집 '락수물 소리'를 회상한다. 어린 순희에게 락수물은 우주를 담은 조그만 물방울들의 생명체로 여겨졌다. 그러나 현재의 락수물 소리는 '번뇌와 절망에 싸여 있는 순희에게 어떤 가혹한 운명의 예고'를 하는 듯 느껴진다. 사람에게 차별을 모르는 자연도 지금에 와선 순희를 불행에서 헤어나오지 못하게 위협하는 듯 느껴지는 것이다.

"어머니……"
어데선가 울리는 귀익은 부름소리는 머나먼 어린 시절의 공상세계에서 헤매는 순희의 옷자락을 끌어당긴다.
"어머니?……"
순희는 모지름(모질음)을 쓰면서 소꿉놀이 친구들과 헤여져 추억의 안개를 헤치고 현실세계로 내려온다.

"자나?"

"응?……"

순희는 몸을 부르르 떨었다. 아들 호남이다. 어린 아들은 웃방과 아랫방 사이의 반쯤 열어놓은 미닫이 옆에 앉아 있다. 어슴푸레한 방안의 어둠 속에서 베개를 안고 웅크리고 앉은 아들애의 모습이 보인다. 륜곽으로서보다 어머니의 육감으로 본다. 아들애는 이 밤 웃방에 누운 제 아버지한테 갈지…… 어머니한테 갈지…… 결정을 내리지 못하고 망설이며 중간에 앉아 있다. 불을 끈지도 시간이 퍽 흘렀겠는데 그냥 앉아 있은 것을 보면 어덴가 제 아버지의 성미를 적지 않게 닮았다. 그것을 느끼면서도 순희는 어머니로서의 강렬한 애정을 누를 수 없었다.(『벗』, pp. 110-111)

순희의 회상 자체는 이제 더 이상 현실의 문제를 해결해주지 못한다. 머나먼 어린 시절의 공상에서 그를 부르는 아들의 목소리(현실)에 그녀는 고통스럽게 몸을 부르르 떨며 깨어난다. 순희의 심정을 대변하는 현재의 거친 빗줄기는 '추억의 세계에서 소중하고 아름다운 모든 것을 먼지처럼 씻어버리려고 끈덕지게 흘러 내'린다.

이러한 과거와 현재의 길항은 정진우 판사의 삶에서도 드러난다. 그는 리석춘과 채순희의 가정불화를 중개하면서 자신의 삶을 반성적으로 사유하는 열린 인물로 설정되어 있다.

"좀 힘들긴 하지만…… 그리고 가끔 불만스럽고 짜증나는 적도 있었지만…… 보람있는 생활이었소. 결혼 생활의 리상이…… 지향과 목표가 한걸음, 한걸음 이루어지는 것이 난 기쁘오. 연약한 당신이 그 참다운 연구생활에서…… 기나긴 탐구의 길에서 머리에 서리가 내리면서도 물러서지 않는 걸 보는 게 내게는 행복이요. 솔직히 말해서 지난날에는 이런 진실하고 깨끗한 동지적 감정을 품지 못했더랬소. 젊었을 땐 당신이 사랑스러워서 뒤바라지를 했고 다음엔 그저 남편이니 안해를 도와주어야 한다는 의무감이 앞섰더랬소. 그러다보니 남들의 아늑한 정상적인 가정생활을 부러워했고 목가적인 순수한 가정적 행복을 바란 적도 있었소.”(『벗』, p.208)

정진우는 당의 법률사상을 옹호 관철하는 사업과 아파트 3층에 꾸린 온실관리와 주부의 몫인 가사일까지 하면서, ‘가정생활의 리상으로써가 아니라 현실적인 몸’으로 늙어 온 자신의 삶을 되돌아본다. 고향 연수덕에 ‘남새’를 재배하려는 아내 은옥의 열정에 적극적으로 동조한 정진우의 결혼시절 언약과 의리는 생활의 현실적인 모습을 미처 고려하지 못한 태도였다. 오히려 그는 이러한 현실적인 어려움은 과거의 언약과 의리를 회상하고 되새기는 차원에서 해소되는 것이 아니라, 결혼시절의 지향과 목표를 현실 속에서 ‘한걸음, 한걸음’ 실현하는 과정에서 해결된다는 점을 깨닫게 된다. 이는 과거의 절대적 원칙이 현실의 구체적 생활 속에서 실현되고 있다는 점에서 주체소설의 관심이 ‘절대적 과거’에서 ‘일상적 현실’로 옮아가고 있음을 보여준다. 여기에서는 과거의 추억과 자연의 순수함이 현실 속에서 능동적으로 기능하고 있다.

4. ‘혁명적 사랑’에서 ‘개인적 사랑’으로

사랑은 인간의 생물학적, 유희적 본능을 규정하는 중요한 요소로,

누구도 침범할 수 없는 개인의 가장 내밀한 욕망이다. 따라서 주체소설에 드러난 사랑을 통해 우리는 지금까지 북한의 문학이 소홀히 해온 '욕망'의 한 단면을 살펴볼 수 있을 것이다.

1970년대 이후 주체소설이 추구해온 '주체형 공산주의자'는 정치적 생명(이성)을 육체적 생명(감성, 본능)보다 중시하는 새 인간형이다. 이들의 사랑은 '우리식 사회주의 건설'이라는 대의(정치적 과제)를 개인의 욕망보다 우위에 두고 형상화되어 왔다는 점에서 '혁명적 사랑'이라 지칭할 수 있다. 혁명적 사랑은 구체적인 개인의 욕망을 억압한다.

따라서 80년대 이후 주체소설에서 애정의 문제가 중심 소재로 채택되기 시작했다는 점은 중요한 의미를 지닌다. 이는 억압된 개인의 내밀한 욕망을 표면화하고 있다는 점에서 주체소설의 변화를 보여주는 징후이다.

이 장에서는 『60년 후』에 나타나는 정민과 진옥의 사랑, 『벗』에서의 석춘과 순희의 사랑을 비교, 고찰해보고자 한다. 이들 작품에는 북한 젊은이들의 사랑 방식과 그들이 겪고 있는 사회 현실의 미묘한 변화 과정이 보다 구체적으로 드러나 있다.

진옥과 정민은 어린 시절 고향에서 함께 오누이처럼 자란 친구사이였다. 학창시절이 끝나고 정민은 북방의 새 탄광개발지로 떠났다. 그리고 대학에 추천되어 열공학부를 졸업하고 '보이라' 기사로 배치되어 유치원 선생이 된 진옥과 다시 만난다. 이들의 사랑을 이어주는 끈은 '어린시절의 추억 속에 있는' 소중한 우정이다. '다정다감한 고향도시의 잊지 못할 추억을 한품에 안고 있는 진옥'을 정민은 사랑하는 것이다.

'보이라' 개조 공사를 하던 중 사고로 다쳐 누워있는 정민을 떠올리며 진옥은 동정과 연민, 공포의 감정에 휩싸인다. 목숨을 잃지 않은

224

것을 다행으로 여긴 첫 감정은 정민의 상처가 던지는 그늘로 하여 야릇한 공포를 불러일으킨 것이다. 이 공포의 감정은 진옥의 내면적 욕망을 진술하게 드러낸 것이다. 불구가 될지도 모르는 청년과 한 평생을 살지도 모른다는 불안감의 다른 표현인 것이다.

오빠인 마진호가 정민과의 결혼을 반대하자 진옥은 거기에 적극적으로 대응하지 못한다. 정민에 대한 미지근한 사랑과 이기적인 순종감 때문이었다. 진옥은 오빠인 마진호가 가지 못하게 하는 병문안을 가면서 '아버지의 친구에 대한 의리로서, 동무로서 찾아간다고' 스스로에게 다짐을 한다. 이러한 진옥의 감정은 '머나먼 산골짜기에서 시작된 애린 물줄기'라는 정민의 말을 떠올리며 고쳐진다.

자기 몸의 상처를 두려워하지 않는 사람, 당에서 바라는 것을 위해서라면 목숨을 바쳐서라도 해낼 각오가 있는 사람!…… 얼마나 훌륭하고 고상한 정신세계를 소유한 청년인가. 육체적 불구는 되어도 정신적 불구가 되지 않으려는 그 깨끗하고 충성스런 마음을 보지 않고 나는 무엇을 고민했던가. 진정한 사랑이 무엇인지도 모르고 사랑을 했었지.

진옥은 부끄러웠다. 어서 정민을 만나 동정과 의리심으로 찾아오던 속된 자기를 까밝히고 사죄하고 싶었다.(『60년 후』, p.123)

병원에서 정민은 투약 봉투를 모아 풀로 붙여서 도면을 만들어 '보이라' 공사일을 계속하는 열의를 보여준다. 이러한 소식을 간호원 처녀에게 듣고 진옥은 자신의 잘못을 뉘우치고 진정한 사랑의 감정을 느낀다.

이처럼 진옥의 내면적 갈등은 과거의 아름다운 추억과 정민의 당에 대한 헌신적 노력을 통해 극복된다. 결국 진옥은 사랑하기 때문에 한 남성을 선택하는 것이 아니라, 충성스럽고 믿음직하기에 어쩔 수 없이 받아들이는 수동적인 태도를 보여준다.

『벗』에 드러나는 리석춘과 채순희의 사랑은, 『60년 후』의 정민과 진옥의 사랑이 결실을 맺은 후 겪게 되는 보다 현실적인 갈등으로 볼 수 있다.

도 예술단의 성악배우이자 중음가수인 채순희는 시 인민재판소에 찾아와 이혼을 청구한다. 이유는 남편과 '생활리듬'이 맞지 않는다는 것이다. 강안기계공장 선반공인 남편 리석춘이 십년 전이나 오늘이나 정신생활 면에서 변화가 없이 따분하고 구태의연한 생활을 하기 때문이다. 채순희는 진옥과는 달리 진취적이고 적극적으로 자신의 주장을 펼친다.

"저는 남편에 대한 의무엔 충실했어요. 선반기 돌리는 걸 지구덩이를 돌리는 것만치 큰 일로 아는 그 사람의 뒤바라지(뒷바라지)를 고분고분 했고…… 5년씩이나 걸린 창안을 위해서 모든 걸 바쳤어요. 그 사람이 로임(노임)을 못 들여오건, 집을 돌보지 않건…… 다 참고 생활을 했어요. 하지만 남은 건 모욕과 허무감이고 고통뿐이예요. 제가 더 참고 견디면서 산다면 재판소에 안 올 수도 있을 거예요…… 아니, 아니…… 그럴 수 없어요! 인젠 더는 못 견디겠어요. 저는 가수예요. 노래를 사랑하고 관중을 사랑해요. 남편의 고통스러운 생활 때문에… 저의 리상을… 앞날을 희생할 수는 없어요."

"로임은 왜 제대로 들여오지 못했소?"

"창안을 하면서 숱한 오작(잘못 만든 물건)을 내고 공장재산에 손해를 끼쳤지요. 정직한 남편이니 변상을 한 거예요."

녀인은 씁쓸히 웃었다. 태연하고 어딘가 경멸에 가까운 표정이였다. 리혼소송의 본질적 주장이 금액상 문제가 있기나 한 것처럼 이야기가 번

226

져진 것을 부정한다는 속대사가 충분히 짐작되었다.(『벗』, p.20)

파경 직전까지 간 순희 부부의 갈등을 좀 더 살펴보자. 순희는 남들보다 더 번듯이 남편을 내세우고 싶어한다. 그녀는 과거에 머물기보다는 새로운 감정, 정서와 이상을 펼치면서 변화 발전하는 세계를 지향한다. 이는 '문화정서적' 욕구로 표출된다. 순희의 사고방식은 남편인 석춘에 의해 비판받는다. 석춘이 보기에 이러한 순희의 지향은 순박하지 못한 여성적 자존심, 직업에서 생긴 허영심에서 발원한 것이다.

이러한 순희와 석춘의 갈등은 세속적 욕망과 혁명적 지향 사이의 갈등이며, 신세대와 구세대의 갈등이기도 하다. 특히, 세대갈등이 부부 사이의 갈등(수평적 관계)으로 제시되고 있다는 점은, 새로운 세대의 생활적 요구가 '혁명적 사랑'의 이상과 대등할 정도로 심각하게 부각되고 있음을 보여준다.

이들의 갈등은 부부간의 의리를 처음 맺어주던 깨끗하고 순박한 사랑을 보존하면서, 그 위에 현실의 정신생활이 낳은 새로운 감정들로 사랑의 탑을 쌓아가야 한다는 점을 인식하면서 해소된다. 하지만 이러한 순희부부의 재결합은 '혁명적 사랑'에서 '개인적 사랑'으로 변모해 가는 주체소설의 변화까지를 숨기지는 못하고 있다.

5. 맺음말

지금까지 백남룡의 『60년 후』와 『벗』을 주체소설의 변모양상과 관련하여 살펴보았다. 이 작품들에 드러나는 가족문제, 현실과 생활의 문제, 남녀 간의 애정문제 등은 주체소설의 미세한 균열을 드러내는 하나의 징후로 이해할 수 있다. 물론 이를 주체소설 전반의 변화라고 단정하기는 어렵다. 그러나 개인의 욕망을 억압한 주체소설이 어느덧 스스로를 되돌아보는 자리에 서게 되었다는 사실은 부인할 수 없다. 이러한 욕망의 다양한 표출은 개인과 집단의 새로운 관계 정립이라는 과제를 주체소설에 던진다.

1967년 이후 등장한 주체문학은 '과거의 영광'을 되돌아보는 회고적인 문학이다. 이러한 경향은 1980년대 들어 조금씩 변모하기 시작한다. 가장 두드러진 점은 '과거의 영광'에서 '현실 생활의 문제'로 소설의 창작공간이 이동하고 있다는 점이다. 백남룡은 이를 대표적으로 보여주는 작가라 할 수 있다. 그의 작품『벗』은 남·북의 독자들에게 함께 사랑 받았다. 북에서는 인민들의 실제적인 관심과 현실적인 욕망을 표현했다는 점에서, 남에서는 주체소설의 경직성을 탈피한 사랑(이혼)의 문제를 본격적으로 다루었다는 점에서이다.

*2*_두 번째

남한문학과 겹쳐 읽는 북한의 소설

– 남대현의 『통일련가』론

1. 일방적인 체제 선전을 넘어서

'6·15공동선언실천을 위한 민족작가대회'에 참가하면서, 평양 고려호텔 서점에 들러 책 몇 권을 샀다. 여덟 살 된 딸아이를 위한 동화책, 남대현의 『통일련가』, 그리고 고전물인 『단군』, 『동명왕』 등이다. 구입하고 싶은 책들이 많았지만, 입국할 때 성가신 일이 생길지도 몰라 참기로 했다. 서울에 돌아와 아이에게 동화책을 건네주니, 단숨에 읽어 치웠다. 재미있다고 했다. 북에 대한 선입견이 없는 아이의 티 없이 맑은 모습에 마음이 푸근했다.

그리고 남대현의 장편소설 『통일련가』(문학예술출판사, 2005)를 읽었다.

이 작품은 북쪽으로 송환된 남쪽 출신의 비전향장기수 고광인 씨의 삶을 취재한 실화소설이다. 2003년에 이미 출간되었으나, 이번 작가대회를 계기로 재판을 찍은 작품이다. 이 작품의 저자인 남대현과, 취재 대상이 된 고광인 씨의 아내 정은옥 씨가 작가대회에 참여하여 화제가 된 바 있다. 남대현은 북한 청춘 남녀들의 사랑을 진솔하게 다루었다고 평가되는 『청춘송가』(1987)로 널리 알려진 작가다.

책 표지를 넘기니, ≪6·15공동선언실천을 위한 민족작가대회≫ 기념이라고 적혀 있다. 북한 문학의 변화가능성을 시사하는 대목이 많아 재미있게 읽었다. 우선 민족작가대회 기념으로 내 놓은 소설이라는 점에서 남측의 작가들에게 읽히기를 바라는 작품임을 알 수 있다. 남쪽의 독자들을 염두에 두었다는 것이다. 지금까지 북한의 문학이 일방적인 체제 선전을 중심으로 전개되었다면, 이 작품은 남과 북의 삶의 양상이 균형감 있게 제시되어 있다는 점에서 주목에 값한다. 이러한 균형감은 남대현의 남다른 작가적 이력에 많은 부분 빚지고 있는 듯하다. 남대현은 1947년 경상북도 안동에서 태어나 서울에서 초등학교를 졸업하고, 1960년 아버지가 있는 일본으로 건너가 수학하다가 17세에 북한으로 들어간다. 남대현의 삶은 '유년/남한 → 청소년/일본 → 청·장년/북한'이라는 궤적을 그리고 있다. 이러한 궤적은 남·북의 삶을 일정한 거리에서 바라볼 수 있는 계기를 제공하고 있다. 실제 『통일련가』의 <편집후기>에는 다음과 같이 기록되어 있다.

남조선과 일본, 공화국북반부에서 살아온 그의 생활이 말해주는것처럼 ≪청춘송가≫는 공화국북반부생활을, ≪태양찬가≫는 일본에 있는 재일동포생활을, 그리고 이번에 쓴 ≪통일련가≫는 남조선생활을 무대로

하고있다.(『통일련가』, pp.242-243)

물론 이 작품에서도 북한의 체제를 선전하고 있는 대목이 눈에 띈다. 하지만 체제 선전을 하고 있다는 사실 자체에 함몰되어서는 북쪽의 문학을 온당하게 이해할 수 없다. 이제는 체제의 정당성을 '어떻게' 드러내는가에 주목해야 한다. 남과 북 모두 자신의 체제를 포기할 수 없다. 체제를 포기했을 때, 흡수의 논리에 기반한 억압적 관계가 생성되기 때문이다. 이제, 서로의 차이를 객관화하고, 이 차이의 지점들을 공유함으로써 가까이 다가갈 수 있는 방법을 모색해야 할 때이다. 『통일련가』는 상대편의 입장을 객관적으로 제시하면서 자신의 정당성을 주장하고 있다는 점에서 시사하는 바가 크다.

필자는 민족작가대회에 다녀오면서 남·북의 실제적인 교류가 필요하다는 사실을 피부로 실감했다. 필자는 근 2년간 북한소설을 남측에 소개해 왔는데, 북측의 잡지나 남쪽에서 출간된 북한 문학을 읽고 남한의 독자들에게 리뷰하는 형식이었다. 이번에 평양을 방문하고 온 후 읽은 남대현의 『통일련가』는 그 실감이 달랐다. '百聞不如一見'이라 했던가. 우리 일행이 묵은 '평양 고려호텔'이 작품의 주된 배경이 되고(주인공의 숙소로 설정되어 있다), 거기서 내려다보이는 '창광거리'나 '천리마거리', 그리고 인물들이 산책하는 '평양역사 주변', '보통강 유보도' 등이 필자가 실제 보고 다닌 곳이라는 점은 이 작품을 대하는 느낌을 새롭게 했다. 평양 방문은 이렇게 북측의 문학을 보다 생생한 실감으로 끌어올 수 있는 계기가 되었다.

이 글에서는 『통일련가』를 남녘의 문학 혹은 남쪽의 현실과 겹쳐 읽으면서 북측의 문학이 어떻게 '타자(남한)'에게 성큼 다가서고 있는지를 고찰하고자 한다. 체제와 이념의 차이에 기인한 이질적인 문학을 성급하게 봉합하려 하기보다는, 차이를 인정하며 공유점을 찾아가는 '느슨한 연대'의 방식이 지금의 남·북 현실에서는 필요하다는 인식의 발로이다.

2. 남·북문학의 교차점을 향하여

『통일련가』의 주인공 '고광'의 삶은 문제적이다. 그는 1935년 전북 고창에서 태어나 6·25전쟁 때 16살의 나이로 유격대에 입대한다. 1956년 체포되어 33년이라는 긴 수형생활을 끝내고 출감하여 북한으로 송환된 비전향장기수이다. 남쪽이 고향이라는 점은 북의 이념과 일정한 거리감을 확보하게 한다. 고광의 어린 시절과 빨치산 생활 그리고 감옥생활과 출감 후의 삶은, 북측의 이념과 직접적으로 매개되어 있지 않다. 고광이 북쪽을 선택하게 되는 동기나 끝까지 신념과 양심을 지키게 되는 과정에서, 북한의 이념이 관념적·형식적으로 기능하고 있다는 점은 주목을 요한다. 오히려 해방과 전쟁 그리고 분단의 과정에서 드러난 부조리한 남쪽의 삶이 체제 선택의 주된 동기로 기능하고 있다. 주인공의 남쪽에서의 삶은 남한의 분단현실을 드러내는데 기여하고 있지, 북한 체제의 우월성을 일방적으로 선전하는데 바쳐지고 있지 않다는 것이다. 이 작품과 남한 문학의 몇몇 장면이 겹쳐지는 이유도 이와 무관하지 않다. 그만큼 이 작품 속에 드러나는 갈등의 양상이나 현실묘사가 핍진하다는 것이다.

이에 이 장에서는 『통일련가』를 남한의 작품과 겹쳐 읽으면서, 남·북 문학이 차이와 반복을 지속하는 교차지점에 주목하고자 한다.

마을사람들은 어떤 대소사가 있을 때는 물론 무슨 알고싶은 문제가 생길 때도 어김없이 아버지 고승훈을 찾아오군 했다.
《공산당이 좋다는기 참말이다요?》
《신탁통치가 뭐고 군정청이라는건 뭣이여?》
이런 정세에 대한 궁금증을 풀어주는것은 말할 것도 없거니와 앞으로 어떻게 살아야 한다는것까지 차근차근 알기 쉽게 설명해주었다.
… (중략)…
그러다가도 한잔 걸치기만 하면 걷어붙인 한쪽다리를 철썩철썩 때리며 《창부타령》이나 《장화홍련전》의 판소리가락도 멋들어지게 불렀는데 특히 그가 《춘향전》의 리별장면을 외울 때면 온 마을 아낙네들은 물론 조무래기들까지 다 모여들군 했다.
《……아이고 여보 도련님, 리별이 웬말이요. 이제 허신 그 말씀이 진담이요 롱담이요.》
슬픔에 겨워 몸부림치던 춘향이의 애원이 어느덧 호걸스런 리도령의 목소리로 변한다.
《……춘향아, 나는 간다, 너는 부디 우지 말고 로모하에 잘 있거라.》
근엄하던 그의 표정이 이번엔 사색이 된 춘향이의 모습으로 바뀌진다.
《춘향이, 일어나서 한손으로 나귀정마 부여잡고 또 한손으로 등자디딘 도련님 다리잡고 아이고 여보 도련님, 날 다려가오. 날 다려가요. 아니, 얘 향단아, 건넌방 건너가서 마나님께 여쭈어라. 도련님이 가신단다. 이 춘향이 사생결단한다고, 죽는줄이나 아시래라. 아이고 도련님, 도련님…… 구궁탁궁딱, 따다다닥……》
북장단에 어우러진 그의 소리가락이 잦아들 때면 아낙네들은 늘때국

물이 재들재들한 소매깃으로 눈굽을 찍어대기가 일쑤였다.

≪확실히 우리 말 세포위원장이 범인은 아닌거. 일반 사람들은 알지도 몬하고 할수도 없는 일을 척척 헤제끼는거라.≫

≪저 훤한 이목구비만 보드라꼬. 마음만 먹으면 꼭 해내고야 만당께.≫

이런 말을 들을 때마다 광이는 자기에게는 매우 엄격한 아버지지만 더없이 존경이 가면서 앞으로는 아버지말씀을 더 깊이 명심해야 하리라는 결의에 넘치는것이였다.(『통일련가』, pp.10-11)

누구 음성이었을까, 생전 처음 들어본 그 구성진 가락은. 석탄 백탄이 타는데, 연기만 펑펑 나는데…… 이 내 가슴 타는데, 연기가 하나도 안 나는데…… 나는 키가 모자라 사람 다리만 빽빽한 쪽마루에 비비대고 올라가 넘어다보았다. 그리고 놀랐다. 놀라지 않을 수 없던 것이다. 한 손으로 주안상 가장자리를 두들겨가며 앉아서 노래하는 어른, 코와 눈이 그렇게 크고 음성 또한 굵직한 신사. 그이는 아버지였다. 나는 가슴이 벅차올라 숨조차 제대로 쉴 수가 없었다. 황홀하기도 하고 의심스럽기도 하여 얼마를 두고 뚫어지게 바라보았으나 분명 아버지였다. 당신으로서는 도저히 있을 수 없는 일에 도취된 모습이기도 했다. 우선 석공네 울안에 들어왔다는 사실이 현실 같지 않았고, 노래를 하는 것도 사실일 수가 없으련만, 모든 것은 눈에 보인 그대로였다. 아버지는 안팎 동네 어느 누구네 집도 울안은 들어가본 적이 없는 터였다.

… (중략)…

아버지가 술잔을 받아들자 신서방은 일어서며 노래를 부르기 시작했는데 아, 나는 그때 또 한번 크게 놀라고 말았다. 다시 한번 뜻하지 않은 일이 벌어졌음이니 그것은 아버지가 일어서서 어깨춤을 추기 시작한 거였다. 그때까지 내가 알고 있던 아버지는 그렇게 평범한 사람이 아니었다. 할아버지 앞에서는 항상 무릎 꿇고 조아려 공손하기가 몸종과 다름없었지만, 처자 앞에서는 단란하고 즐거워 웃더라도 결코 치아를 내보

인 일이 없게 근엄하되, 한내천 백사장에 강연장이 설지되면 뜨내기 장
돌뱅이까지도 전을 걷어치울 정도로 수천 군민이 모여들게 마련이었으며,
산천이 들렸다 놓인다 싶게 불뿜듯 웅변을 했는데, 그때마다 청중들로부
터 천둥보다 더 우렁찬 환호와 박수 갈채를 얻고 당신을 알던 모든 사람
들한테 선생님이란 경칭을 받았던, 저만치 멀리로 건너다보이며 어렵기만
한 사람이었다. 어디 그럴 법이 있을 수 있단 말인가. 남의 집 울안 출
입에 노랫가락과 어깨춤…… 신기함과 경이로움을 주체하지 못해 나는
몹시 당황했지만 그러나 그런 거북스러움도 슬몃슬몃 가셔지고 있었다.
(이문구, 「공산토월」, 『관촌수필』, 문학과지성사, 1977, pp.172-173)

『통일련가』의 주인공 고광의 아버지나 『관촌수필』에 나타난 화자
의 아버지는 해방과 전쟁으로 이어지는 이념의 격전장에서 좌익 이데
올로기를 선택한 인물이다. 어린 화자의 눈에 비친, 아버지의 모습은
좌익 지식인을 다루는 남과 북의 차이를 선명하게 보여준다.

북의 입장에서는 아버지의 인간적인 모습과 지사적 풍모를 거리낌
없이 형상화할 수 있다. 아버지의 좌익 이데올로기는 북의 체제와 갈등
하고 있지 않기 때문이다. 이에 아버지는 마을 사람들의 "정세에 대한
궁금증"을 풀어줌은 물론 "앞으로 어떻게 살아야 한다는 것까지" 거침
없이 발언하고 있으며, 더불어 "한잔 걸치기만 하면" 판소리가락을 통
해 주민들과 스스럼없이 하나가 된다. 공적인 모습과 사적인 모습이 갈
등하지 않는 '영웅적 인물'로 그려지는 것이다.

하지만, 남쪽의 문학에서 다루어지는 좌익 지식인의 모습은 다르다.
인용문에서 드러나듯, 아버지는 화자에게 어렵고 무서운 존재로 인식된
다. 아버지의 인간적인 모습, 즉 노래를 부르고 춤을 추는 모습이 화자
에게는 '신기로움'과 '경이로움'의 이미지로 다가오는 것도 이 때문이

다. 이는 남의 이데올로기와 좌익 이데올로기 사이의 거리를 상징한다. 아버지의 인간적인 모습이 "생전 처음 들어본 그 구성진 가락"으로 기억된다는 점은, 반공이데올로기에 의해 좌익 이념이 타자화되는 모습이라 할 수 있다. 좌익 지식인은 사적인 개인의 모습으로 그려지기보다는 "저만치 멀리로 건너다보이는 어렵기만 한" 공적인 이미지로 그려지고 있다. 이는 사적 개인의 신념으로 내면화될 수 없었던 좌익 이데올로기의 운명을 시사하는데, 여기에서는 공적인 모습과 사적인 모습 사이의 괴리로 표출된다. 그렇기에 아버지의 인간적인 모습은 화자에게 충격으로 다가오는 것이다.

좌익 지식인이 사뭇 다르게 형상화되어 있다 하더라도, 판소리가락이나 민요를 통해 기층 서민들과 교감하고 있다는 점은 이데올로기적 이질감의 저류에 문화적인 동질감이 면면히 이어지고 있음을 보여준다. 이렇게 『통일련가』와 『관촌수필』을 겹쳐 읽으면서 남·북 문학의 실질적인 교류에 대한 한 시사점을 얻을 수 있었다. 홍석중의 『황진이』(2002)를 통해 우리는 남북 문학 교류의 물꼬 하나를 튼 바 있듯이, 서로에게 민감한 체제나 이념의 차이를 부각시키기보다는 문학(민족문학의 동질성 회복의 매개체로서의 언어)이라는 매개항을 충분히 살리는 방향에서 논의를 전개시킬 수 있다. 서로에 대한 이해를 바탕으로, 서로가 공유할 수 있는 영역에서부터 만남의 장을 마련해야 할 것이다. 고전문학(판소리/민요 등), 해방 이전의 문학, 역사물, 아동문학 등을 통한 만남이 그 예가 될 수 있을 것이다.

다음으로, 고광이 아버지의 주검을 확인하는 장면은 김원일의 「어둠의 혼」과 겹쳐 읽어 보았다.

236

그런데 그 아버지가 체포됐다는 청천벽력같은 소식이 날이들었다.

광이는 한달음에 30리가 넘는 군경찰서로 달려갔다. 벌써 경찰서 앞 뜰에 있는 아름드리 팽나무주변에는 숱한 사람들이 어깨성을 쌓고 있었 다. 무작정 사람들짬을 비집고 들어선 광이는 눈앞에 펼쳐진 뜻밖의 광 경에 소스라치지 않을수 없었다.

차마 눈을 뜨고 볼수 없는 참상이였다. 세사람이 팽나무에 결박되여 있는데 누가 누군지 얼굴조차 분간할수 없었다. 온통 터지고 깨지고 짓 이겨진 모습이였다. 제대로 보이는건 허연 목뿐이였다. 분명 두목급 ≪빨 갱이≫들이라 하여 나무에 묶어놓은채 여러놈이 총창, 총탁으로 얼굴을 마구 내리찍은게 헨둥했다.

그렇지만 광이는 아버지를 알아보았다. 목에 할퀸 자리와 팔굽의 인 두자리, 특히는 자기를 안아둘 때마다 마구 비벼대던 그 턱수염으로 아 버지를 알아보았던 것이다. 아버지앞에 어푸러진 그는 목터지게 부르짖었 다.

≪아버지!-≫

… (중략)…

늘어진 아버지의 시신을 둘쳐업기 바쁘게 그는 산으로 향했다. 이 처 참한 모습을 어머니에게 보이지 말아야 한다는, 아니 보이지 말아야 한 다는 한가지 생각뿐이였다. 대신 자기 혼자 똑똑히 보고 똑똑히 기억하 고 백배, 천배로 복수해야 한다는 그 일념뿐이였다.(『통일련가』, pp.25-26)

"이거다. 이게 니 아부지의 시체다. 똑똑히 보았제. 앞으로는 절대 아 부지를 찾아서는 안 된다. 알겠제." 이모부는 말한다. 그리고는 내 손을 놓고 가마니를 훌쩍 뒤집는다.

아, 나는 볼 수 있었다. 달빛 아래 희미하게 드러나는 아버지의 처참 한 얼굴을. 반쯤은 피에 가려 있고 나머지 부분은 하얗게 바래 버린 찌 그러진 얼굴, 죽은 아버지의 눈은 부릅뜨고 있었다. 턱은 퉁퉁 부어 있 고, 입은 커다랗게 벌리고 있었다. 아버지가 저렇게 되다니. 나는 믿을

수가 없다. 아버지가 아닌, 다른 사람인 것만 같았다. 낡고 검은 국방복의 저고리 단추가 풀어진 사이로 보이는 아버지의 가슴, 나는 어릴 때 그 가슴에 안겨 얼마나 재롱을 떨었던가! 그런데 이제 아버지의 가슴은 그 무서운 보랏빛으로 변하고 말았다. 축 늘어진 어깨와 아무렇게나 내던져진 두 팔, 아버지는 분명 잠을 자고 있는 것이 아니었다.

나는 그 자리에 서 있을 수 없다.

"죽다니, 저렇게 죽고 말다니!"

나는 흐느낀다. 이모부가 내 팔을 잡는다. 나는 사납게 뿌리친다. 그리고 내닫기 시작한다.

… (중략)…

어린 나에게 너무나 큰 수수께끼를 남기고 죽어 버린 아버지의 일생을 더듬을 때 나는 알 수 없는 두려움 때문에 사시나무처럼 떤다. 그와 더불어 나는 무엇인가 깨달은 느낌을 가지게 되었다. 그 느낌을 꼬집어 내어 설명할 수는 없었으나, 이를테면 살아 나가는 데 용기를 가져야 하고 어떤 어려움도 슬픔도 이겨내야 한다는 그런 내용의 것이었다. 모든 것이 안개 속 같은 신기한 세상, 내가 알아야 할 수수께끼가 너무나 많은 이 세상을 건너갈 때, 나는 이제 집안을 떠맡는 기둥으로서 힘차게 버티어 나아가지 않으면 안 된다. 이런 굳은 결심이 나의 가슴을 뜨겁게 적시며 뒤채이는 눈물을 달래고 있음을 느꼈던 것이다.(김원일, 「어둠의 혼」, 『연』, 나남, 1985, pp.97-98)

고광의 아버지 고승훈은 광복 후부터 타오르기 시작한 좌익 운동의 선두에 서서 리세포위원장을 지낸 인물이다. 아들에게 '인자무적', '군자대로', '대로무문'(원래는 '대도무문'이나 '도'를 '도둑'으로 오해할 우려가 있어 '대로무문'으로 고쳐 가르쳤다)으로 대변되는 유교적 가치관을 강조했던 아버지는, "이편 아니면 저편으로 대쪽 갈라지듯" 대립한 해방공간에서 늘

피해 다니는 쪽이었다. "사람은 큰 길을 가야한다. 그게 옳은 길이다"
라고 가르쳤던 아버지에게, 아들은 왜 피해 다니냐고 묻는다. 아버지는
"이 놈의 시상은 큰 길이 되려 잘못된 길이고, 적이 없는 사람이 잘못
된 놈"이라고 대답한다. 이러한 아버지가, 무한히 어질어야 한다는 당
위와 그래서는 살아갈 수 없는 현실 사이에 끼여 무참하게 살해되자,
"어리고 착한 아이였던" 아들은 아버지의 원수를 갚기 위해 유격대에
입대한다. 권선징악의 이분법적 사고는 내면적인 갈등을 수반하지 않기
에 유격대에 지원하는 그의 선택에는 일말의 망설임도 들어설 여지가
없다.

　「어둠의 혼」의 화자 '갑해'의 아버지 또한 좌익 지식층의 한 사람
으로, 해방공간의 혼란한 이데올로기 폭풍에 휘말려 빨갱이로 낙인 찍
혀 죽임을 당한다. 그런데 갑해에게 아버지의 죽음이 인식되는 과정은
『통일련가』의 고광과 다르다. "어린 나에게 너무나 큰 수수께끼를 남
기고 죽어 버린 아버지의 일생"이나 "모든 것이 안개 속 같은 신기한
세상, 내가 알아야 할 수수께끼가 너무나 많은 이 세상" 등의 표현에
서 알 수 있듯이, 갑해에게 좌익 이데올로기는 "알 수 없는 두려움"으
로 다가온다. 그리고 "꼬집어 내어 설명할 수는 없"으나 "살아 나가는
데 용기를 가져야 하고 어떤 어려움도 슬픔도 이겨내야 한다는" 깨달
음, 즉 "이제 집안을 떠맡는 기둥으로서 힘차게 버티어 나가"야 한다
는 인식을 불러일으킨다.

　아버지의 죽음은 아들에게 사뭇 다른 영향을 미치고 있는데, 북측
에서는 사적 의미의 가족을 뒤로 하고 더 큰 가족(이념/체제)을 찾아 떠
나는 것(빨치산 생활)으로, 남측에서는 붕괴된 가족을 지탱하기 위해 스스
로 가장이 되는 것으로 나타난다. 북쪽에서는 좌절된 이데올로기를 계

승·발전시켜 새로운 국가를 건설하는 방향으로, 남쪽에서는 좌익 이데올로기를 내면화하면서 성장하는 방향으로 전개된다.

이렇듯, 민족사의 비극이 매개된 공통된 체험(좌익 아버지의 죽음)에 대응해 가는 방식이 이질적이다. 이러한 차이는 남·북이 선택한 이데올로기의 상이함에서 기인한다. 그러나 각각의 체제를 떠받치는 공통의 체험으로 좌익 지식인의 비극적 죽음이 가로 놓여 있다는 사실을 인식하는 것은 중요하다. 역사 속에 묻혀 졌던 좌익 지식인들의 삶이 정당하게 복원되고, 나아가 이들을 형상화하는 방식에 대한 구체적이고 실질적인 연구가 진행된다면, 남과 북은 서로의 차이를 좁혀갈 수 있는 한 계기를 마련할 수 있을 것이다.

그리고 이어지는 고광의 빨치산 생활은 정지아의 『빨치산의 딸』, 조정래의 『태백산맥』, 김원일의 『겨울골짜기』, 이병주의 『지리산』, 이태의 『남부군』 등과 겹쳐지는 부분이 적지 않다. 남한이나 북한이나 '빨치산 문학'은 분단 문학의 한 주류를 형성해 왔다. 이에 대한 구체적 분석은 다음의 기회로 미룬다. 다만, 『통일련가』에서 다뤄지는 고광의 '빨치산 체험'은 기존의 북한문학에서 다뤄졌던 혁명전통과 어느 정도 거리감을 가지고 있다는 점을 밝혀둔다. 계속 싸울 것인가, 아니면 열악한 조건 속에서 미래의 투쟁을 기약하며 현실과 타협할 것인가의 문제가, 다양한 인물 군상들을 통해 사실적으로 형상화되고 있기 때문이다. 이러한 점은 남한의 '빨치산 문학'과 함께 다루어질 수 있는 중요한 요소라 할 수 있다.

다음으로, 체포된 고광이 감옥에서 외롭게 투쟁하는 모습은 『오래된 정원』에서 현우가 진술하는 수감생활과 유사하다. 단식은 보다 나은 삶을 위해 죽음을 담보로 투쟁하는 방식이다.

단식 사흘째가 되자 관례대로 강제급식이 시작되였다. 강제급식을 당할 때마다 광이는 자기가 완전히 덫에 걸린 짐승이라는 생각이 들었다. 발버둥칠수록 덫은 더욱 고통스럽게 온몸을 조여들었다.

한놈이 턱을 움켜쥐고 목을 잔뜩 뒤로 젖히면 다른 놈이 제격 입에 쐐기를 틀어박았다. 혀끝에 느껴지는 껄끄러운 나무의 감촉과 함께 미끄러운 호수가 목구멍에 틀어막히면 대뜸 왁하고 구역질이 치밀어올라 배속에 있는 것을 토해놓기 시작했다. 토할 때 나무쐐기가 빠지는 순간 다시 이발을 사려물고 고개를 비틀면 이번에는 거품같은 미음이 코구멍과 눈두덩우로 마구 흘러내렸다.

… (중략)…

어떤 땐 배가 고파 사과씨, 수박껍질까지 다 씹어먹던 자기가 오늘은 죽물 한모금마저 넘기지 않겠다고 발버둥치는 처사, 정녕 사람으로 산다는 것이 이렇게도 가혹한 모순에 차있고 이다지도 괴로운 고통에 시달려야 한단 말인가!(『통일련가』, p.126)

의무실 근무의 담당이 간병을 앞세우고 다른 교도관 몇 사람과 함께 문을 열고 달려든다. 멀건 죽을 고무용기에 담아 호스를 입안에 넣고 연신 용기를 주물러 죽이 목구멍 속으로 넘어가는 걸 확인한다. 위 투시경을 목구멍 너머로 넣을 때처럼 숨이 막히고 코로 죽이 넘치고 하는 고통은 그래도 낫다. 다른 것보다도 마치 강간을 당하는 것 같은 굴욕감과 수치심 때문에 항의 단식 중이던 수형자는 눈물을 흘리며 운다. 그는 문이 닫히자마자 토하고 또 토하지만 목젖에 닿은 밥 알갱이들의 매끈한 감촉과 혀끝에 남아 있는 구수한 맛을 잊지 못한다. 일단 그의 몸안에서 경계선이 무너진 것이다.(황석영,『오래된 정원(하)』, 창비, 2000, pp.68-69)

고광은 감옥생활초기에는 허기를 참기가 힘들었지만, 이후 생활에서는 "인간 이하의 모멸감" 때문에 고통스러워한다. 전향하지 않는다는 이유로 동물처럼 취급받아야 하는 비참한 굴욕을 삶으로 받아들여야 하는 현실이 안타까운 것이다. 이러한 고통이 위의 인용에서 잘 드러난다. 단식을 저지하는 강제급식은 "배가 고파 사과씨, 수박껍질까지 다 씹어먹던 자기가 오늘은 죽물 한모금까지 넘기지 않겠다고 발버둥치는", "사람으로 산다는 것"의 '가혹한 모순'을 실감케 한다. 고광의 삶은 이러한 굴욕을 끝까지 버텨내며 신념과 양심을 지키는 모습으로 그려진다.

이러한 고광의 모습은 『오래된 정원』의 수형자와 그리 멀지 않다. 다만, 고광이 평면적 인물에 가깝다면, 현우는 입체적 인물에 가깝다. 멀건 죽을 고무용기에 담아 호스를 주물러 목구멍으로 넘길 때, 강간을 당하는 것 같은 굴욕감과 수치심 때문에 항의 단식 중이던 수형자는 눈물을 흘리며 운다. 그는 토하고 또 토하지만 목젖에 닿은 밥 알갱이들의 매끈한 감촉과 혀끝에 남아 있는 구수한 맛을 잊지 못한다. 그의 몸 안에서 의식과 몸의 경계선이 무너진 것이다. 이러한 단식과 강제급식은 급진적 이념이 붕괴된 틈새로 스며드는 개인의 내밀한 욕망을 여실히 보여준다. 이렇듯, 정도의 차이는 있지만 감옥에서의 수감 장면은 인간다움을 향한 눈물겨운 투쟁의 방식을 보여준다.

이렇게 남쪽의 문학과 북측의 작품을 대비해서 인용해 보니, 남·북 문학의 거리가 철자법의 차이라는 구체적인 실감으로 다가온다. 『통일련가』의 인용문을 컴퓨터 화면에 타이핑하니, 남쪽의 작품보다 붉은 색 밑줄이 더 많이 그려진다. 철자법의 차이로 인해 발생하는 이 붉은 색 밑줄은 문학적 분단선의 하나라 할 수 있다. 붉은 색 밑줄을 새삼 확인하며 분단선이 그리 두텁지만은 않다는 사실에 다소 위안을 얻는

242

다. 몇몇 단어에 표시된 분단선이 의사소통에 크게 지장을 주지는 않기 때문이다.

이러한 분단선 너머에서 양자를 손짓하는 듯한 남측 문학의 표정이 있어 인용해 본다.

> "솔직히 말하면 우리보다도 전향한 분들이 더 많은 어려움을 겪고 있잖소. 대한민국 정부가 따뜻하게 맞아주냐 하면 오히려 그 반대이지 않습니까. 전향자에게도 똑같이 빨갱이의 낙인을 찍고 보안관찰법의 족쇄를 채워 끊임없이 감시의 눈길을 번뜩이지 않소. 창살 없는 감옥에 사는 거 아닙니까. 경제적 능력이 제로인 전향 장기수들을 지원 하나 없이 맹수 같은 자본주의의 법칙에 맡겨놓으니 모두들 기아선상에서 헤매고 있는 것도 사실이고요."
>
> 그런 태도는 북이라고 해서 나은 것은 하나도 없다. 혁명의 배신자, 혁명을 팔아먹은 사람으로 낙인찍고 남파한 사실조차 없다고 한다. 김길만은 남북 어디에도 뿌리내리지 못하고 방황하는 자신들의 처지를 알아주는 최선생이 고마웠다. 비전향 장기수들 중에서 자신을 동지로 불러주는 사람은 최선생말고는 아무도 없었다. 그들만이 의인인 것이다.(김하기, 「미귀(未歸)」,『복사꽃 그 자리』, 문학동네, 2002, pp.214-215)

인용문은 북쪽으로 송환이 결정된 비전향장기수 '최해종'이 전향한 장기수 '김길만'에게 하는 말이다. '대한민국 정부'나 '북' 어디에서도 환영받지 못하는 전향자에 대한 따스한 시선이야말로, 남과 북이 이질성을 넘어서는 한 지점이라 할 수 있으리라.

고광과 같이 양심과 신념을 끝까지 고수한 인물은 존경받아 마땅하다. 이러한 사람들에게 보내는 찬사와 격려는, 신념을 고수하기가 그만큼 어렵고, 또 그러한 사람들이 드물기 때문이다. 하지만 누구도 다른 사람들에게 비전향장기수와 같이 살라고 강요할 수는 없다. 오히려 「미귀(未歸)」의 주인공 김길만 씨처럼 전향한 장기수가 더 많다고 보는 것이 인지상정(人之常情)이다. 보다 많은 사람, 나아가 보통사람들까지 따스하게 감싸 안아주는 작품이야말로 남과 북이 함께 지향해야 할 문학이 아닐까.

3. 혁명적 사랑의 담론을 넘어

『통일련가』에서 빼놓을 수 없는 것이 사랑에 대한 담론이다. 특히, 고광과 희애의 사랑은 여러 번의 굴곡을 거치는데, 이러한 굴곡은 고광의 인간적·내면적 갈등과 겹쳐지면서 작품의 밀도를 높여준다.

먼저, 고광과 희애 사이의 사랑이 싹트는 '빨치산 시절'로 시선을 옮겨보자.

≪미역? 정신 나갓나, 저 폭포밑엔 소가 있는디 명주꾸리 세개를 풀어넣어도 모자란디야. 여기가 매해 사람 하나씩은 꼭꼭 잡아묵는 곳이여!……≫

그러나 희애는 벌써 옷을 활활 벗어던지고있었다.

≪보지마!≫

어느새 봉긋한 가슴우에 두손을 포개얹은 그가 이쪽을 힐끔 돌아보며 되알진 소리로 웨쳤다. 하얀 등살이며 밋밋한 허리가 눈부리를 화끈하게 지지는 바람에 광이는 얼른 바위뒤에 가붙었다.

244

… (중략)…

≪쥐가…… 다리에 쥐가 오른겨……≫

≪쥐가? 어디?≫

하지만 광이는 그만 굳어지지 않을수 없었다. 그제야 자기가 몸에 실오리 하나 걸치지 않은 희애를 안고있다는것을 알았기때문이였다. 파아란 물결속에서 일렁이는 처녀의 젖가슴이며 백옥같이 하얀 살결을 내려다보는 순간 정신이 휘-도는것 같았다. 매끌매끌한 알몸뚱이를 안고있는 손이 불에 덴것처럼 점점 달아오르기만 하는데 버둥질하는 처녀를 놓으려 해도 어떤지 두팔이 전기에 감전된 듯 풀어지지 않았다.

어쨌던 그날 광이는 손에 자개바람이 일 때까지 희애의 종아리를 문질러댔다…

그때부터 그들은 마치 자기들이 오누이라도 되는 듯 한 친밀감, 아니 한순간에 소년, 소녀시절을 뒤에 남기고 갑자기 어른으로 성장한 듯 한 감을 느끼게 되였던것이다.(『통일련가』, pp.42-43)

다소 선정적이기까지 한 위의 대목은 광이가 희애의 '알몸'을 통해 '소년'의 딱지를 떼고 '어른'으로 성장하게 되는 장면이다. 이 일 이후 광이와 희애는 "와 장가를 안가? 희애가 있는디."(광이) "피-누가 지 각시된디야?"(희애)라는 농담도 스스럼없이 할 정도로 가까워진다. 광이는 희애만 마주하면 아무리 괴롭고 울적할 때도 활기가 돌면서 웃음이 나오곤 했는데 그때면 그녀의 몸에서 넘쳐나는 생기와 활력이 어느새 자기 몸에 옮겨지는 것 같은 느낌을 받는다. 단순히 북쪽으로 가기 위해 입산한 희애는 승옥의 아이 성칠이가 동지들을 위해 희생되는 사건을 계기로 유격대원을 지원한다.

광이와 희애의 사랑은 다음의 에피소드를 통해 한층 여물어 간다.

전투에서 부상당한 광이를 위해 희애는 동지들 몰래 비축한 양식을 가져온다. 광이는 분노하며 희애의 뺨을 후려치기까지 한다. "빨치산생활은 없을 때는 없어서 배를 곯았고 있을 때는 아끼느라고 배를 곯았다. 식량이 있다는것만으로도 마음이 든든했는데 그래서 더 아끼게 되는것이었다. 그런데 희애가 제 맘대로 퍼낸 것이다. 그것도 동지들이 없는 때." 광이를 향한 희애의 사랑이 예상하지 못한 결과를 초래한 것이다. 광이는 희애의 행동에서 '모욕과 분노'를 느꼈고, 그것이 희애에게는 "견딜수 없는 슬픔과 원망이 되어 가슴에 새겨"진다. 그날 밤 자신의 행동을 뉘우친 희애는 광이를 찾아온다. 광이와 희애는 "자기가 바쳐야 할 진정한 사랑에 대한 무한한 동경"을 품고 동지적으로 결합한다. 하지만 이러한 결합이 북한에서 생각하는 혁명적 사랑에는 미치지 못하고 있음이 서서히 밝혀진다.

전투 상황이 점점 어려워지자 소대장이던 기태가 "희생을 피하면서 래일의 투쟁을 준비"한다는 명분으로 산을 내려간다. 소대장의 역할을 이어받은 광이는 부대를 이끌고 '덕유산' '로동무'를 찾아가다 체포된다.

이어 광이의 긴 투옥생활이 시작되는데, 이 과정에서 드러나는 사랑의 담론은 주인공의 내면적 갈등과 겹쳐지면서 작품의 리얼리티를 부여하는데 기여하고 있다.

먼저, 희애의 삶을 재구성해보자. 희애는 전향을 한다. 전향으로 인해 희애는 광이에게 "잊을수 없는 사랑이면서도 모든 기대와 희망을 무너뜨린 야속한 어제날의 련인"이 된다. 하지만 광이는 희애에 대한 저주나 분노의 감정은 물론 그와 있었던 모든 추억들까지 깨끗이 지워 버렸다고 여겼으나, 그것이 터지기를 기다리는 지뢰가 되어 가슴 속 깊은 곳에 묻혀 있었음을 깨닫는다.

246

전향한 기태를 통해 희애가 "자기를 위해주려고 감옥에서 먼저 나온것이 도리여 자기를 괴롭히는것으로 되였다면서 통곡하더라는 말"을 듣는다. 그리고 희애가 '수도원'에서 광이를 기다리며 생활하고 있다는 소식을 접한다. 이러한 소식은 희애에 대한 감정을 바뀌게 한다.

광이는 자기가 잘못했다고, 너무도 가혹했다고 천백번 용서부터 빌고 싶었다.
여태까지는 희애에 대한 자기의 감정이 지나간 쓰라린 추억의 한토막에 지나지 않고 청춘기에 우연히 만난 한 처녀에 대한 미련에 불과하다고 여겼댔으나 희애가 10년동안이나 자기를 기다렸다는 놀라운 소식은 대번에 그런 감정이 변명이고 억지임을 깨닫게 했고 나아가서는 자기 역시 희애를 속으로는 더없이 그려마지 않았다는것을, 그래서 자기들은 이미부터 달리 될래야 될수 없는 운명을 타고 난 듯이 느껴지는것이였다.(『통일련가』, p.138)

형기를 3년여 남겨 놓은 광이는 출소 후 희애와의 단란한 일상을 꿈꾼다. 하지만 '사회안전법'이 제정되면서 비전향장기수들에 대한 법적 시효가 백지화 된다. 광이는 "살아야 통일운동도 할게 아니냐고, 고문으로 감옥에서 억울하게 죽기보다는 가도장이라도 찍도 나가는게" 좋겠다며 전향하는 동지들을 보며, 심적 동요를 겪게 된다.
이 때 희애가 찾아온다. 광이는 그가 지켜온 신념과 양심이 단란한 가정과 양립될 수 없다는 사실을 깨달으며, '혼인신고서'로 변주된 희애의 전향 요구를 거절한다. 희애는 "과연… 당신도 인간이예요? 피가 있고 정이 있는 인간인가 말이예요"라고 절규하며 광이의 곁을 떠난다. 광이는 그를 사랑하는 사람(희애/어머니 등)이나 증오하는 사람(전향을 설득하는 사람)이 다같이 인간이 아니라고 자신을 질타하는 현실에 가슴 아파한다. 이렇게 희애와 광이의 사랑은 '청춘의 뜨거운 열정 → 동지적 사랑 → 현실과 신념 사이에서 길항하는 감정' 등으로 변주된다.

이후 희애는 광이에 대한 연정을 마음에 품은 채, 인석과 결혼하여 가정을 꾸린다. 인석은 신학대학 교수였으나, 희애의 사정을 듣고 속세로 귀환한 인물이다. 고광의 삶을 따르지 못한 죄책감을 공유한 이들 부부는 서로를 위로하며 단란한 가정을 꾸린다. 고광의 삶은 이들에게 서로가 새롭게 태어나는 과정을 매개하며, 하나의 지향점이 된다.

희애와 인석의 사랑은 광이에게도, 나아가 이 작품의 화자에게도 "놀랍고 기이한것"으로 인식된다.

그와 동시에 나는 얼굴이 달아오르는 것을 어쩔수 없었다. 선생은 오랜 감옥살이로 하여 이방인처럼 돼버렸다고 하지만 난 어째서 이 사실이 이토록 놀랍고 기이한것인가? 선생을 세상과 갈라놓은건 감옥철창이라면 나는 무엇으로 하여 그런 생활을 리해조차 할수 없단 말인가!

남녘생활에 대한 무지, 그곳 인간들을 제대로 리해하지 못하면서 선생의 작품을 쓰겠다고 나선 것이 못내 부끄럽기만 했다. 문득 이방인이란 말이 새로운 의미로 가슴에 파고들었다. 그리고 보면 남북에 갈라져 사는 우리들이야말로 한피줄을 잇고 한지맥에서 살면서도 이젠 생활도 감정도 정서도 리해하기 어렵게 된 딴 세상의 이방인들이 아닌가!(『통일련가』, p.171)

인용에서 드러나듯, 화자는 수난자로서 불우한 운명에 처해 있어야 할 희애가 도리어 남편과 화목하게 살고 있다는 사실에 놀란다. 행복이나 불행은 다 제 나름의 법칙이 있어 그 단계를 뛰어넘을 수도 피할

248

수도 없는 법인데, 이들의 결합은 이 법칙을 넘어서는 사랑이라는 것이다. 즉 남녀의 사랑 방식인 것이다. 이 남녀의 사랑에 대한 열린 자세를 보여주는 위의 대목은 인상적이다. 희애와 인석의 사랑은 비록 북쪽에서 생각하는 '혁명적 결합'은 아니지만, '남녀생활'에서 제기되는 감정과 정서를 반영한 소중한 사랑이라는 인식이 깔려 있다. '남녀생활'에 대한 무지를 스스로 질타하는 화자의 태도는, 작가와 주인공이 상호침투하며 서로의 의식을 새롭게 생성해가는 역동적인 과정을 보여준다.

이러한 역동적 생성의 과정은 액자소설이라는 형식적 특성과 긴밀한 연관이 있다. 화자와 은옥경은 취재대상인 고광의 삶을 끊임없이 분석·해석·재구성함으로써 현재적으로 전용하고 있으며, 고광 또한 이들과 대화하면서 자신의 삶을 새롭게 인식하는 계기를 획득한다. 취재자와 취재대상, 과거와 현재, 남과 북의 삶이 상호침투하며 서로의 영역을 확장하고 있다.

다음의 인용은 사적 사랑과 공적 사랑으로 대변되는, 고광과 화자의 사랑관이 대화하는 장면이다.

≪내가 아는데 의하면 사랑이란 상대방을 위해 그 어떤것도 책임을 질수 있는 능력이며 의지입니다. 그리고 더 중요한건 아무리 다정한 부부라 해도 주는것만큼 받게 되고 받는것만치 주게 되는게 사랑이예요. 내가 상대를 책임질수도 없는데다가 더우기는 아무것도 줄 것도 없는데 어떻게 받겠다고 하겠습니까? 천만에요! 절대로 안됩니다. 만약 그것을 받아들인다면…… 그렇다면…… 나야말로 사람이 아니지요. 인간이 아니란 말입니다.≫

≪선생님.≫

나는 그 말에 대해서는 의견이 있었다. 그래서 이것만은 리해해주기 바라마지 않는다는 간절한 눈길로 선생을 주시했다.

≪그건 우리의 사랑과는 다릅니다. 우리 시대의 사랑은 주고받는 량의 크기로만 이루어지는것이 아닙니다. 결코 그렇지 않습니다. 받는것이 아니라 바치는것이 사랑이고 향유가 아니라 창조가 행복의 바탕으로 된다는것을 아셔야 합니다. 오직 우리 나라에서만 있을수 있는 우리 식 사랑이지요.

… (중략)…

인간이 아니라구요? 천만에 말씀입니다. 그건 바로 남쪽에 있을 때 선생님이 새긴 인생체험입니다. 그러나 이젠 북에서 우리와 함께 사십니다. 혁명에 가장 충실한 인간, 그래서 가장 훌륭한 인간만이 받을수 있는 가장 진정한 사랑이란 말입니다.≫(『통일련가』, pp.235-236)

남녘의 사랑과 북녘의 사랑은 그 존재방식이 다르다. 고광이 생각하는 사랑은 "상대방을 위해 그 어떤것도 책임을 질수 있는 능력이며 의지"이다. 즉, "주는것만큼 받게 되고 받는것만치 주게 되는" 사랑이다. 사적 개인을 전제한 사랑인 것이다. 하지만, 화자가 주장하는 사랑은 다르다. 그에 의하면 "받는것이 아니라 바치는것이 사랑"이기에, "혁명에 가장 충실한 인간, 그래서 가장 훌륭한 인간만이 받을수 있는" 숭고한 가치가 되는 것이다. 오직 북측에서만 있을 수 있는 '주체 식 사랑'인 것이다.

화자는 이러한 차이점을 부각시키면서 고광을 설득한다. 설득의 논리에 주목할 필요가 있다. 고광의 생각을 전면적으로 부정하는 방식이 아니라, 그것을 수용하면서 자신의 주장을 펼치고 있기 때문이다. 고광이 남쪽에 있을 때 새긴 '인생체험'에 바탕한 사랑관을 거부할 수는 없다. 만약 이것이 전면적으로 거부되었을 때, 신념과 양심을 끝까지 지켜온 고광의 남측에서의 삶이 일부 부정되는 것은 물론, 광이와 희애 그리고 희애와 인석의 사랑 등이 온전한 의미를 부여받을 수 없기 때문이다.

이러한 화자의 논리는 이제 "북에서 우리와 함께" 살게 되었으니, 우리의 방식에 따라야 한다는 태도로 표상된다. 고광과 같이 송환된 비전향장기수들은 그쪽의 체제를 선택했기에 북쪽의 삶을 전적으로 내면화할 수 있다. 따라서 '우리 식 사랑'을 따라야 한다는 화자의 논리는 정당성을 지닌다. 하지만 남쪽에서 통일운동에 몸담고 있는 승옥이나 희애/인석 부부에게 북쪽 삶의 방식은 조금 다르게 인식될 것이다. 그리고 남녘의 보통사람들에게는 또 다르게 다가올 것이다. 『통일런가』의 저자 남대현은 남녘의 모든 동포에게 '우리 식 사랑'을 따르라고 강요하지 않는다. 심지어 "빨갱이들에 대한 뼈에 사무친 원한을 품고 이북에서 월남해온" 인물에게까지 자신의 처지를 발언할 기회를 부여함으로써, "이북에서 이남으로 도망쳐온 주인놈과 이남에서 이북같은 세상을 만들자고 싸우는 자기들, 한나라지경에서 같이 살면서도 이다지도 판이하고 적대적이란 말인가?"라는 분단현실에 대한 자의식을 환기시키고 있다. 이렇듯 작가는 개별 인물들의 입장과 태도를 존중하며 서사를 전개시키고 있다. 이러한 태도가 다양한 인물 군상들의 삶을 밀도 있게 형상화하는 계기가 되는 것이다.

4. 균형 잡힌 관점의 대화를 기대하며

『통일련가』에서는 현실에 대응하는 다양한 인물군상들의 모습이 생생하게 형상화되어 있다. 이러한 다양한 스펙트럼은 남·북의 체제와 이념을 가로지르며 삶의 총체성을 보여주는데 기여하고 있다. 『통일련가』는 작가(체제/이념)가 일방적으로 의미를 부여하는 방식에 익숙해 있는 남측의 독자들에게, 다양한 선택을 하는 인간들의 면모를 밀도 있게 제시한다는 점에서 낯선 충격을 선사한다. 사실, 필자에게 희애/인석의 삶, 나아가서는 고광에게 전향을 권유하는 인물(기태나 종교인)들의 논리가 더 현실적으로 다가오는 경우도 있었다. 이처럼 이 작품은 다양한 삶의 태도들을 생동감 있게 그리고 있다. 북한에서 주장하는 삶의 양식과 이와는 이질적인 삶의 태도가 비교적 균형 잡힌 시각으로 대화하고 있다. 이러한 대화를 통해 남과 북은 조금씩 거리를 좁혀갈 수 있는 여건을 마련할 수 있을 것이다.

지금까지 북측의 문학은 소수의 연구자를 중심으로 전개되었다. 북측 체제의 입장을 그대로 수용하여 북측의 문학을 이해하는 방식이나 북측 문학 자체의 가능성을 인정하지 않고 이를 애써 무시하려는 태도가 주류를 형성해 왔다. 이제 북의 문학과 남의 문학이 대등하게 접촉하는 열린 장을 마련해야 한다. 이를테면, 1990년대 이후 남측의 문학은 개인화/파편화된 욕망이 주류를 형성해 왔다. 이러한 1990년대 이후 문학의 성과를 인정하더라도 '우리(공동체)'에 대한 문제의식이 부재했던 것 또한 사실이다. 소통을 열망하기만 했지 소통하기 위한 실질적인 노력이 부족했다. 민족작가대회와 남북문학인협회 결성을 통해 확산된 통일문학에 대한 염원이 이러한 남측 문학의 침체를 극복할 수 있는 하나의 계기가 되었으면 한다.

그리고 북측의 문학도 일방적인 체제이념의 선전에서 벗어나 인민들의 구체적이고 일상적인 삶으로 시선을 옮아가야 한다. 남측 문학에 대한 개방을 통해 북측 문학의 잃어버린 반쪽을 수용해야 한다. 심정적·감정적 구호의 차원을 넘어 '어떻게' 남과 대화할 수 있을 것인가에 대해 구체적으로 고민해야 할 때이다. 지금까지 살펴본 남대현의『통일련가』는 상대편의 입장을 객관적으로 제시하면서 자신의 정당성을 주장하고 있다는 점에서, 이미 균형 잡힌 관점의 대화를 향해 한걸음 내딛고 있다.

*3*_세 번째

소재와 구성을 통해 본 북한소설의 향방

1. 다양한 소재의 채택

2000년 이후의 북한문학은 1990년대 후반에 제기된 '강성대국건설'과 '선군주의(先軍主義)'의 실현이라는 시대이념의 발현으로 거칠게 요약된다. 사회주의 강성대국의 건설이라는 명제는 경제난이 어느 정도 회복기로 접어들고 있다는 자체 평가 하에서, '사상의 강화'와 '군대의 혁명화'를 통해 경제를 비약적으로 발전시켜야 한다는 의지를 담고 있다. 이는 개혁과 개방의 현실 앞에 노출된 북한 사회의 딜레마를 드러내 준다. 문제는 강성대국을 건설하기 위한 방법으로 '선군주의'를 제시하고 있다는 점이다. 선군주의는 군대우선주의의 이념을 드러내고 있는데, 이는 '일상의 전장화'를 통해서만이 사회주의 체제를 유지할 수 있다는 북한의 위기감을 역설적으로 반영하고 있다.

이 글에서는 2000년 이후 발표된 단편 중 사회주의적 현실 문제를 다루고 있는 작품들을 소재와 구성을 중심으로 고찰하고자 한다. 이러한 작품들은 주체문예이론의 틀을 근본적으로 벗어나고 있지는 않지만, 당위와 현실, 과거와 현재, 이념과 욕망 사이에서 다양한 스펙트럼을 형성하며 주체소설의 미세한 균열의 징후를 보여준다.

2002년 하반기 『조선문학』, 『청년문학』, 『통일문학』 등에 발표된 단편소설들의 가장 뚜렷한 특징은 다양한 소재가 작품에 수용되고 있다는 점이다.

김준학의 「소쩍새 우는 밤」(『조선문학』 10월호)은 단군릉 발굴을 통해 '료동중심설'을 부정하고, 평양을 중심으로 한 대동강 유역의 문화를 세계 4대 문명 발상지인 '닐강, 량강, 인다스강, 황하'와 더불어 어깨를 나란히 할 수 있는 '대동강 문화'로 공표하는 내용을 담고 있다. 이는 민족문화유산의 확장 의도로 해석할 수 있는데, 이러한 태도에는 '혁명적 문학예술전통'만으론 새로운 시대의 문예이론을 이끌어 나갈 수 없다는 인식이 깔려 있다.

김명익의 「생의 메아리」(『통일문학』 3호)는 아버지에게서 물려받은 과수원을 밑천으로 기업을 운영하여 막대한 금을 사들인 민족기업가 '성태관'을 등장시켜 그의 과거 행적을 재평가하는 내용을 담고 있다.

개인기업가가 자기의 자금을 출자하여 기업을 운영하면서 거래에서 리윤이 크게 날수도 있고 손실액이 날수도 있다. 경기가 좋을 때면 다른 사람들에게 돈을 융자해 줄수도 있으며 판로가 괜찮은 다른 기업을 또 내오기 위해 리윤몫에서 일부 떼어 놓을수도 있는데 그런 식으로 법화하

면 그래 누구에게 리롭겠는가! 그래서 개인기업가가 아닌가. 법을 쥔 사
람들이 그래서는 안된다고 아퀴를 지어 주었습니다.(김명익, 「생의 메아
리」, p.97)

물론 성태관의 과거 행적에 대한 재평가이긴 하지만, 위의 인용문
에서 제시된 자본가에 대한 유연한 태도는 현재 북한이 처해 있는 개
혁·개방의 요구와도 암유적 연관을 지닌다는 점에서 음미할 가치가 있다.
한편, '과학환상소설'이라는 이름으로 발표된 작품들은 흥미로운 소
재와 기법을 통해 대중들의 요구를 반영하고 있다는 점에서 주목을 요
한다. 리금철의 「붉은 섬광」(『조선문학』 9월호)은 외국인 여검사 '헬렌'과
경시청의 '쟈스민' 경부를 등장시켜 '작은 섬나라인 아씨르'의 수도에
서 발생한 화재사건의 수수께끼를 풀어가는 과정을 보여준다. 이들은
'남극대륙 그라함랜드연구기지 연구사(분자화학공학 박사)'인 김학성의 도
움으로 미국의 음모를 폭로하는 데 성공한다. 추리소설 기법의 차용,
공상 과학 기술의 도입, 그리고 외국인 화자의 설정 등은 기존 주체소
설의 경직성을 다소 일탈하고 있다는 점에서 주목에 값한다.
'전국군중문학현상공모' 1등 작품인 「박사의 희망」(『조선문학』 8월호)
은 '늦잡기 구락부'라는 가상의 단체를 설정하고, 이 단체의 음모를 밝
혀나가는 김대혁 박사의 무용담을 그리고 있다. 이 작품은 '과학과 그
발전을 명실공히 인류의 복지증진'에 이바지하는 데 써야 한다는 주제
의식을 '선/악' 구분의 능력을 지닌 가상의 로봇(희망)을 통해 구현하고
있다. 선/악의 이분법적 사고에 바탕한 사건 전개는 한계로 지적할 수
있으나, 이러한 한계를 '욕망과 현실 사이에는 상대성이라는 공간이 가
혹하게 실력을 타진하고 있다'는 발언을 통해 스스로 인식하고 있다는

점은 이후 주체소설의 변모를 시사하는 대목이라 할 수 있다.

다양한 소재의 등장은 일상적 삶의 복합성과 풍부함을 반영한다. 사회주의 현실 속에서 드러나는 다양한 삶의 형상화는 '주체문예이론'의 경직성을 완화하는 방향으로 전개될 것이다. 이는 다양한 삶을 포괄하는 유연한 '주체문예이론'을 요구하면서 주체소설의 끊임없는 자기생신을 강제할 것이기 때문이다.

2. '현재→과거→현재'의 구성

다음으로 구성의 문제에 주목하여 작품들을 살펴보자. 2002년 하반기에 발표된 작품들의 대부분은 '현재→과거→현재'의 구성으로 전개된다. 이는 주체소설의 현 단계를 보여주는 바로미터의 역할을 한다. 과거를 통해 현재를 성찰하고 현재의 위기를 극복하려는 의지를 반영하고 있기 때문이다. 이러한 구성을 가지고 있는 작품으로 「천한산의 붉은 단풍」(황청일, 『조선문학』 10월호), 「전사의 길」(조승찬, 『조선문학』 11월호), 「제비」(김해성, 『조선문학』 11월호), 「첫 개발자들의 이야기」(맹경심, 『청년문학』 9월호) 등이 있다.

「천한산의 붉은 단풍」은 '서해 해상 작전'에서 부상당해 병원에 입원했다가 퇴원하는 길에 고향에 들른 화자가 할아버지의 삶을 회고하는 형식으로 전개된다. 평범한 농군이었던 할아버지는 해방이 되자 지주의 집과 땅을 물려받는다. 그는 농사를 짓는 대신 술로 소일하기도 하며, '지주 흉내'를 내다가 곤혹을 치르기도 하는 등 보통 사람의 면

모를 보여준다. 전쟁이 일어나 세상이 바뀌자 할아버지는 읍에서 쫓겨
왔던 박완섭의 농간에 넘어가 동지를 배신하기도 한다. 이러한 할아버
지는 이전의 주체소설에서는 보기 드문 생동감 넘치는 인물로 그려져
있다. 할아버지는 '치안대'의 비인간적인 횡포를 참다못해, '새 조국건
설의 벅찬 시간을 알리던, 마을에 하나밖에 없던' 인민의 소유물, '벽
시계'를 훔침으로써 자신의 존재를 웅변한다. 이러한 의식의 각성을 통
해 당당하게 죽음을 선택하는 할아버지의 모습은 기존의 주체소설이
보여준 도식적 인물의 전형성을 벗어나, 인간 본연의 존엄성을 환기하
면서 적지 않은 감동을 선사한다.

「제비」는 '체신의 컴퓨터화'를 지향하는 아들과 우편통신원으로 근
무한 아버지, 그리고 아버지의 뒤를 이어 근무하는 어머니의 삶이 소통
하는 과정을 현재와 과거의 교차를 통하여 보여주고 있다. 특히, 이 작
품에서는 '조국해방전쟁 때 기통수가 타던 군마'와 전후 어머니/아버지
가 타던 자전거 그리고 미래 체신 분야에 도입될 새로운 프로그램 등
'과거/현재/미래'의 삶이 '제비'라는 상징을 통해 연결된다.

내가 목표하는 체신의 컴퓨터화가 어찌 최신기술만으로 이루어 지랴.
사람들을 위해 자기를 바칠줄 아는 정신이 없다면 미래도 없을 것이다.
계승을 떠난 혁신은 없고 또 혁신이 없는 계승은 참다운 계승이 아
니다. 아버지가 한생 군마처럼 여기며 애용해 온 자전거, ≪제비≫라고
불러 온 자전거에 깃든 의미는 매우 소중한것이었다.
"앞으로 내닫지 않고 멎어서면 넘어진다."
아버지의 이 좌우명은 내가 넘겨 받아야 할 계주봉, 유산이 아닌가!
나는 몸을 일으키며 어머니에게 말했다.
"아버지의 뜻대로 래일 연구소로 떠나겠어요. 어머니, 이제 제가 체

신분야에 도입하게 될 첫 프로그람에 <제비>라는 이름을 다는게 어때
요? 강성대국의 봄을 불어 오는 <제비>! 좋지요?"(김해성, 「제비」, p.67)

이러한 작품들은 아직까지는 현재보다는 과거에 악센트를 두고 있
다. 그러나 과거와 현재의 만남이 구체적 현실(할아버지의 평범한 삶,
아버지/어머니의 소박한 삶, 제비/자전거 등)을 매개로 이루어지고 있다
는 점은 주목을 요한다. '불멸의 총서'로 대변되는 영웅적 인물의 절대
적 과거가 아니라, '숨은 영웅'들의 생생한 과거가 현재의 삶 속에서
그려진다는 점은 '과거의 영광'에서 '현실 생활의 문제'로 소설의 창작
공간이 서서히 이동하고 있음을 보여준다.

3. 이원적 서사구조

최근 북한소설에서 또 하나 뚜렷이 부각되는 문제는 사회주의적 현
실을 형상화할 때 표출되는 딜레마이다. 이러한 양가성은 사건과 인물
의 이원적 설정을 바탕으로 한 서사 구조에 반영되어 있다. 작품 속에
드러난 사건과 인물은 두 개의 이야기가 교차·병행하는 이중적 서사
구조에 얽혀 있다.

서사의 이중 구조는 주관적 열망(당 정책)과 실제 생활의 괴리를 표
출한다. 하지만 이전의 작품들과는 달리 북한 사회의 실상이 구체적으
로 제시되고 있다는 점은 주목할 만하다. 이는 북한 인민들의 소소한
일상적 이야기가 전경화된 거대 서사를 서서히 잠식하고 작품의 전면

에 부각되기 시작한다는 점에서 드러난다.

　　장군님께서는 걸상에 비스듬히 앉으시여 설날에 쌍둥이네 가정에서 펼쳐지게 될 그 즐거운 광경을 그려 보시였다.

　　축복의 꽃보라인양 함박눈이 내리는데 전기난방이 된 아담한 살림집에서는 천연색텔레비죤이 춤노래를 펼친다. 천리 떨어 진 평양에서 진행되고 있는 학생소년들의 설맞이공연을 바라보면서 온 가족이 푸짐한 밥살에 둘러앉는다.

　　매 사람앞에 기름진 통닭이 한 마리씩 차례진다.

　　밥상 한가운데는 삶아서 껍질을 벗긴 하얀 닭알이 피라미트모양으로 쌓아 져 있다. 쌍둥이네 할아버지인 박관식기사가 띄우개식발전소를 설계한 그 재능 있는 손에 잔을 들고 방금 맞아들이 부어준 강계포도술을 마시려는데 동생들이 가족을 이끌고 연줄연줄 들어 선다. 저마다 손에는 통닭과 닭알꾸러미를 들었다.

　　박기사네는 형제들까지 다 합치면 공장에 나가는 사람이 30명이나 된다지. 그러니 설명절에 공급 받을 닭고기가 60키로요, 닭알은 300알이다.

　　얼어 드는 방안에 등잔불을 켜놓고 칡뿌리를 섞은 대용식품이란걸 억지로 먹을 때 그들이 불과 몇해어간에 이렇게 닭고기잔치를 벌리게 될 줄 상상이나 하였을까? 장자강기슭에 궁전처럼 솟아 난 닭내포국집으로 온 가족이 앞서거니 뒤서거니 하며 찾아가게 될줄을 꿈이나 꾸어 보았을까?(김대성, 「정든 고장」, 『청년문학』, 2003년 12월호, p.18)

김정일이 '자강도 로동계급'의 미래의 삶을 상상하는 장면이다. 위의 작품에는 이례적으로 북한 사회의 현실이 생생하게 담겨 있다. 김정일의 꿈은 '시련의 나날에 결사관철의 정신으로 당을 받들어 온 자강도 로동계급의 밥상'에 '늘쌍' 닭고기와 닭알이 오르는 것이다. 이러한 모습은 식량 사정이 악화되어, 명절날에도 끼니 걱정을 해야 하는 북한 사회의 실상을 역설적으로 반증한다.

이렇듯, 거대 서사와 거기에 비낀 일상적 삶의 역설적 공존을 감내 해야 하는 것이 사회주의 이념을 고수하는 북한 사회의 현실적 운명이 다. 이념이 현실을 장악하고 있으나, 바로 그 이념이 디테일한 일상적 삶이 소멸을 초래하는 비극, 즉 이념은 스스로를 긍정하면 할수록 동시 에 자신의 텃밭인 현실을 부정해야 하는 모순적 운명에 처하게 되는 것이다.

*4*_네 번째

북한소설에 나타난 청춘 남녀들의 사랑

1. 혁명적 사랑의 존재 방식

사랑은 근대 사회의 안녕과 체제의 존속성을 보장하는 이데올로기로 기능해 왔다. 대상과의 하나됨과 영원성의 획득이라는 근원적 욕망을 두 축으로 하는 낭만적 사랑의 '신화'는 은폐된 자본의 논리에 포획되어 근대 사회를 지탱하는 주춧돌이 된다. 이에 1990년대 이후 남한의 작가들은 왜곡된 사랑 이데올로기의 허상을 폭로하면서 불륜이나 이혼 이야기를 과감하게 서사의 전면에 내세웠으며, 심지어 '결혼은 미친 짓이다'라고 선언하면서 사랑의 '신화'를 의도적으로 전복해 왔다.

한편, 북한의 문학에서 사랑은 자본의 논리가 지배하는 남한의 현실과는 달리, '수령-당-인민'의 공동체적 유대에 기반한 체제의 이데올로기에 봉사해 왔다. 사랑이 행복하고 조화로운 이상 사회를 건설하려는 공적 의지에 종속되어 왔던 것이다. 북한의 문학에서 개인적 사랑이 구체적으로 형상화된 장면을 찾기 어려운 이유도 이와 무관하지 않다. 이상적이고 화합적인 사랑은 자아의 경계를 넘어서는 정열적인 사랑을 소외시킨다. 정열적인 사랑은 조화로운 이상 사회의 안식보다는 지배적인 규범이나 가치를 일탈하려는 개인의 내밀한 욕망과 손잡기 일쑤이기 때문이다.

1967년 이후 주체 사상이 추구해 온 '주체형 공산주의자'는 정치적 생명(이성)을 육체적 생명(감성, 본능)보다 중시하는 새로운 인간형이다. 이들의 사랑은 '주체적 사회주의 건설'이라는 대의(정치적 과제)를 개인의 욕망보다 우위에 두고 형상화되어 왔다는 점에서 '혁명적 사랑'이라 지칭할 수 있다.

북한의 문학에서 1980년대 이후 사랑의 담론이 중심 주제로 떠오르고 있다는 점은 주목을 요한다. 이는 억압된 개인의 내밀한 욕망을 가시화하고 있다는 점에서 주체 소설의 변화를 보여주는 징후로 해석할 수 있다. 이 글에서는 이성간의 사랑이 부각된 최근의 단편들을 중심으로 공적이고 혁명적 사랑이 억압하고 있는 개인적 욕망의 일면을 고찰하고자 한다.

2. 공적 이데올로기에 종속된 사랑

북한소설에 나타나는 연인들의 사랑은 당의 정책 시행 과정에서 생

긴 오해로 인해 감정에 균열이 생기고, 이러한 균열이 외부적 요인에
의해 봉합됨으로써 다시 결합한다는 내용이 하나의 공식을 이룬다. 여
전히 북한 사회에서는 개인적 감정보다는 공적인 사업에 바탕한 혁명
적 사랑이 우세한 비중을 차지하고 있다. 그런데 혁명적 사랑에 억압된
개인적 사랑, 나아가 개인적 사랑을 가로막는 현실적 장애물이 구체적
으로 부각되고 있다는 점은 눈길을 끈다. 이러한 억압되고 있는 요소를
통해 우리는 북한 사회에 만연된 고정관념과 관료주의의 문제를 우회
적으로 파악할 수 있다.

「시작점에서」는 사랑의 좌절로 인해 직장을 버리고 떠돌다가 다시
'건설장'으로 돌아오는 인물을 통해 북한 사회에 드러나는 사랑의 일면
을 보여주는 작품이다.

그는 내가 홀어머니손에서 자란 자식이라고 내놓고 말하군 했지.

인간의 증오와 기쁨을 산생시키고 때론 크나큰 슬픔과 괴로움을 겪
게 하는것은 다른 모든 힘을 초월하는 감정의 힘이 아닌가.

난 왼볼을 몹시 씰룩거리는 한정식을 씹어 삼킬 듯이 노려보았네. 그
가 나한테 얼마나 큰 모욕을 주었는지 동무는 아마 다 모를거네. 그래서
인지 온몸의 피가 머리우로 치솟았네.

그러니 자기네는 생활토대도 그 하단 말이지. 아버지도 가까운 친척
도 없는 나 같은건 눈에 차지 않고. 좋다. 나도 빚진 몸이 아니니 머리
를 숙이진 않겠다.

… (중략)…

(보옥이, 왜 우오. 우리의 사랑은 티끌만 한 타산도 없었소. 오직 깨
끗한 순정과 밝은 래일만이 약속되여 있지 않았소. 그러나 동무와 난 생
활의 깊이를 모르고 있었소. 우린 그걸 먼저 알아야 했소.)

난 처녀와 그렇게 헤여졌네. 그 괴로움우에 어머니를 잃은 슬픔이 덧쌓여 지고. 그후 난 처녀의 오빠가 보기 싫어 인차 직장에서 나와 버렸네.(홍남수, 「시작점에서」, 『청년문학』, 2003년 1월호, p.23)

화자와 '보옥'의 '티끌만 한 타산도 없'고 '오직 깨끗한 순정과 밝은 래일만이 약속'된 순수한 사랑은 '홀어머니손에서 자란 자식'으로 대변되는 현실적 조건, 즉 화자의 '생활토대' 때문에 결실을 맺지 못한다. 이 때문에 보금자리를 떠나 방황하던 화자는 과거의 잘못을 뉘우치고 다시 직장으로 돌아온다. 되돌아온 화자를 감싸주고 잃은 사랑을 되찾아 주는 인물은 '승남대대장'이다. '승남대대장'은 '남 모르게 보옥이를 두번이나 찾아'가고 화자의 '입당보증을 해주려고 려단정치부와 도당에까지 걸음을' 한다. 화자와 '보옥'은 '승남대대장'의 묘지에서 다시 만나 사랑을 확인한다. 즉, 이들의 사랑은 '승남대대장'이라는 외부적 인물의 매개를 통해 재결합되는 것이다. 이는 혁명적 이념에 지배되는 개인적 사랑의 모습을 구체적으로 보여준다.

「고향에 온 처녀」는 새로 부임한 '불도젤' 교대운전수 '채향'과 기존의 운전수 '범국' 사이의 풋풋한 사랑을 보여주는 작품이다.

불시에 형언하기 어려운 향기가 그의 온몸에 들씌어 졌다.
구석구석마다에 어린 채향의 다정다감한 정서가 페속으로 기분 좋게 흘러 들었다. 앞창 유리에는 없던 토끼인형까지 대룡대룡 매달려 있다. 올롱하니 치뜬 토끼의 눈은 꼭 채향의 눈동자 같다. 마치 범국을 쏘아 보는듯 하였다.
범국은 신경질적으로 토끼인형을 툭 치였다.(강혜옥, 「고향에 온 처녀」, 『청년문학』, 2003년 1월호, p.36)

도시냄새가 풍기는 꽃처럼 연약한 처녀, '채향'이 교대운전수로 왔다는 사실에 '범국'은 실망감을 감추지 못한다. 그러나 '채향'과 함께 '불도젤'을 운전하고부터 '범국'은 '형언하기 어려운 향기', '채향의 다정다감한 정서'가 가슴속으로 흘러드는 느낌을 받는다. '채향'의 헌신적인 노력과 당에 대한 충성을 이해하고부터 '범국'은 '채향'에 대한 연정 때문에 심장이 뛰기 시작한다. '채향'에 대한 오해는 '범국'이 그녀의 진면목을 확인함으로써 해소된다. '범국'이 깨닫게 되는 '채향'의 진가는 당에 대한 충성심, 즉 혁명적 과업과 연결된다는 점에서 이들의 사랑은 혁명적 사랑의 연장선에 놓인다.

이상의 작품들이 시사하는 개인적 사랑의 면면에도 불구하고 여전히 사랑의 담론이 공적 이데올로기에 종속되고 있다는 점은 아쉬움으로 남는다. 이념이나 당위적 명제를 앞세우기보다는 이들이 일상 속에서 느끼게 되는 애환이나 갈등을 구체적으로 그렸으면 보다 생동감을 획득할 수 있었을 것이다.

3. 이념에 비낀 첫사랑의 무늬

앞장에서 살펴 본 사랑이 혁명적 이념을 강조하기 위한 양념의 수준에 머물렀다면, 김택룡의 「고향」과 홍영남의 「푸른 언덕」은 첫사랑의 감정을 중심에 두고 서사를 전개함으로써 이념의 이면에 비낀 미묘한 사랑의 감정을 효과적으로 형상화하고 있다.

'성심의 가슴속에는 걷잡을수 없는 세찬 소용돌이가 일었다'로 시작되는 「고향」은 사랑에 빠진 화자의 내면 심리를 섬세한 감정의 무늬로 음각하고 있다. 성심은 중대의 한 병사의 입맛을 돋우기 위해, 눈보라가 기승을 부리는 한 겨울에 물고기를 잡으러 나온 '사관장' 충렬을 보고 강렬한 인상을 받는다. 성심은 충렬에 대한 사랑의 싹을 내밀하게 키운다. 그러던 어느날 군에서 제대하면 고향으로 가겠다는 충렬에게서 편지가 온다. 고향이 아니라 이름 모를 낯선 고장에서이다. 성심은 충렬의 편지를 받을 때면 늘 '막연한 불안'과 '야릇한 기쁨' 사이에서 '이름못할 감정'으로 주저하게 된다. 그녀는 아버지가 일구어온 고향의 양어장을 지켜야 할지, 아니면 사랑하는 연인 충렬을 따라 낯선 고장으로 가야할지 갈등에 빠진다.

양어장의 밤풍경은 그지없이 신비로운 운치를 돋구고 살틀히 성심을 맞아주었다. 바둑판처럼 펼쳐진 고기못들과 검푸른 잔디옷을 입고 곧게 뻗어간 수로 뚝우에는 수면에 넓은 그림자를 짙게 내던진 버드나무들이 줄을 지어 늘어섰는데 무성한 가지와 잎새들속에서는 놀란 듯 한 밤새소리가 간간이 울려나왔다. 이슬에 젖어 싱그러운 냄새를 풍기는 물기 번지르르한 잔디밭가운데서도 씨륵씨륵 풀벌레소리가 지꿎게 이어졌다. 양어못마다에 설치한 배수구의 물갈이수차에서 떨어지는 신선한 물소리와 새소리, 벌레소리며 곳곳에 환히 매달린 유아등불빛이며는 어느 밤에나 정겹게 안겨오는것이지만 오늘따라 유난스레 성심의 마음속을 헤집으며 파고들었다. 성심의 발자국소리를 듣고 양어장의 모든것이 그를 반기는듯 싶었다. 마음이 저절로 따스해진 성심은 살찌우기못들중의 하나인 첫번째 못기슭에 세워놓은 나지막한 나무걸상에 편히 주저앉았다.

… (중략)…

성심의 입가에는 즐거운 미소가 어리고 두눈은 잔잔한 열기로 반짝

268

이였다. (「고향」, 『조선문학』, 2003년 11월호, pp.23-24)

이러한 성심의 내면적 갈등은 여름밤의 '유정하고 아름다운' 풍경과 어울려 '그지없이 신비로운 운치를 돋'군다. '양어장의 밤풍경'은 어느새 성심의 갈등을 훈훈하게 감싸며 입가에 미소를 어리게 하고, 두 눈에 잔잔한 열기를 반짝이게 한다. 이러한 자연 묘사를 찬찬히 읽어보면, 충렬의 편지로 인한 내면적 갈등이 양어장 입구에 들어서면서 진정되고 있음을 감지할 수 있다. 양어장에 들어서면서 성심은 '양어사업소 로동자'가 되어 새로운 고향을 개척한 아버지의 모습을 떠올린다. 서정적 풍경 묘사는 아버지(이념)에 의해 사랑의 감정이 정화되고 있음을 보여준다. 이후 성심은 '심장의 문을 꽉 닫아매고 다시는 그(충렬)에 대해 생각지 말자고 모질게 마음을 벼리군 했건만 자꾸만 그의 모습이 눈앞에 얼른거리는것을 어찌할수 없'는 자신의 모습을 발견한다. '도끼날에 퉁겨나는 얼음조각'의 이미지나 '그림판에 마주 앉아 붓질을 하던' 충렬의 모습은 성심의 가슴을 활활 타오르게 한다. 결국 성심은 충렬에게로 떠난다. 그에게로 떠나기 이전에도 억제할 수 없는 사랑의 감정(갈등)이 작품 곳곳에서 등장한다는 점에서 이는 의미심장한 결말이다. 다만, 이념으로 대변되는 아버지에 의해 이러한 감정이 억제되어 있었을 따름이다. 이에 아버지와 충렬을 동일시함으로써 갈등을 해소하는 결말은 이념의 중압을 비집고 고개를 드는 첫사랑의 감정이 승리하는 장면으로 읽어도 무방하다.

홍영남의 「푸른 언덕」 또한 한 '산골청년'을 만나 '속앓이' 하는 처녀의 모습이 생생하게 그려져 있다.

그때부터 금옥의 눈앞에는 온통 그 산골청년의 모습뿐이였다. 그가 꼭 다시 온다는 약속을 한것은 아니였으나 어쩐지 그 초가을 새벽처럼 아무 기별도 없이 불쑥 나타날것만 같아 마음을 진정할수가 없었다. 얼마나 생각이 옴했던지 어느날 금옥은 물을 길러 나갔다가 빈 동이를 그대로 안고 들어온적도 있었다. 텅빈 물독은 처녀의 이상스러운 행동이 놀랍다는듯 입을 항 벌린채 그를 올려다보고 있었다. 그제나 처녀는 소스라치게 놀랐다. 그는 빈 물독이 누군가를 기다려오는 자신의 텅 비여 있는 마음처럼 생각되였고 다름아닌 그 산골청년이 자기의 허전한 마음 속 공백을 가득 채워주기를 애타게 기다리고있다는 사실에 놀랐다. (「푸른 언덕」, 『조선문학』, 2003년 11월호, p.63)

우연하게 길에서 만난 '산골청년'의 강렬한 인상은 오빠의 소개로 두 번이나 찾아온 도시청년의 청혼을 거절하게 한다. 금옥은 산골청년이 다시 찾아오자 '마음속에서 움터난 첫 사랑을 꽃피울수 있게 되었다는 순정의 환희가' 가슴속에서 높뛰는 것을 느낀다. 따라서 산골청년을 따라 두메 산골로 들어가 훌륭한 방목꾼이 되었다는 후일담은, 금옥의 '허전한 마음속 공백'을 채워주는 잉여의 에피소드일 뿐이다.

이상의 작품들을 감상하면서 필자는 첫사랑의 내밀한 감정이 북한 사회의 이념적 지향을 서서히 잠식하고 있는 듯한 인상을 받았다. 지금까지의 소설이, 이념 지향의 서사적 그물망에 사랑의 물고기가 포획되어 있는 형국이었다면, 위의 두 작품에서는 첫사랑의 신비로운 실루엣을 이념적 서사의 궤적이 뒤좇고 있는 형세가 그려져 있다. 이성(이념)의 자리를 넘어 넘실대는 욕망(첫사랑)의 물결이 서사를 장악하고 있기 때문이다.

270

5_다섯 번째

북한소설에 투영된 스승과 제자 이미지

1. 스승의 아우라

북한소설에서 그려지는 사제관계는 '과연 이러한 작중현실이 실현 가능할까?'라는 의구심을 넘어, 우리의 교육현실을 되돌아보는 거울의 역할을 하기에 충분하다. 학생들에 대한 무한한 신뢰에 바탕한 선생님들의 헌신적 사랑은 체제의 장벽을 넘어 진한 울림을 주기 때문이다.

「림형빈 교수」는 스승의 죽음을 계기로 그와 함께 한 삶을 되돌아보는 구조를 취하고 있다. '림형빈 교수'의 제자인 '류민'은 시를 쓰는 과학도였다. 스승은 은근히 류민을 사위감으로까지 생각했다. 과학도로서의 창조적 열정을 높이 샀기 때문이다. 스승의 부음을 듣고 달려온 제자에게 선생의 부인은 남편의 책과 수첩을 넘겨준다. 이 책과 수첩을 통해 스승의 삶의 궤적을 좇는 「림형빈 교수」는 과학과 예술(시)의 관계 설정을 통해 북한의 예술관을 엿볼 수 있는 기회를 제공하고 있어 이채롭다.

≪현장설계일군들은 이런 큰 대상설계를 처음 하는것을 고려하여 외국설계를 가져다 참고하려 하고있소. 그럴수도 있소. 그런데 그 설계가 마음에 들지 않는단 말이요.≫

그의 눈에서는 그 어떤 불길이 황황 일고있었다.

다음날 그는 나를 강좌에 불렀다.

방안에 들어서는 나를 이윽히 보다가 그는 물었다.

≪요즈음 어떤 시를 쓰오?≫

나는 숨을 죽이고 서있었다.

사실 그 당시 나는 공학을 배우면서도 짬짬이 시를 쓰군 하였다.

그는 조용히 말했다.

≪아인슈타인은 바이올린을 사랑했소. 그러나 그 현줄에 과학을 용해시키지 않았소. 그가 바이올린을 왜 켰는지 아오?≫

≪과학을 위해서요. 자, 보오. 우리가 해야 할 설계요. 이 속에도 시가 있소.≫(최윤의, 「림형빈 교수」, 『조선문학』, 2004년 8월호, p.59)

스승은 "자기 창조물에 대한 뜨거운 사랑, 그것이 바로 시"라고 말한다. 공학도의 설계도면엔 지식만이 아니라 '창조적 열정'이 포함되어 있어야 한다는 것이다. 이에 시(예술)는 과학자들에게 창의력 발산의 계기가 된다. 아인슈타인의 예는 이를 잘 보여준다. 바이올린을 사랑했지만, '현줄'(예술)에 과학을 용해시키지 않기, 이것이야말로 북한에서 요구하는 예술의 본령인 것이다. 스승이 자신의 사위가 된 공학도를 두고

"그 최우등생이라는 녀석이 심장은 차겁단 말이요. 난 오히려 시가 좋단 말이야"라고 비판하는 것도 이와 무관하지 않다. 그는 예습보다 복습을 중요시한, "바이올린현줄에 과학을 용해시킨" 청년이었기 때문이다. 이러한 태도는 대외적으로 고립된 북한의 절박한 현실을 시사하고 있다.

스승의 논리에 따르면, "외국설계를 가져다 참고하"거나 "남의 뒤를 따라"가는 것은 "자기자신을 잃어버린것이라고 할수 있다". '행정일군'보다 '연구일군'이 필요한 이유도 이 때문이다. '연구일군'의 창의력·창조력이야말로 지금의 북한 현실에서 절실히 요구되는 태도이다. 그래서 류민은 스승의 뜻을 좇아 자신이 10년 전에 설계한 제철소를 찾아 "심혼속에 잠자던" 창조적 열정에 눈을 뜨게 된다. 자기 창조물에 대한 긍지야말로 예술(시)의 마르지 않는 수원지이기 때문이다. 이를 통해 시(예술)는 "자기가 설계한 다리우로 첫 렬차가 지날 때 그 렬차우에 자기가 직접 타서" "창조적 노동"의 기쁨을 누리는 행위와 동격에 놓이게 된다. 이러한 기쁨이야말로 미래의 설계도에 창조적 열정을 불어넣는 계기가 될 수 있다는 것이다. 스승이 가르친 시는 "남의 창조물을 기다리지 말고 자기의 창조물을 남에게 선사하라"는 명제로 집약되는데, 이는 북한이 당면한 현실에 시(예술)을 용해시킨 것으로 이해할 수 있다

2. 과학자의 대학생활

오광철의 「대학 시간」은 "한 처녀과학자의 대학생활 한 순간"을 포

착한 작품이다. 이 작품에 설정된 인물과 갈등 구조는 비교적 탄탄하게 짜여져 북한 현실을 생생하게 전달하는데 기여한다. 인격적으로나 학문적으로 존경받는 학자가 있다. 불치병에 걸려서도 자신의 강의를 묵묵하게 지켜가는 허주성 강좌장. 제자들이 이 학자의 업적에 감탄하여 박사학위 논문을 청구한 상태이다. 이 학자의 절친한 친구이자, 허주성 강좌장의 제자인 '처녀과학자'(허주성 강좌장의 이론에 바탕한 학사논문을 제출한 상태이다)의 아버지이기도 한 인물이 학위논문 심사를 하게 된다. 강좌장 선생이 교과서에 집필한 '콤퓨터조종체계'는 <ㅍ>체계에 관한 이론이다. 지난 수십 년간 세계는 이 <ㅍ>체계를 공인된 체계로 일러왔고 이용해왔다. 하지만 지금 세계에선 '콤퓨터기술부분'에서 <ㅍ>체계로부터 <ㄱ>체계로 방향을 전환하고 이에 따라 새로운 전산망을 꾸미려는 시도들이 뚜렷해지고 있다.

아버지는 말을 더듬었다. 항변할길 없는 사실앞에 정옥의 가슴은 타들었다.

≪물론 나도 인정과 도의에 못이겨 원칙을 양보했다. 무서운 병마와 싸우며 조국을 멀리 떠나있을 사람이라는 생각에…… 그의 인생도 황혼기라는 생각에…… 그 박사론문을 통과시켰지

난 아마 죽을 때까지 이것때문에 괴로움에 시달리게 될게다. 하지만 너만은… 대학생인 너만은 그러지 말거라. 고정불변한 답보로 받은 백개의 성공보다는 새 발자욱을 내짚다 받은 한개의 실책이 더 귀중하다는 걸 명심해라.≫(오광철, 「대학 시간」, 『조선문학』, 2003년 8월호, p.33)

아버지는 "인정과 도의에 못이겨 원칙을 양보"하며 '박사론문'을 통과시킨다. 이러한 설정은 '원칙'이 현실 속에서 어쩔 수 없이 포기될

때도 있다는 사실을 암시한다. 아버지는 "죽을 때까지" "괴로움에 시달리게 될" 것을 알면서도 양심과 원칙을 포기한 것이다. 이러한 결단이 긴장감을 자아내는 이유는 치밀한 상황 설정을 통해 인물의 갈등이 섬세하게 표출되고 있기 때문이다. 물론 이 작품은 '허주성강좌장'이 나중에 이 사실을 알고 '박사메달'을 포기하는 것으로 마무리된다. 이러한 상투적인 결말에도 불구하고 아버지와 정옥(딸)의 갈등과 고민이 생생한 여운을 남기는 것은 플롯의 탄탄함과 일상적인 삶에 대한 디테일한 묘사에서 기인한다.

3. 선생님의 헌신적 사랑

김혜영의 「교정의 수삼나무」는 학생의 재능을 꽃피워주는 선생님의 헌신이 전경화되어 있는 작품이다. 통학거리가 멀어 늘 지각하는 학생이 있다. 이 학생을 데리고 교정에 나간 선생님은 '수삼나무'의 높이를 재어보라고 한다. "지각하지 않고 비례식에 대한 수업을 제대로 받았더라면" 나무의 길이를 잴 수 있었다는 사실을 알려주기 위한, 말 그대로 살아있는 교육이다. "저도 집만 가깝다면…… 지각 않하겠습니다"라는 학범의 말에 선생님은 "그 어떤 리유와 조건을 방패로 자기의 결함을 정당한것처럼 생각하는것은 자기 손으로 자기 눈을 찌르는거나 마찬가지"라고 말한다. 늦잠 때문에 늘 지각하는 학범을 위해 선생님은 빗속을 뚫고 '자명종시계'를 구해준다. 이렇게 학범의 학교생활(수학소조생활)은 자명종시계와 함께 시작된다.

매일 새벽 5시면 ≪따르릉 따르릉≫야무지게 울어대는 종소리와 함께 온 집안이 일어나 등교준비를 서둘렀다.

그 탁상시계는 비가 오나 눈이 오나 바람이 부나 단 하루도 주인과의 약속을 어겨본적이 없었다. 그리고 또한 마라손주로의 극한점과도 같은 마지막고개마루에서는 언제나 까만 치마저고리차림의, 혹은 곤색외투나 파란 비옷을 입은 선생님이 어김없이 나를 마중하여 서있었다. 그러면 나는 선생님을 향해 손을 저으며 달려가군 했다.

하기에 나는 20년이 지난 오늘 탐구의 극한점에서 쓰러진 나의 마음을 두드려 깨운 그 문기척소리를 우연한 착각으로만 볼수 없는 것이다.
(김혜영, 「교정의 수삼나무」, 『조선문학』, 2004년 9월호, p.74)

"남다른 조건이라고 해서 <특혜>를 베풀게 되면 학범이의 소중한 꿈과 재능을 꽃피워줄수 없겠기에" 선생님도 솔선수범하여 학범을 마중 나오는 수고를 아끼지 않는다. "지각대장" 학범이는 선생님의 희생적인 사랑을 바탕으로 군 "수학학과경연"에서 1등, 도경연에서는 2등을 한다. 이제 마지막으로 중앙경연만 남았다. 도경연에서 2등한 사실을 부모님께 알리려는 마음이 앞선 나머지 학범은 고갯길에서 미끄러져 발목을 다친다. 어느새 발목은 부어올라 "뼈가 부서져나가는것처럼 지끈지끈 쏘아났다." 이를 본 선생님은 "학교정문 맞은켠의 단층살림집"인 자신의 집에서 학범을 재우며 공부시키려 한다. 달려온 어머니의 반대에도 불구하고 선생님은 자신의 의지를 관철시킨다.

이러한 헌신적인 보살핌 속에서 학범은 "학생에게 강한 요구를 하자면 자신에게부터 모진 채찍을 안겨야" 하는 선생님의 마음을 이해하게 된다. 물론 마지막 한 문제를 풀지 못한 학범을 "불을 때지 않은 웃방"으로 데려가 "창문을 활짝 열"고 졸음을 쫓게 하는 장면은 너무

극단적인 상황설정이라는 생각이 든다. 아무튼 이 마지막 문제를 스스로의 힘으로 푼 학범은 이튿날 평양에서 개최된 중앙수학경연대회에서 1등을 한다.

이 작품을 읽으면서 '학범과 선생님은 왜 1등을 하기 위해 그토록 노력하는가?' 라는 의문이 들었다. 어린 학범은 자신의 능력을 부모님과 선생님께 보여줌으로써 기쁨을 안겨주고 싶을 터이고, 선생님의 입장에서는 학생의 성공이 곧 교육자의 행복이 될 수 있을 것이다. 그래도 뭔가 미진한 부분이 남는다. 만약 남과 북의 학생들에게 '왜 1등을 하고 싶은가?'라고 물으면, 남쪽은 개인의 행복을 위해서, 북쪽은 조국과 사회의 발전을 위해서라고 대답할 것이다. 개인과 사회 중 어느 쪽에 강조점을 둘 것인가, 여기에 따라 남과 북의 경쟁에 대한 자의식이 측정될 수 있을 것이다.

그리고 어머니와 선생님의 사랑을 비교해보기도 하였다. 과연 선생님의 사랑이 어머니의 사랑보다 더 클 수 있을까? 혹 그럴 수 있다면 어머니의 사랑을 사적 영역으로, 선생님의 사랑을 체제가 요구하는 공적인 사랑으로 치환함으로써 가능해지는 것은 아닐까?

그렇다면 남과 북은 개인과 사회에 대한 '타자적' 혹은 '전향적' 인식을 통해 서로에게 조금 더 가까이 다가갈 수 있을 것이다.

북한소설에 나타난 세대간의 갈등

1. 세대 갈등과 북한 현실의 딜레마

세대 갈등은 북한 현실의 딜레마를 가장 생생하게 보여주는 주제의 하나이다. 이상과 현실, 정신력(의지)과 과학기술(효율성), 폐쇄(주체성)와 개방, 고립된 환경과 급변하는 세계사적 흐름 사이에서 길항하는 구세대와 신세대의 대립적 문제의식은 오늘날 북한이 직면한 실질적이고도 절박한 과제를 함축하고 있다.

「산 화석」의 신주석은 이러한 점에서 문제적 인물이다.

그날…… 나는 그의 《특별한 수완》이란 집단의 리익을 위해서라면 제것을 아낌없이 바칠줄 아는 자기헌신성과 집단의 일이라면 제몸도 서슴없이 내대는 투신력에 있다는 것을 알았다. 기업소 모든 사람들이

그를 좋은 사람으로 존경하며 따르는것은 바로 그때문일것이다.(김홍익, 「산
화석」, 『조선문학』, 2003년 3월호, p.51)

≪사소한 리기심도 없이 기업소를 위해 자기를 더 바친우에 몇년전
엔 안해까지 바친 그 좋은 일군이 공부를 하지 않고 현대기술을 외면하
는 바람에 사람들의 말밥에 오르고 기업소의 생산발전에 지장이 되는걸
생각하면 어쨌으면 좋겠는지 모르겠단 말이요. 오히려 그가 혹독한 관료
주의자이던가, 개인리기주의자였으면 이렇게까지 마음이 무겁지는 않을게
거든! 아, 왜 그렇게 됐는가.≫(「산 화석」, p.59)

신주석은 세대 갈등의 복합성을 반영하는 인물이다. 지금까지의 북
한소설에서 부정적 인물은 주로 '혹독한 관료주의자'나 '개인리기주의
자'로 설정되어 왔다. 그러나 「산 화석」의 신주석은 그렇지 않다. '집
단의 리익을 위해서라면 제것을 아낌없이 바칠줄 아는 자기헌신성과
집단의 일이라면 제몸도 서슴없이 내대는 투신력'을 가진 모범 일꾼
신주석이 어느덧 '현대기술을 외면하는 바람에 사람들의 말밥에 오르고
기업소의 생산발전에 지장'이 되는 인물로 전락한 것이다. 이러한 설정
은 급변하는 시대적 흐름에 능동적으로 대처하려는 북한 사회의 자의
식 표출로 볼 수 있으나, 동시에 북한 체제의 심각한 균열의 징후로
읽을 수 있다. 이를테면, 「산 화석」에서는 신주석이 비판받는 구세대로
배척되고 있으나, 신주석과 유사한 삶의 태도를 보이는 인물들이 다른
작품들에서는 여전히 북한 체제를 지탱하는 주춧돌로 기능하면서 건재
하고 있다는 사실은, 북한 사회의 분열된 자의식을 시사하는 흥미로운
대목이 아닐 수 없다. 「눈보라는 후덥다」의 김석철 소대장이나 「해후」
의 전기수 등이 그 대표적 인물이다. 김석철 소대장은 '기계톱'을 이용

해 생산 효율을 높이려는 처녀돌격대원 은옥의 시도를 묵살하고 '오직 우리의 힘으로 우리앞에 맡겨진 통나무계획을 수행'하자고 역설하면서 과업을 성취하는 긍정적 인물로 그려진다.

「해후」의 전기수 또한 이와 유사한 태도를 보인다.

≪내 말을 노여워 말라구. 지금 나라사정 나라사정 하는데 사실 어렵소. 그러나 그때에 비기겠소. 허나 지금은 기중기가 없소, 자동차가 없소, 혼합기가 없소 타발을 하면서 나라에 손을 내밀기가 일쑤구…… 아무것도 없고 재더미만 남은 빈터우에서 하나하나 일으켜 세울 때는 어렵다는 말도 타발도 몰랐는데…… 오늘 반장동무한테 한 말은 사실 내가 나자신에게 한 말이기도 하오.≫(류민호, 「해후」, 『조선문학』, 2003년 3월호, p.70)

전기수는 기술의 낙후성, 나라 사정의 어려움을 불굴의 의지로 극복하자는 태도를 보여주고 있으며, 이러한 신념을 통해 기술의 힘에 의존하려는 '반장'을 교화시킨다.

2. 구세대를 비판하는 신세대의 논리

이러한 신주석, 김석철, 전기수 등의 태도는 첨단기술에 관심을 돌리는 신세대, '리강무'의 논리와는 사뭇 대조된다.

≪지금은 정보산업시대가 아닙니까?

선생님 앞에서 감히 이런 말하기가 주제 넘지만 기술 특히 첨단기술을 떠나서는 단 한발자국도 전진할수 없는 콤퓨터시대란 말입니다. 이건 곡괭이로 흙을 찍어내는 토공로동자도 인젠 온 폐부로 느끼고 있습니다.

그런데 그것을 외면하고 앉아서 사람들의 생활문제를 푼다니 어떻게 말입니까? 자금, 설비, 자재의 부족으로 기업소는 세워 두고 부업지운영을 잘해서 당장 급한 세대들을 도와 주는 방법으로요? 아니면 지배인동지처럼 맨날 자기 집 재산을 들어 내다가 말입니까? 아니, 그렇게는 안 됩니다. 좀 더 허리띠를 조이더라도 세계적발전추세에 맞게 기술을 대담하게 갱신하여 생산에서 근본적인 개선을 가져 오면 사람들의 생활문제는 절로 풀릴것입니다.≫(「산 화석」, p.53)

리강무와 신주석, 즉 신세대와 구세대의 대비는 「산 화석」에서 신간 기술서적과 낡은 책들, '봄비에 젖은 우에 해빛이 함뿍 쏟아 지는 봄들판'과 '가을비에 젖은 잎이 떨어 져 내리는 활엽수' 등 선명한 대조를 이룬다. 나아가 '새옷도 없이 낡은걸 다 버리면 벌거벗구 있'게 될 것이라며 상황이 나아지면 그때 '판을 크게 벌리자'고 주장하는 「래일을 담보하라」의 구세대들(갱장과 석훈)은 스스로를 찍혀야 될 '아름드리 거목의 년륜'으로 비유한다.

석훈이 문득 껍질이 깊이 터갈라 진 백양나무줄기를 툭툭 치며 입을 열었다.

≪여보게, 우리 이젠 이 나무들을 찍읍세.≫

≪아니, 그건 왜 찍는단 말이요? 우리 갱의 얼굴이나 같은걸?!≫

≪나무도 세월이 흐르고 나면 구새 먹은 고목이 되고 말지. 고목을 세워 놓고 쳐다봐선 뭘하겠나? 대신에 억세고 든든한 새 가지들을 박아 주자구. 또 이렇게 자라지 않으리……≫(맹경심, 「래일을 담보하라」, 『청

년문학』, 2003년 5월호, p.39)

이러한 구세대의 몰락을 암시하는 결말은 북한 체제의 위기를 반영한다고 볼 수 있다. 이는 「산 화석」에서 '포르말린용액속의 말뚝망둥어'의 신세로 전락한 '거인' 신주석의 모습과 유사하다.

≪난 며칠동안 신주석동무를 보면서 언젠가 어느 대학 생물실험실에서 본 포르말린용액속의 말뚝망둥어생각을 했소. 백만년이 흐르도록 진화되지 않았고 포르말린용액속에 집어 놓는 바람에 수십년동안 자기 모양을 그대로 보존하고 있는 그 이상하게 생긴 물고기를 말이요. 하지만 누구도 신주석이를 포르말린용액속에 집어 넣지 않았소. 그 자신이 스스로 자기주위를 포르말린용액화해 가지고 그 속에 들어 가 당신네가 연구하는 그런 화석이 되여 버리고 말았거든. 산 화석이!≫…(중략)…
말을 끊고 그는 천천히 일어 섰다. 나도 따라 일어 섰다. 현미경아래, 화석우에 자꾸만 덧놓이며 애를 먹이던 신주석의 모습이 다시금 떠올랐다. 손수건으로 땀이 흥건히 내밴 얼굴을 씻으며 눈 줄데를 몰라 허둥거리는 그 ≪거인≫의 모습이…(「산 화석」, p.59)

'손수건으로 땀이 흥건히 내밴 얼굴을 씻으며 눈 줄데를 몰라 허둥거리는' 이 '거인'의 모습이야말로 '조선민주주의인민공화국'의 맨 얼굴이 아닐까. 개혁과 개방의 요구(신세대) 앞에서 이 '거인'(구세대)들이 어떠한 모습으로 거듭나게 될 것인가를 지켜보는 일이 북한 문학, 나아가 북한 사회의 미래를 가늠해 보는 척도가 되는 이유도 여기에 있다.

❙ 참고문헌

〈기본자료〉

『김일성저작선집』
『조선문학』
『조선 문학사』 12권
『주체문학론』
『청년문학』

〈2차 자료〉

강만길·김경원·홍윤기·백낙청, 「좌담, 통일시대를 어떻게 살아갈 것인가」, 『창작과 비평』, 2000. 가을.
고인환, 「『주체문학론』의 서술 체계와 특징」, 『북한문학의 이해 2』, 청동거울, 2002.
과학원 역사연구소, 『조선통사』, 상, 하 오월, 1989.
권영민 편, 『북한문학의 이해』, 을유문화사, 1999.
김경대, 「4월혁명의 전개과정」, 사월혁명연구소 편, 『한국사회변혁운동과 4월혁명 2』, 한길사, 1990.
김경숙, 『북한현대시사』, 태학사, 2004.
김대행, 『북한의 시가문학』, 문학과비평사, 1990.
김선려·리근실·정명옥, 『조선문학사』 11, 사회과학출판사, 1994.

김성수, 『통일의 문학, 비평의 논리』, 책세상, 2001.

김용호 편, 사월혁명기념시집, 『항쟁의 광장』, 신흥출판사, 단기 4293.6.

김윤식, 「6·25 전쟁문학」, 문학사와비평연구회 편, 『1950년대 문학연구』, 예하, 1991.

김일영, 「4·19혁명의 정치사적 의미」, 이종오 외, 『1950년대 한국사회와 4·19혁명』, 태암, 1991.

김재용, 『북한문학의 역사적 이해』, 문학과지성사, 1994.

______, 『분단구조와 북한문학』, 소명, 2000.

김재홍, 「북한시의 한 고찰」, 권영민 편, 『북한의 문학』, 을유문화사, 1989.

김종윤·송재주 편, 사월 민주혁명 순국학생 기념시집, 『불멸의 기수』, 성문각, 단기 4293.6.

김종회, 『문학의 숲과 나무』, 민음사, 2002.

______, 「해방 후 북한문학의 전개와 실증적 연구 방향」, 『북한문학의 이해』, 청동거울, 1999.

______, 「오늘의 북한문학, 어떻게 볼 것인가」, 『북한문학의 이해 2』, 청동거울, 2002.

김중하, 『북한문학 연구의 현황과 과제』, 국학자료원, 2005.

김창순, 「통일문화의 창조운동을 논한다」, 북한연구소, 『북한』, 1984. 3.

김학준, 『북한 50년사』, 동아출판사, 1995.

남상권, 『북한의 언어와 문학』, 영남대 출판사, 2004.

노귀남, 「김정일 시대의 북한문학」, 김종회 편, 『북한 문학의 이해 2』, 청동거울, 2002.

______, 「선군 혁명의 문학적 형상」, 〈문학과 창작〉, 2001. 7.

박종원 · 류만, 『조선문학개관』II, 사회과학출판사, 1986.

박태상, 『북한문학의 동향』, 깊은샘, 2002.

______, 『북한문학의 사적탐구』, 깊은샘, 2006.

______, 『북한문학의 현상』, 깊은샘, 1999.

변승기 외, 3·15의거 30주년 기념사업회 편, 『깃발 함성 그리고 자유』, 경남,

1990.

서정남, 『북한영화탐사』, 생각의 나무, 2002.

선우상열, 『광복후 북한현대문학 연구』, 역락, 2002.

성기조, 『북한 비평문학 40년』, 신원문화사, 1990.

＿＿＿＿, 『주체사상을 위한 혁명적 무기의 역할』, 신원문화사, 1989.

신경림 편, 『4월혁명 기념시전집』, 학민사, 1983.

신명덕, 『한국전쟁과 종군작가』, 국학자료원, 2002.

신형기, 『북한 소설의 이해』, 실천문학사, 1996.

신형기, 오성호, 『북한문학사』, 평민사, 2000.

오양렬, 「남·북한 문예정책의 비교 연구」, 성균관대학교 행정학과 박사학위논
　　　　문, 1988.

우대식, 『해방기 북한 시문학론』, 푸른사상, 2005.

유학영, 『1950년대 한국 전쟁·전후소설 연구』, 북폴리오, 2004.

윤덕희, 「통일문화의 개념 정립과 형성 방안 연구」, 『통일문화연구』(상), 민족통
　　　　일연구원, 1994년 12.

윤재근, 박상천, 『북한의 현대문학 1,2』, 고려원, 1990.

이기봉, 『북의 문학과 예술인』, 사사연, 1986.

이동순 외, 『어디서나 보이는 집』, 선, 2005.

이성천, 「'선군정치시대'와 북한시의 행방」, 〈문학수첩〉, 2003. 여름호

이용원, 「'4월혁명'의 공간에서」, 『제2공화국과 장면』, 범우사.

이은진, 「3·15의거는 '민중'항쟁이었다」, 마산·창원지역사회연구회 편, 『마
　　　　산·창원 역사읽기』, 불휘, 2003.

임채욱, 「통일문화의 조건」, 『북한 문화예술계의 현황과 운영 체계』, 한국문화정
　　　　책개발원, 2001.

전영선, 『북한의 문학예술 운영체계와 문예이론』, 역락, 2002.

＿＿＿＿, 『북한의 문학과 예술』, 역락, 2004.

최동호, 『남북한 현대문학사』, 나남, 1995.

최문환, 「4·19혁명의 사회사적 성격」, 『사상계』, 1960.7.

최선영, 「북한 문화예술계 현황」, 『북한 문화예술계의 현황과 운영 체계』, 한국
　　　문화정책개발원, 2001.
최연홍, 『문학을 통해서 본 북한의 현실』, 남북문제연구소, 1995.
통일문화연구원, 『통일문화의 새로운 선언』, 2002.
한국시인협회 편, 『뿌리 피는 영원히』, 청조사, 단기 4293.5.
황정상, 『과학환상문학창작』, 문학예술종합출판사, 1993.
홍용희, 「'주체문학론'의 정립과 시대정신의 요청」, 『문학사상』, 2002, 11.
3·15의거 30주년 기념시집 『깃발 함성 그리고 자유』, 경남, 1990.
3·15의거기념사업회 편, 『너는 보았는가 뿌린 핏방울을』, 불휘, 2001.

〈기타자료〉

김동훈, 「체제의 위기와 돌파구로서의 문학-'유훈통치기' 북한문학의 동향」,
　　　http://my.netian.com/~ksskdh/sub_nk.htm
김병로, 「남북 사회문화 교류협력 심화를 위한 실천과제」, 평화와 통일을 위한
　　　남북나눔운동, http://sharing.net
이우영, 「남북한 사회의 문학예술: 개념과 사회적 영향의 차이」, 남과 북: 문화
　　　통합 http://www.multicorea.org
최대석, 「남북한 사회문화 교류협력 활성화를 위한 정책 제안」, 평화와 통일을
　　　위한 남북나눔운동, http://sharing.net
통일교육원, 「남북한의 교류와 협력」, 『통일문답』, 2001, http://uniedu.go.
　　　kr
통일교육원, 「분단국의 경험과 우리의 과제」, 『통일문답』, 2001, http://uniedu.
　　　go.kr
한국문화정책개발원, 「민족 동질성 회복을 위한 통일 이후 독일 문화통합과정 연
　　　구」, 한국문화정책개발원, http://ns.kcpi.or.kr

찾아보기

ㄱ

ㅋ

ㅊ

ㅌ

▌저자소개

김종회는 경남 고성에서 태어나 경희대학교 국어국문학과를 졸업하고 동 대학원에서 문학박사 학위를 받았다. 현재 경희대학교 국어국문학과 교수로 재직 중이다. 1988년 ≪문학사상≫을 통해 문학평론가로 문단에 데뷔했으며, 그동안 활발한 비평활동을 보이는 한편 ≪문학사상≫, ≪문학수첩≫, ≪21세기문학≫, ≪한국문학평론≫ 등 여러 문예지의 편집위원을 맡아왔다.

김환태평론문학상, 한국문학평론가협회상, 시와시학상, 경희문학상 등의 문학상을 수상했으며 평론집으로『위기의 시대와 문학』(세계사, 1996),『문학과 전환기의 시대정신』(민음사, 1997),『문학의 숲과 나무』(민음사, 2002),『문화 통합의 시대와 문학』(문학수첩, 2004),『문학과 예술혼』(문학의숲, 2007) 등이 있고 다수의 저서가 있다. 특히 사단법인 일천만이산가족재회추진위원회 사무총장, 통일문화연구원장 등의 주요 경력과 관련하여 북한문학과 해외동포문학에 대한 학문적 관심이 많으며, 그 결과로『북한문학의 이해』1~4권 및『한민족 문화권의 문학』1~2권을 엮은 바 있다.

고인환은 경북 문경에서 태어나 예천에서 자랐다. 경희대학교 국어국문학과를 졸업하고 동 대학원에서 박사학위를 받았다. 2001년 〈중앙일보〉 신인문학상 평론부문을 통해 문단에 데뷔했으며, 제7회 젊은평론가상을 수상했다. 현재 경희대학교 교양학부 조교수로 재직 중이다. 평론집으로『결핍, 글쓰기의 기원』(청동거울, 2003),『말의 매혹: 일상의 빛을 찾다』(문학과경계, 2005) 등이 있다. 재미있고 알찬 글을 쓰기 위해 학생들과 함께 고민하고 있는 한편, 민족문학연구소, 남북문학예술연구회에서 분단문학, 북한문학, 민족문학 등에 관심을 가지고 연구를 진행하고 있다.

이성천은 서울에서 태어나 경희대학교 국어국문학과를 졸업하고 동 대학원에서 박사학위를 받았다. 2002년 〈중앙일보〉 신인문학상 평론부문을 통해 문단에 데뷔했다. 저서 및 편저로『시, 말의 부도(浮圖)』(국학자료원, 2007),『한국 현대소설의 숨결』(푸른사상, 2007)[공제],『한국 소설의 얼굴』(푸른사상, 2006)[공편] 전10권 등이 있다. 현재 경희대학교 국어국문학과 겸임교수로 재직 중이며, 계간『시와 시학』,『시에』의 편집위원으로 활동중이다.

작품으로 읽는 북한문학의 변화와 전망

초판 인쇄   2007년 8월 2일
초판 발행   2007년 8월 10일

지 은 이   김종회·고인환·이성천
펴 낸 이   이대현
책임편집   이태곤
편   집   권분옥·이소희·김주현·양지숙·김지향·허윤희
디 자 인   홍동선
제   작   안현진
관   리   정태윤
펴 낸 곳   도서출판 역락 / 서울 서초구 반포4동 577-25
                     문창빌딩 2층(우137-807)
전   화   02-3409-2058(대표) 02-3409-2060(편집부) FAX 02-3409-2059
이 메 일   youkrack@hanmail.net
홈페이지   www.youkrack.com
등   록   1999년 4월 19일 제303-2002-000014호

정   가   15,000원
I S B N   978-89-5556-557-7   93810

* 잘못된 책은 교환해 드립니다.